文春文庫

浅井三姉妹の戦国日記

姫たちの夢

八幡和郎・八幡衣代

文藝春秋

はじめに

歴史ドラマや時代小説は、史実がもとなので、人生や仕事のために教えられるところがあると思われています。しかし、つくる側は想像以上に歴史から自由です。

まして、大河ドラマ「江〜姫たちの戦国〜」のように女性が主人公だと、正確な記録が少ないだけに、すぐにトレンディー・ドラマなみの愛憎劇に仕立てられてしまいます。お市の方に秀吉は懸想をしていたが思いを遂げられず、娘の茶々を側室にしたとか、北政所と淀殿の派閥が争ったのが関ヶ原だとか、秀忠は嫉妬深いお江に頭が上がらない恐妻家だったなどとデタラメな物語が史実とごちゃまぜに語られます。

しかし、女性たちが「大奥」や「大名屋敷」に閉じこめられた江戸時代と違って、戦国時代の女性たちは元気でした。

宣教師フロイスの報告には、ヨーロッパの女性たちと比べて、日本の女たちがはるかに自由で自立している様子が生き生きと描かれています。戦国の女性たちは、政治にも深く関わって重要な役割を果たしていたのです。

日本は昔から儒教の国だと信じている人が多いのですが、室町時代までは処世術のひとつくらいにしか扱われていませんでした。それが国や社会の基本に据えられたのは、林羅山が「何も変わらないのが理想」という徳川家康に取り立てられてからです。女性が内助の功しか期待されなくなったのは、それから後のことなのです。

戦国時代は、女性たちが日本史のなかでもっとも活躍した時代のひとつです。とりわけ、淀殿、京極お初、そしてお江という浅井三姉妹の強い個性と華やかさ、歴史に残る活躍ぶりは、ひときわ輝かしい光彩を放っています。

彼女たちの人生は、まさに「小説より奇なり」です。あらゆる「ドラマ」より劇的なもので、フィクションなどにする必要はないのです。

かといって、硬派の伝記や研究書からでは、彼女たちの息づかいが聞こえてこないのも事実です。そこで、浅井三姉妹のうち京極高次の妻となったお初が現代にタイムスリップして、自伝を書いたらどうなるかという想定で書いたのがこの本です。

この手法は、『小説伝記　上杉鷹山』（ＰＨＰ研究所）や『坂本龍馬の「私の履歴書」』（ソフトバンク新書）で試したことがあるものです。

語り部としてお初に白羽の矢を立てたのは、三姉妹のなかでいちばん長生きしたし、茶々やお江に比べると、個人的な性格や考え方をうかがわせる資料が多いこと、そして、政治的なできごとに対しては、ほどよい距離感があるからです。

なにしろ、茶々やお江では、豊臣と徳川の死闘のいきさつについて、「忘れた」とか「聞いたところでは」とは書けませんが、お初なら分からないことはそんなふうに曖昧にしておけます。小説なら想像で「えいや！」と面白く書けますが、ここではそれはしていません。

あくまでも、できる限り確かな資料のみを使い、いくつもの説があることや不明なこと、推測にすぎないところは、それと分かるように書き分けてあります。それでも分からないところや解説を要するところは、注釈やコラムの形で補いました。

なお、お初が京極家の居城と京・伏見・大坂・江戸とをどんなふうに行き来したのか、記録が不十分なので、茶々やお江とそれぞれの場面で会ったかどうか曖昧にせざるを得なかったことを、あらかじめお断りしておきます。

時系列で書いているのは、前後関係が誤解されるのを避けるために、それが不可欠だからです。小説などでおもしろおかしく創作するときの常套手段は、前後関係を入れ替えてしまうことなのです。

ただし、人の呼び名は、分かりにくいので、現代風に名字や名前（諱《いみな》）や「さま」づけで、それも厳密な考証より世間でよく知られているもので表記しました。また、地名も現代人になじみのあるものにしてあります。

当時の風習によれば、織田信長も「三郎」、「上総介」、「右府」などと通称や官職名で呼ばれていましたし、家臣たちは「おやかたさま」などといっていました。

斯波家の当主は「武衛さま」と通称されていましたが、これは、「兵衛佐」という官職の中国風の呼び方です。石田三成は「治部少輔」を略して「治部」が通称です。京極高次も「大津宰相」と呼ばれていました。

「ちくぜん」といえば、信長時代には秀吉のこと、豊臣時代には前田利家のことです。

いずれにせよ、「諱」など滅多に使いません。

天皇としてのご在位中は後陽成天皇などと呼ばないのはもちろんですし、諡《おくりな》の習慣は幕末まで長いあいだ廃れており、譲位のあとも、院号としてしか使いませんでした。

女性の呼び名など、淀君でなくて淀殿だなどと固執する人もいますが、当時はどちらも使われていません。大坂夏の陣のころは「おふくろさま」などと普通には呼ばれていたようです。「寧々」か「おね」か、「お江」か「江与」か、というのも議論の種ですが、戸籍もなかった時代ですから、あまり固定的でもなかったのです。

それに、現代人と違ってしょっちゅう名前を変えます。小早川秀秋は、秀俊、秀秋、秀詮《ひであき》と短期間で忙しいことです。

地名でも、名古屋や和歌山、さらには京都ですら、この名で定着したのは明治になってからです。近江とか土佐とは言わずに、江州とか土州と呼ぶのが近年まで普通でしたし、「藩」などという言い方も、ほとんど長州方言のようなものだったのが、明治元年に公式名称になっただけです。江戸時代に藩というものは存在しなかったのです。

あまり細かいことにこだわってもしかたありませんから、読者の皆様に分かりやすいようにしたということで、ご容赦願います。

八幡和郎

目次

第3章　本能寺の変とお市の死　87

第6章　三姉妹を引き裂いた家康の臆病　215

第7章　お江とお初の晩年　265

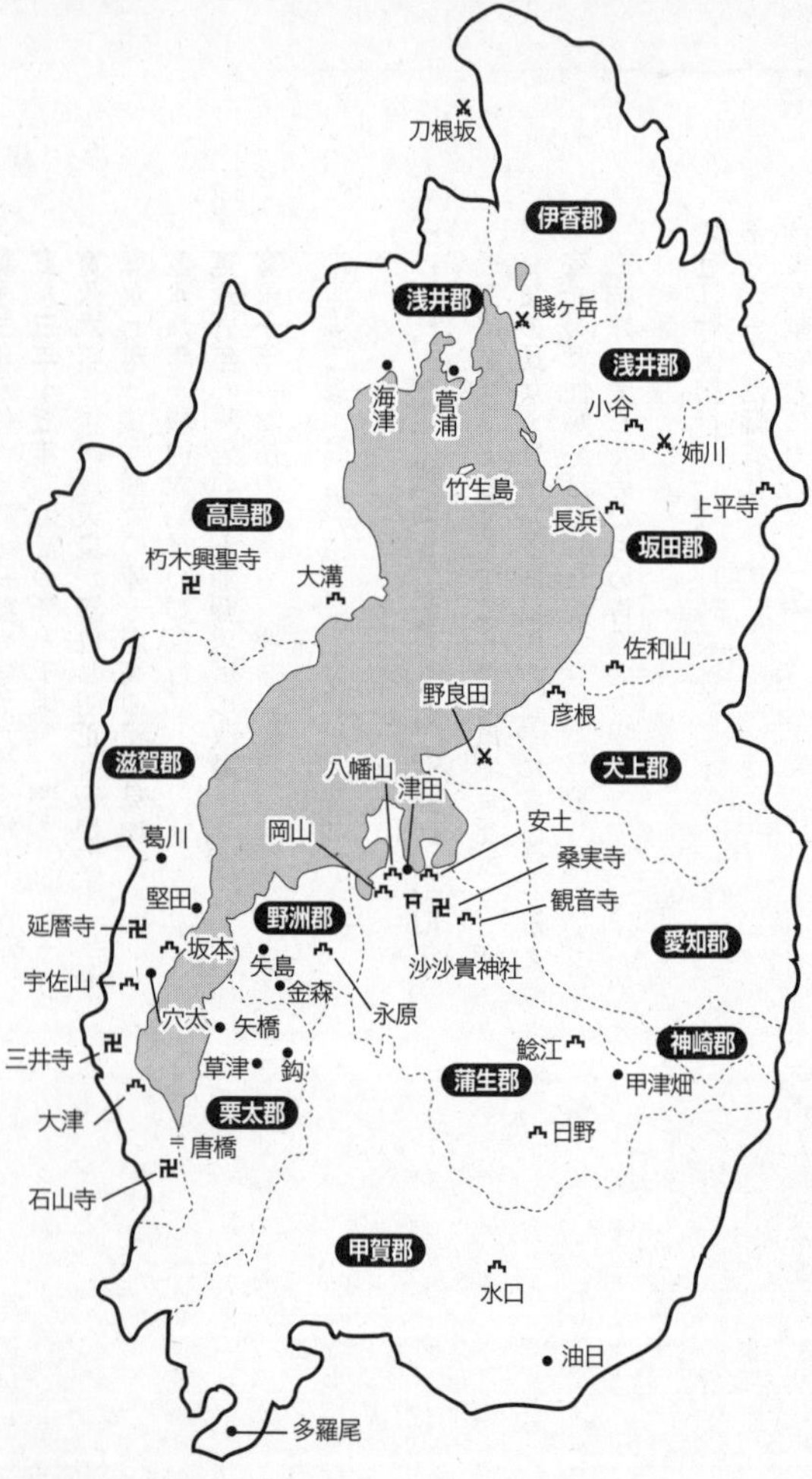

戦国時代の近江

浅井郡の一部は飛び地になっていたが、明治になってから東西に分けられ、さらに、西浅井郡は伊香郡に吸収された。

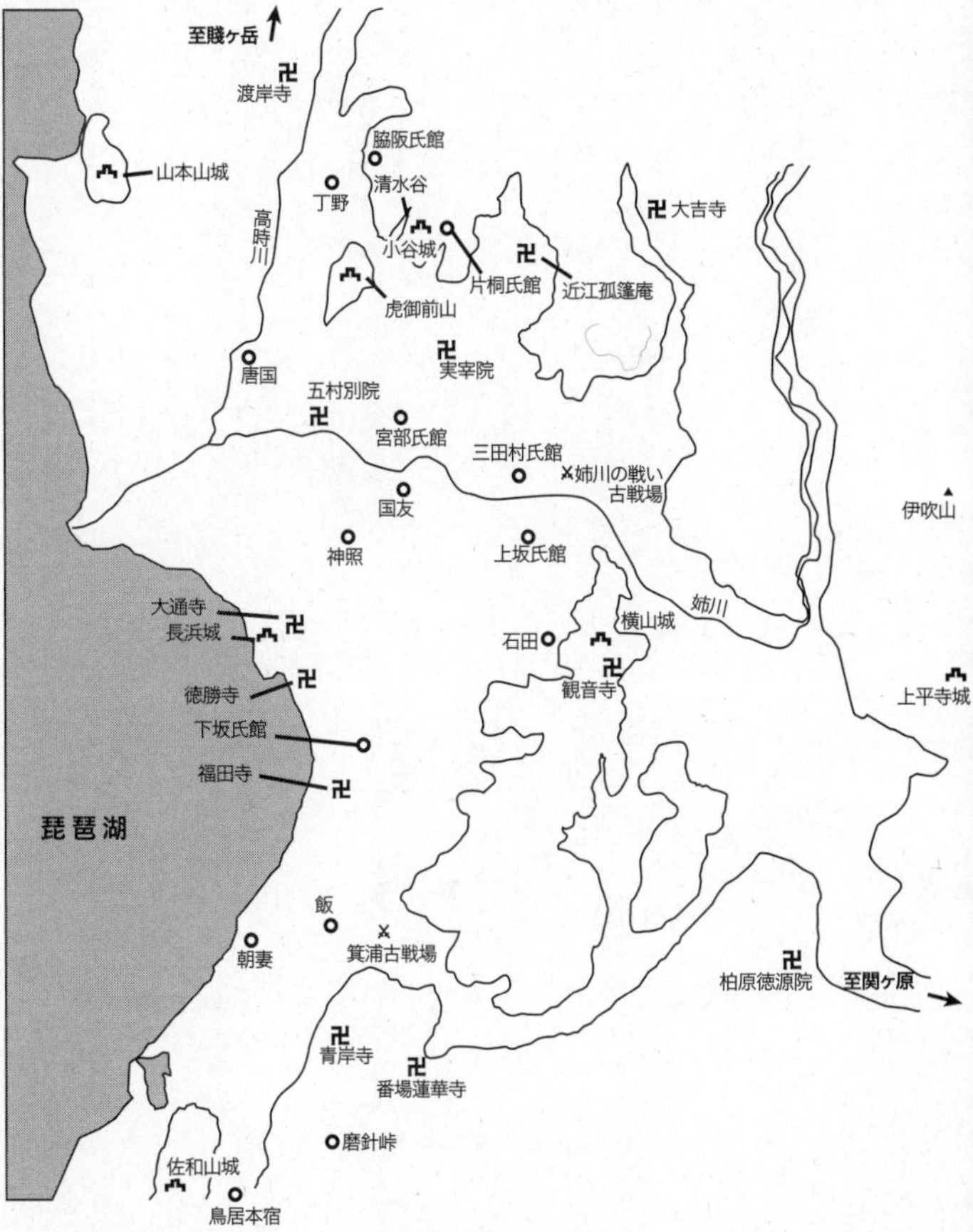
至賤ヶ岳
渡岸寺
山本山城
脇阪氏館
清水谷
丁野
高時川
小谷城
片桐氏館
近江孤篷庵
大吉寺
虎御前山
実宰院
唐国
五村別院
宮部氏館
三田村氏館
姉川の戦い
古戦場
国友
伊吹山
神照
上坂氏館
大通寺
長浜城
姉川
横山城
石田
観音寺
上平寺城
徳勝寺
下坂氏館
福田寺
琵琶湖
飯
朝妻
箕浦古戦場
柏原徳源院
至関ヶ原
青岸寺
番場蓮華寺
磨針峠
佐和山城
鳥居本宿

戦国時代の湖北(江北)

浅井三姉妹の戦国日記―姫たちの夢

プロローグ　湖北の姫たち

近江でも湖北と呼ばれるあたりになると、峠の向こうは日本海ですから、空気は涼しく、琵琶湖の水も深みまで澄み切っております。その琵琶湖から渓流を遡った所にある小谷《おだに》城に生まれたわたくしたち浅井三姉妹が、最後に顔をそろえたのは、太閤殿下が亡くなられてしばらくしたころ、伏見城でのことでございました。

いまは明治天皇の御陵になっている、桃山文化の華ともいえるこの城での三年ほどは、わたくしたちの一生でもっとも幸せな月日でした。

姉の茶々は、天下人を約束された豊臣秀頼さまの母として、日本一の果報者でした。妹のお江は、江戸中納言徳川秀忠さまと結婚し、前の年に千姫さまを伏見の徳川屋敷で生んだばかりでした。そして、わたくしの夫である京極高次も、琵琶湖に浮かぶ大津城主として、近江の名門にふさわしい扱いを受けて、鼻高々だったのでございます。

しかしながら、太閤殿下がこの世を去られたいま、茶々はその遺言で大坂城に移ることになりました。姉は秀頼さまが幼いので、と先に伸ばしたかったのですが、お傅役の前田利家さまは遺言通りにとゆずりません。

秀忠さまは、父親の徳川家康さまの命令で一足先に江戸に向かい、お江にも後を追うようにと言い残しておりました。そして、わたくしはといえば、夫の姉妹で太閤殿下の側室の一人だった竜子を連れて、大津城に退くことになったのでございます。

それまでも数奇な生涯を送ってきたわたくしたちですから、これからの日々に楽観ばかりしていたわけではありません。それでも、また三姉妹で必ずや再会できると疑うことなく、それぞれの新しい住まいとなる城へと旅立っていったのでございます。

こののち、わたくしは茶々やお江とそれぞれ会う機会がありました。が、残念ながら茶々とお江は、ついに顔を合わせることはかないませんでした。こののち、秀頼さまと秀忠さまは敵同士として戦い、茶々は秀頼さまと運命を共にするという、なんとも悲しい結末を迎えたのでございました。戦国の世のつらき定めだったのです。


小谷城が落城して、父の長政が死んだのは、わたくしが数えで四つのころ、妹のお江が乳飲み子のときでした。五歳くらいになっていた姉の茶々はともかく、わたくしには幻のような記憶しかありませんし、お江はまったく覚えておりません。

それから十年ほどは、母のお市と三姉妹での平穏な日々がありました。やがて、柴田勝家さまと再婚した母とともに岐阜から越前へ向かう途中、小谷山の麓を通りました。そのときに、ほとんど壊された城の跡が山上に残る様子や、麓の清水谷《きよみずだに》に荒れ果てた館の跡があるのを眺めたのが、わたしたちにとって唯一の小谷城についての記憶です。

しかし、北ノ庄での新しい生活はわずか一年足らずで終わりました。そして、母のお市は城と運命をともにしたのでした。

九重の天守が爆薬で崩れ落ちるのを呆然と眺めながら、羽柴秀吉さまの陣営に保護されたわたくしたちは、安土、大坂、聚楽第、伏見などで秀吉さまの家族として暮らすことになったのでございます。

そのあいだに、お江は尾張の知多半島の佐治一成さまのもとに花嫁として送られて、半年ほどで帰り、羽柴秀勝さまと結婚してまた死別しました。わたくしも夫である京極高次の城に滞在したことがありますが、だいたいは、桃山文化の豪華絢爛とした華が咲き誇る秀吉さまの御殿で楽しい生活をおくることができました。

ところが、太閤殿下の死から二年後には関ヶ原の戦いが起こり、茶々は心ならずも西軍に担がれて苦悩し、お江は江戸で東軍の副将の妻として不安にさいなまれる日々を過ごしました。わたくしの夫ははじめ西軍にありました。途中から東軍に転じて大津城で籠城戦を戦ったものですから、わたくしも一緒に地獄を見ましたが、茶々たちの斡旋で開城しました。

戦後しばらくして、お江の夫である秀忠さまは征夷大将軍となりました。一方の秀頼さまは、母の茶々と共に豊臣復権につながる、将来の関白任官を期待し続けていましたが、徐々に追い詰められていきました。

わたくしは夫の新しい領地である若狭小浜で暮らしていましたが、夫の死とともに京都に引っ越しました。大坂方と関東との間を取り持とうと出来る限りのことをしたつもりでしたが、最後は、燃えさかる大坂城から、茶々に促されて、秀忠さまの陣営をめざして落ち延びました。

晩年は江戸で暮らすことが多くなり、妹のお江が死んだ後も七年も生きながらえて、寛永十年に生涯を終えました。養女にもらったお江の四女初姫が、夫であるわたくしの義理の息子忠高の冷たい仕打ちに涙しながら死んだのは痛恨のきわみでしたが、お江にとって最愛の息子だった駿河大納言忠長さまが自害されるのを知らずにすんだのですから、ほどよいところだったのかもしれません。


いま、小谷城の跡を訪ねると、近江各地の城跡や寺社と同じように、春の桜、夏の新緑、秋の紅葉、冬の雪が穴太《あのう》積みの石垣を美しく彩っています。そして、石灰岩だけでできた神々しい伊吹山がどっしりと威厳のある姿を見せ、湖北の豊かな大地の向こうには、琵琶湖が広がり、竹生島が浮かんでいます。

その琵琶湖の水は、伏見城や大坂城の堀にまで流れ込んでいます。山々の向こうは、わたくしが眠る若狭や、お市が無念の最期を遂げた越前です。

この絶景のなかにたたずむと、もし、この場所で茶々やお江、そして、父の長政や母のお市と再会できたら……と涙がこみ上げてまいります。

振り返ってみますと、わたくしたち三姉妹の生涯とは、まことに数奇なものであり、またたくさんの悲劇に遭ったのでございました。わたくしたちと同じ時代に、地球の裏側のイギリスというところで活躍した文豪のいうように、「終わりよければすべてよし」というわけにもいきませんでした。

それでも、戦国という残酷ながら夢も持てた時代に、それぞれに自分らしく人生を過ごし、夢を花開かせたことはたしかです。その意味では、わたくしたち三人はいずれも女性としてなすべきことをなし、大きな満足のなかで生きて、それぞれの生涯を閉じたのではないか……それが今、過去を振り返っての心境です。

そんなわたくしたち浅井三姉妹の一生と浅井、織田、豊臣、徳川、そして京極家の浮き沈みを、わたくしのあやふやな記憶をたどり、まわりの人たちから聞いた話を思い出しつつ、四百年後の時代に生きる皆さまのために物語っていきたいと思います。

＊お市と浅井長政の結婚は、永禄四年（一五六一年）から十一年（一五六八年）まで諸説あるが、本書では永禄六年（一五六三年）ごろとした。茶々の誕生は、永禄十年（一五六七年）ないし十二年（一五六九年）とされ、いずれとも決し難いが、いちおう、後者によった。お初の誕生はその翌年であり、お江については元亀四・天正元年（一五七三年）でほぼまちがいない。

第1章　中世の黄昏に生きる

第1章

年号	西暦	出来事
承久三年	一二二一	承久の変。この頃、六角氏と京極氏が成立。
建武三年	一三三六	京極道誉が近江守護に。
応永五年	一三九八	織田常松この頃尾張下向か？
応永七年	一四〇〇	このころ親氏（松平家初代で新田一族と称する）、松平郷に入る。
嘉吉元年	一四四一	嘉吉の乱、赤松満祐が六代将軍義教を暗殺。京極高数、巻き添えで横死。
応仁元年	一四六七	応仁の乱が始まる。京極持清、東軍で活躍。
文明二年	一四七〇	京極持清、病没。一五〇五年まで京極騒乱。
文明三年	一四七一	松平信光が安祥に移る。
文明九年	一四七七	応仁の乱が終わる。
長享元年	一四八七	九代将軍足利義尚が六角征伐し京極高清ら参陣。織田家からも従軍。
延徳元年	一四八九	足利義尚、近江鈎で陣没。
延徳三年	一四九一	第二次六角征伐、足利義稙、大津の園城寺（三井寺）に陣を張る。
明応三年	一四九四	細川政元のクーデターで義稙、失脚。足利義澄が十一代将軍に。
永正元年	一五〇四	松平長親が北条早雲らの今川軍と交戦。
永正二年	一五〇五	京極高清が北近江で覇権を確立。国人浅井亮政が台頭。

永正八年	一五一一	六角氏家臣で主家と対立する伊庭氏系の岡山城で足利義澄が死去。同所で義晴生まれる。
永正十七年	一五二〇	六角高頼が死去し定頼が継ぐ。
大永元年	一五二一	足利義晴が十二代将軍になる。
大永三年	一五二三	京極高清の後継を巡り高延と高吉の対立始まり、浅見氏が実権握る。
大永五年	一五二五	浅井亮政が実権を浅見氏から奪うが、六角氏の圧力で美濃に逃げる。翌年には復帰。
享禄四年	一五三一	松平清康が三河をほぼ制圧。箕浦合戦で浅井亮政が六角氏に敗れる。
天文三年	一五三四	浅井亮政、清水谷の居館に京極高延・高弥父子を招いて饗応する。織田信長が誕生。
天文四年	一五三五	松平清康が暗殺される。
天文七年	一五三八	京極高清が死去し高延が継ぐが、六角定頼が高吉を支援して出兵し佐和山城を落とす。浅井は六角傘下に入り高延との関係悪化。
天文十一年	一五四二	浅井亮政、死去。久政が家督を継ぐ。
天文十四年	一五四五	浅井長政が誕生。
天文十八年	一五四九	松平広忠が暗殺され竹千代（徳川家康）が継ぐ。
天文二十年	一五五一	織田信秀が死去し信長が家督を継ぐ。
永禄二年	一五五九	長政（賢政）が元服、平井定武の娘と結婚。その年の内に離縁。織田信長が少人数で上洛。

戦国（ルネサンス）の女たち

戦国時代といっても、ドラマや小説のテーマになるのは、たいていが武田信玄さまや上杉謙信さまが活躍する時代からあとです。このころになると、みなさまがご存じの江戸時代の領国経営や、殿様と家来の関係に近い世界になってきます。

しかし、それより前の時代はまったく違う中世的な世界です。わたくしたちが生まれた永禄、元亀といったころも、まだ、中世の黄昏ともいうべき時代でした。

江戸時代の大名というのは、いまでいう、知事、警察本部長、検事正、裁判所長を兼ねたような仕事です。しかし、室町時代の守護は少なくとも知事ではありませんでした。それが、知事のような力も持つようになると、守護大名と呼ばれ、下克上によって守護でない武将が権力を掌握すると、戦国大名ということになります。

たとえば、近江国の守護といっても、自分の小さな領地の中を別にすれば、法律を制定したり、公共事業をしたりするわけではありません。もめ事があれば介入して、見返りに土地やお金を受け取り、戦いの時に加勢を頼むといった程度のことしかできませんでした。

また、守護のほとんどは京都か鎌倉に住んでいましたから、領国には守護代とかそのまた代理を派遣していたのが普通です。

ところが、室町時代には中国から輸入された永楽銭が普及するなど、経済の動きもだんだんダイナミックになっていきます。そうすると、きちんとした地方政府がないといろいろ支障が出てきます。また、戦いも総力戦になって、土豪たちのきまぐれな自主参加を当てにするだけでは済まなくなりました。

そこで、きちんと地域経営もできて、しかも戦争になれば、いつでも大量の兵力を動員できる守護大名や戦国大名が出現しはじめたのでございます。

この戦国時代と同じころ、ヨーロッパではルネサンスの華が咲き誇っていました。応仁の乱の少し前には、東ローマ帝国が滅びたことをきっかけに、イタリアで古代文明の復興がブームになっていましたし、浅井の家が戦国大名として登場したころには、イタリアの画家たちが美しい女性たちを描き、アルプスの北にも新しい時代が到来していました。

そして、わたくしたちは、だいたいイギリスのエリザベス女王（一世）やスコットランドのメアリー女王、そして、フランスのマルゴ王妃といった女性たちと同じ世代です。戦国というと殺伐としたイメージが強いのですが、平和ではありませんでしたが、人々の精神は自由になり、世の中がどんどん豊かになっていく時代だったのです。戦国の女性たちは、大航海時代の船乗りたちが運んできたルネサンスの風を受けて育った新しい時代の女たちだったと申せましょう。

鎌倉時代から南北朝時代

近江源氏と婆娑羅大名佐々木道誉

六角家とわたくしが嫁いだ京極家は、近江源氏佐々木氏の分かれでございます。滋賀県の東海道本線安土駅の裏に常楽寺という集落があって、ここの沙沙貴《ささき》神社が発祥の地です。宇多源氏の一党とされていますが、異説もあります。

源平時代の佐々木定綱や高綱らの兄弟は、源頼朝さまを助けて奮戦し、近江など合計十七か国もの守護に任じられました。承久の変では、定綱の子である信綱が鎌倉方で活躍しました。その子供のうち、泰綱が江南六郡（滋賀・栗太・野洲・甲賀・蒲生・神崎）と京の六角堂に近い館を、氏信が江北六郡（愛知・犬上・坂田・浅井・伊香・高島）と京極高辻の館を受け継ぎ、それぞれ六角氏と京極氏と呼ばれることになったのです。

鎌倉幕府が滅亡したとき、六角氏は最後まで六波羅探題を支えました。ところが、京極氏の当主の道誉《どうよ》は、足利尊氏さまの挙兵に呼応して立ち上がりました。京都の六波羅から鎌倉へ落ちようとした北条仲時さまの一行四百三十二人を、近江番場宿の蓮華寺に追い詰めて凄惨な集団自決をさせ、しかも、同行させられておられた北朝の光厳天皇や花園上皇を捕らえ、三種の神器を後醍醐天皇のために取り戻す大功を上げました。

この道誉は、天台宗三門跡のひとつ妙法院に焼き討ちをかけるなど自由奔放な行動と、派手で粋な趣味や振る舞いで知られ、「婆娑羅大名」というあだ名で今日でも有名でございます。その子の高秀も、三代将軍義満公の時代の初めに、斯波《しば》義将《よしゆき》さまと組み、足利義満公の育ての親として幕政を壟断されていた細川頼之さまを失脚に追い込むなど、存在感を示しました。

　こうした経緯から、室町時代の初期には京極氏が六角氏をしのぐ勢いで、その子の高詮のときには、京都の治安の責任者である侍所長官を出せる四家のひとつとなって、幕府中枢で活躍いたしました。

また、飛騨、出雲、隠岐などの守護を兼ねた時期も多く、出雲の戦国大名尼子氏もその分家で守護代だった家柄です。

六角氏は出遅れたものの、江南の守護であることから、京都周辺では最大の兵力を誇る大名として、幕政に隠然とした影響力を行使することになりました。

応永年間という時代

織田・松平・浅井家のルーツ

斯波氏が守護だった越前の有力者である織田家は、斯波氏が尾張の守護も兼ねることになったので、守護代としてやってまいりました。南北朝の騒乱が終わって、室町幕府が足利義満さまのもとで北山文化の花を咲かせていたころのことです。

松平家初代で新田一族と称する親氏が、上野国から時宗の僧に身をやつして流れてきて、三河の松平郷で地元の有力者の娘婿として定住したのも同じころだとされています。いずれも、南北朝の争乱が終わった応永年間のことです。

松平氏が新田一族だというのが本当かどうかは分かりませんが、少なくとも家康さまが突然に言い出したものではありません。たとえば、祖父の清康さまが世良田という新田一族の姓を名乗っていたことが、三河の神社に建物を奉納したときの銘として残っています。

織田家は、越前国丹生《にゅう》郡にある織田剣神社の神主一党でした。もとは、藤原氏とも忌部氏だったともいわれています。ただ、平重盛公の息子である資盛の子を産んだ女性が、近江国安土に近い津田郷の地侍のもとで子連れ妻となり、その連れ子が越前の織田家の養子となったということになっております。

津田というのは、織田家の傍系の人たちが、徳川家における松平姓と似たかたちでしばしば名乗る姓です。のちに信長さまが、この津田郷からほど近い安土に築城しているのも、偶然とは思えず、いちがいに伝説として片付けるべきものではありません。

浅井家についても、もう少しあとの嘉吉《かきつ》年間に、三条公綱さまという公家が勅勘を被って、湖北の丁野《ようの》にやってきて、地元の女性との間で子供を残したということになっておりります。これが浅井家初代の重政だというわけで、丁野にはいまも公綱さまが乗ってきた牛の墓などというものも残っているのでございます。

わたくしたちの父である長政は、重政から数えて六代目といわれております。

ただし、浅井氏という一族が鎌倉時代から湖北で活躍していたことは、寺社などの記録にございます。地方の有力者が貴人を娘に差し出して、そこで生まれた子供に跡をとらせて家系に箔をつけるのは、よくあったことです。あり得ない話ではない、という程度だと思いますが、浅井家ではこの伝承を根拠に藤原一族だと称していたのです。

もともとは、古代の物部氏の末裔だったともいいますが、仏法が百済より伝えられたときに物部氏が反対したという歴史を信心深い茶々が嫌って、藤原氏であることを強調したということもあったようです。

現在と違って、姓を変えるのに役所や裁判所の許可が要るわけではありませんから、勝手に母方の実家の姓などを名乗っていることも珍しくありません。本当でもどうでも、世間で認めてくれるかどうかが問題だったのです。

そういう意味でなら、浅井が藤原、織田が平氏、松平が源氏ということは、いちおう世間で認められていた、現代風にいえば、戸籍上はそうなっているというのに近いことなのです。

また、女性たちは、入り婿をとったり、貴人の現地妻となることで、意外にしたたかに一族の興隆にかかわっていったわけですし、それを武器にした力をもっていたといえます。

織田信長とも親交があった宣教師フロイスの報告では、日欧の女性の比較として、

「ヨーロッパでは未婚の女性の最高の栄誉と尊さは貞操であり、またその純潔がおかされない貞潔さである。日本の女性は処女の純潔を少しも重んじない。それを欠いても名誉も失わなければ、結婚もできる」、「ヨーロッパでは財産は夫婦の間で共有である。日本では各人が自分の分を所有している。時には妻が夫に高利で貸し付ける」、「ヨーロッパでは娘や処女を閉じこめておく事は極めて大事なことで厳格に行われる。日本では娘たちは両親に断りもしないで一日でも数日でも、一人で好きなところへ出かける」などと書き残しています。フロイスの眼には、この頃の日本の女性たちはヨーロッパより生き生きと生活していると映っていたようです。

日本に孔子さまの書物などが伝えられたのは漢字伝来と同時でしょうが、戦国時代までは処世術くらいにしか受け止められていませんでした。それが社会の秩序や家族の関係を律する原則となり、日本が「儒教圏」になったのは、わたくしたち三姉妹の運命をもてあそんだといってもよいあの方、徳川家康さまのお考えによって、江戸幕府の「国教」として取り入れられてからなのです。

つまり、儒教的な世界での抑圧された女性の生き方は、日本の古い伝統というわけではなかったのです。わたくしたち戦国の女たちは、自由に人間らしく生きられた最後の日本女性だったなどといえば言い過ぎでしょうか。

室町時代のなかごろ

嘉吉の乱から応仁の乱へ

応仁の乱は、畠山家や斯波家などの跡目争いを発端として、八代将軍義政公の跡を、弟で養子になっていた義視さまと、この養子縁組のあと義政さまの正室である日野富子さまが生んだ義尚さまとの、どちらが継ぐかという争いが絡み合って、京の都が丸焼けになってしまう惨事になった事件でございました。

室町幕府において、将軍の権威は弱体だと思っている方が多いようですが、そんなことはありません。三代目の足利義満公や六代目の義教公などは、歴代の徳川将軍などより、よほど怖い独裁者でした。

ただ、徳川幕府の将軍が天下泰平の番人として権威を保ったのと違って、室町将軍は争いの調停者であることが権力の源でした。ですから、むしろ、有力守護家のなかで内紛が起こるようにし向けたのです。

ところが、将軍家自身の継承争いで、義尚さまと義視さまに、西軍を率いる山名宗全さまと東軍の細川勝元さまがそれぞれ付いたり離れたりされ、しかも、全国の守護やそのライバルがそれぞれ東西に分かれて参加したものですから、手に負えない大騒動に発展してしまいました。

京極氏では、六代将軍義教公を播磨の赤松満祐さまが自邸での宴席で誅殺した嘉吉の乱（嘉吉元年・一四四一年）で、高数が巻き添えを食って横死する災難がございました。しかし応仁の乱では、持清が東軍の主力部隊の一角を占めて活躍し、近江でも六角氏をしのぐ勢いでした。このとき、六角高頼さまは西軍につきましたが、まだ幼少だったために京極氏に押され気味でした。

織田家は、応仁の乱の原因のひとつが、主君である斯波家の跡目争いでしたから、斯波家の重臣として騒動のまっただなかにいました。守護代でしたから、一族の多くが尾張にいましたが、斯波家の家老として京都の中央政界で活躍した人もいました。

松平家は、三代目の信光さまが勢力を拡大して、奥三河から安城（安祥）に本拠を移しました。譜代大名でも酒井氏や本多氏のように、古くからの家臣だった家を安祥譜代と呼ぶのはこのためです。

信光さまは長生きし、子だくさんでしたから、子どもたちを養子などとして三河各地に送り込んだことも強みでございました。このころの松平家は、三河に領地をたくさん持っていた将軍側近の伊勢氏に従っていました。その関係で傭兵稼業をしていたようで、北近江の漁村である菅浦という漁村に残る古文書では、領主だった日野家の代官として、松平一族が派遣されていたことが記されております。菅浦はのちに浅井家の勢力圏になるところですから、思わぬ縁があったわけです。

伊勢家は、代々将軍のお傅役をつとめてきた家柄です。北条早雲さま（伊勢新九郎）もその一族で、将軍義尚公の秘書官のような仕事をしていました。日野家が将軍義政夫人である日野富子さまの実家であることは、いうまでもありません。

こうした形で、織田家も松平家も中央政界や近江の動きとすでにつながっていたことが最近では分かっております。両家とも地方にありながら、天下の情勢にも明るかったのです。

文明五年（一四七三年）〜大永元年（一五二一年）
蓮如さんも一休さんも近江で亡命生活

「花の乱」という日野富子さまを主人公にしたNHKの大河ドラマは、応仁の乱をテーマにしたものでしたが、この騒動は細川勝元さまや山名宗全さまが死んだあたりでいちおう終息いたします。

しかしながら、将軍の権威は回復することはありませんでした。しかも、それまでお家騒動がなく、安定して幕府を支えていた細川家までが、奇人で竜安寺の石庭の創始者ともいわれる政元さまが女性を近づけなかったので実子がなく、養子を何人も取られてから内紛続きでした。それが、将軍家の新たなごたごたをひき起こしていきました。

そんななかで、将軍は細川家との関係が悪くなると、近江に逃げ込むということが繰り返されたのでした。

このころ、六角氏とその配下の国人たちは、寺社や公家など荘園領主から領地を横領するのに熱心でした。そこで、文明五年（一四七三年）に九代将軍となられた義尚公は本来の領主が領地を回復させるのを助けるとの名目で、六角征伐に出陣したのです。ところが、六角高頼さまは甲賀郡に逃げ込み抵抗しましたので、義尚公は栗東の鈎《まがり》というところに陣を張ったまま動けなくなり、そこで陣没されてしまったのでした（延徳元年・一四八九年）。

　義尚公のあと十代将軍になったものの諸国を流浪する羽目になり「流れ公方」と呼ばれた義稙《よしたね》公（義視の子。義材《よしき》、義尹ともいう）も、義尚公の遺志を継いで六角征伐に出陣しました。少し慎重に大津の園城寺《おんじようじ》（三《み》井《い》寺《でら》）に陣を張って攻めましたが（延徳三年・一四九一年）、その留守に管領の細川政元さまのクーデターで将軍自身が失脚してしまい、義澄さまが十一代将軍になりました（明応三年・一四九四年）。義政公の別の弟で、伊豆で堀越公方と呼ばれていた政知さまの子ですが、子供の時から天竜寺におられたのです。

　その後、上洛して十年ほど京都を支配された山口の大内義興さまのうしろだてで、義稙公が復権しました。義稙公に逐われた将軍義澄公は、六角氏家臣で主家と対立していた伊庭氏の支配する岡山城（近江八幡市西部の湖岸）に入られました（永正五年・一五〇八年）。けれども、義澄公はここで死去され（永正八年・一五一一年）、義稙公側にたった六角高頼さまが伊庭氏を滅ぼしました（永正十一年・一五一四年）。

　この高頼さまの招待で近江に遊んだ近衛政家さまが選定したとされるのが、中国の瀟湘八景にならった「近江八景」です。長く日本を代表する名勝として愛され、安藤広重の版画でも取り上げられました。

蓮如上人や一休和尚が、近江を舞台に活躍したのもこのころでございます。守山市矢島の、少林寺という寺に一休和尚が、隣の荒見という在所の聞光寺に蓮如上人が、それぞれ同じ時期におられたこともあったのです。

江北の京極氏では、持清の死後（文明二年・一四七〇年）、「京極騒乱」と呼ばれる内紛が起こって弱体化しました。守護を兼ねていた出雲では、分家で守護代の尼子経久に取って代わられてしまいました。そして京極家は江北でも、浅井氏ら国人たちの台頭に悩まされることになったのでした。

尾張では、岩倉の伊勢守家と清洲の大和守家が上四郡と下四郡を分割して守護代をつとめるようになり、のちに信長さまを出す勝幡城の弾正忠家も、大和守家の重臣として姿を現しています。

三河の松平家では、家康さまの高祖父に当たる長親さまが、伊勢新九郎（北条早雲）さまも加わった今川軍の侵攻をよく防いで、勢力を広げていきましたが、この時代の松平家は宗家もはっきりせずに、一門諸家の群雄割拠となっていたようでございます。

大永元年（一五二一年）〜天文十五年（一五四六年）
足利幕府はなんと安土にあった

戦国時代といっても、このあたりまでは、皆さまになじみのある名前もあまり出てこなかったはずです。でも、十一代将軍足利義澄公が死去した年に近江岡山城で生まれた義晴公が、十二代将軍になったあたり（大永元年・一五二一年）からの後半に入ると、がぜん面白くなってまいります。

義晴公は、最後の将軍となった義昭公の父親です。義昭公と信長、秀吉、家康といった方が同世代ですから、だいたい、その父親たちの世代です。

ただし、家康さまもその父の広忠さまも父親がたいへん若いときの子どもですので、義晴公と織田信秀さま、そして家康さまの祖父である清康さまがほぼ同い年です。ちなみに武田信玄、上杉謙信、今川義元といった方々は、信長さまたちより半世代ほど年長です。浅井家では久政とその子の長政が、松平家の広忠・家康の親子と同じくらいの年齢になります。

近江では、六角高頼さまを継いだ定頼さまの時代です。

十二代将軍となった義晴公は弱体で、細川氏の家臣ながら京都を支配した三好氏に逐われては近江に逃げ込み、桑実寺《くわのみ》（安土城と六角氏の本拠・観音寺城の中間にあります）や朽木《くつき》（秀隣寺庭園がいまも残っています）で六角定頼さまにたびたび保護されておられました。

桑実寺にはいっとき、幕府そのものが京都から移っていたのです。義晴公と、義輝さまや義昭さまの母となられる近衛尚通さまの姫との婚礼も行われました。義晴公が亡くなったのも、古代に成務・仲哀帝の宮があったと伝えられる、坂本に近い石工の町・穴太でのことでございます（天文十九年・一五五〇年）。

江北では、内紛に勝利した京極高清が、自らの後継者として次男の高吉（実子ではなく従兄弟の材宗《たねむね》の子ともいう）を推しました。守護代のような立場にあった上坂氏がこれを支持しました。これに抵抗したのが、長男の高延を推す、わたくしたちの曾祖父の浅井亮政や浅見氏など、地侍の一派です。亮政は浅井分家の出身ですが、本家の直政の蔵屋という娘と結婚し、婿養子となっておりました。

亮政は、小谷城を築いたり、京極高延らを麓の清水谷の館に招いて、のちのちまで語り草になった豪華な饗宴でもてなしました（天文三年・一五三四年）。室町時代には主君を自邸に招くことはたいへんな栄誉で、政治的にも大きな意味合いを持つイベントだったのでございます。

六角定頼さまはこの亮政の勢いを喜ばず、攻めましたが、亮政は美濃に逃げたりしながら、着実に力を伸ばしました。また、敵の敵は味方ということでしょうか、六角側は京極高吉に好意的になりました。

天文十一年（一五四二年）、亮政は惜しくも五十二歳で亡くなり、長政の父である久政の時代になりました。

もっとも、久政は側室尼子氏の娘寿松の子だったので、正室浅井蔵屋の娘海津殿と結婚した高島郡海津《かいづ》の田屋明政を推す者もありました。けれども「蔵屋の賢と尼子氏の徳」のおかげで、丸く収まったのでございました。この海津殿と明政の娘に、茶々とお江に仕えた海津局と、茶々に大坂城で殉じた饗庭局がいます。いずれも、浅井本家の血を伝える人たちでございます。

尾張では、信長さまの父である信秀さまが台頭してきました。尾張守護代織田家では、岩倉の織田伊勢守家が北部の四郡を、清洲の大和守家が南部の四郡を支配していました。信秀さまは大和守家の分家で、西部の勝幡城を本拠にしていました。港町として賑わっていた津島を支配していたために豊かで、本家をしのぐ力を持ち、尾張はもちろん、三河や美濃にまで遠征し、朝廷にも寄進をして東海の新星として注目されるようになったのでございます。

三河では、土豪の一人であった松平清康さまが大活躍して、三河第一の実力者になり、岡崎に本拠を移しました。しかし、織田信秀さまとの戦いのさなか、誤解から家臣によって尾張守山で討たれてしまったのです（天文四年・一五三五年）。その跡目が争われたときに、織田氏に支持された桜井松平家（尼崎藩祖）に対抗し、駿河の今川家から支持されたのが広忠さまでした。家康さまの父上でございます。

ところが、なんと、その広忠さまも家臣によって殺されたので（天文十八年・一五四九年）、竹千代君（家康さまの幼名）は駿府の今川家で育ちました。

しばしば誤解があるので書いておきますが、松平家は三河の守護でも守護代でも、一国を支配した戦国大名でもありません。三河では守護も頻繁に交替して安定していませんでしたし、鎌倉時代に足利氏が三河守護だった経緯から足利一族や幕府高官の領地が錯綜していました。しいていえば、地元での最有力者は吉良氏でした。

松平家は清康さまのときのごく短い期間に三河一の実力者になったとはいうものの、群雄割拠の土豪の中での有力者に過ぎませんでした。しかも、その勢力は東部にはあまり及ばず、三河全体の支配者であったことはないのです。

東三河には奥平とか戸田、牧野といったのちに譜代大名となる諸家がありましたが、彼らは家康さまの代になって家来になったのです。戦国歴史地図などでは三河一国を松平領として塗りつぶしているものが多いのですが、誤解の元です。

浅井氏の出自について

中世の日本は分権型の社会だったため、組織的にまとめられた記録がありません。ですから、中世史にはどうしてもあいまいなことが多くなってしまいます。

浅井家の出自は物部氏だとか、浅井郡司の一族だといわれますが、公式には藤原氏です。五四～五五ページの系図に示した三条公綱から亮政までの流れは、いかにも怪しげですが、これが公式の系図なので、掲載しました。

亮政の実父は、妻・蔵屋の父で、浅井本家の当主である直政の叔父にあたる直種のようです。浅井一族の男子は多く名を残しています。京都で茶々が創建し、お江が再建した長政の菩提寺の養源院の初代・二代の住持も一族の者らしいのですが、来歴は不明です。

また、万福丸がお市の子かどうかも不明です。喜八郎（作庵）はお初の遺言にその名が出てきますが、弟と記されているわけではありません。

各藩の家臣で浅井一族と称する者も多く、平民宰相として知られる原敬もそうです。先祖は、浅井長政の又従兄弟が三田村家の養子になり、のちに讃岐の生駒氏に仕えて五百石もらっていましたが、生駒騒動で浪人し、盛岡藩に仕官したということになっています。

第2章　信長の最強の敵は武田でなく浅井だった

第2章

年号	西暦	出来事
永禄三年	一五六〇	桶狭間の戦いで信長、今川義元を破る。徳川家康、岡崎城に帰還（五月）。野良田合戦で浅井賢政、六角義賢を破る（八月）。賢政が家督相続し、久政引退する（十月）。
永禄四年	一五六一	賢政、長政と改名する（五月頃）。浅井長政とお市が婚約か。
永禄五年	一五六二	秀吉が寧々と結婚か。
永禄六年	一五六三	観音寺騒動（十月）。浅井長政とお市、この頃結婚か。
永禄七年	一五六四	信長が尾張を統一（五月）。三好長慶死去（七月）。この頃、浅井家で万福丸誕生。
永禄八年	一五六五	十三代将軍義輝、謀反にあって横死（五月）。武田勝頼が信長の養女遠山姫と結婚（十一月）。
永禄九年	一五六六	義輝弟の覚慶が矢島で還俗して義秋（義昭）に（二月）。六角氏が浅井氏に軍事的敗北。木下藤吉郎が墨俣一夜城を完成させるという。義昭が越前に移る（九月）。家康が松平から徳川に改姓（十二月）。
永禄十年	一五六七	「六角氏式目」が作られる（四月）。信長が美濃を攻略（八月）。
永禄十一年	一五六八	足利義昭が岐阜に移る（七月）。信長が六角氏を撃破し、上洛（九月）。足利義昭、十五代将軍に就任（十月）。信玄と家康が今川氏を攻め領国を分割（十二月）。朽木元綱の降伏により長政が高島郡全域を手中にする。

永禄十二年	一五六九	三好三人衆が足利義昭を本圀寺に攻めるが失敗。茶々、小谷城にて誕生。
元亀元年	一五七〇	信長、足利義昭に五ヵ条を認めさせる（一月）。信長、京都を出発し越前征伐に向う。金ヶ崎城も落とすが、浅井長政の謀反の報が届き、京都に退却（四月）。姉川の戦い。織田・徳川連合軍が勝利する（六月）。信長と義昭が摂津で三好三人衆と対決。本願寺が反信長に回る。森可成が戦死（九月）。志賀の陣で信長と浅井・朝倉が和睦（十二月）。お初生まれる（茶々とお初の生年については異説もある）。
元亀二年	一五七一	信長、比叡山延暦寺を焼き討ち（九月）。
元亀三年	一五七二	浅井が横山城を攻撃するが竹中半兵衛ら撃退（一月）。信長が小谷城を攻撃し清水谷居館などを焼く。草野谷・大吉寺・竹生島を攻撃する（七月）。信長、虎御前山に本陣を置く（八月）。三方原の戦いで、家康、信玄に完敗（十二月）。
天正元年	一五七三	「打倒信長」のために武田信玄、足利義昭、石山本願寺、朝倉・浅井の大連合なる（二月）。武田信玄、病没（四月）。信長、将軍義昭を追放する。天正と改元され、室町幕府は実質上は終わる（七月）。朝倉義景一乗谷から大野に逃れ自害（八月）。信長、小谷城に総攻撃をかけ久政、長政が自害する。秀吉、小谷城に入る（九月）。浅井万福丸、関ヶ原において磔殺される（十歳・十月）。この年お江生まれる。

永禄三年（一五六〇年）

桶狭間の戦いで信長の名が全国に轟く

竜安寺の石庭をつくったともいわれる奇人管領細川政元さまが、三人の養子による跡目争いのなかで横死されてから、細川家の内輪もめは泥沼に入ってしまいました。やがて、分家の阿波守護家の家老だった三好長慶さまが実力者として台頭し、京都を支配されるようになりました。

もともと三好家は、信濃の小笠原一門ですが、三好郡（徳島県西部。野球で有名な池田高校があります）の地頭として鎌倉時代に阿波にやってきて、室町時代には細川家の有力家臣になっていました。

近江では六角定頼さまが、足利義晴公の死後も、その子で十三代将軍となった義輝公を後押ししていましたが、六角義賢（承禎）さまの代になってからは、京都を支配する三好長慶さまとの和睦が成立したため、義輝公は晴れて京都へ戻られました。

この義輝公が京都に復帰されてからしばらくは、戦国の争乱がしばし小休止したような平和な時代でございました。上杉謙信さまが五千の軍勢を率いて上洛し、若い織田信長さま（お市の兄ですからわたくしたちの伯父）も少人数で京都に出てきて、将軍義輝公に拝謁しています。

尾張では、織田信秀さまが亡くなったあと、図抜けた実力者がいなくなりました。そのなかで、若い信長さまは果敢な行動力で、守護の斯波家を上手に立てつつ守護代の大和守家や伊勢守家を滅ぼし、尾張の本格的統一も間近と目されていました。

それをご覧になって焦られたのが、今川義元さまです。三万五千といわれる大軍を率いて尾張に攻め込まれました。

このとき、今川義元さまが一気に上洛しようとされていたのかどうかは、分かりません。「天下に号令する」といっても、京都では三好長慶さまの政権が安定していたときですから、ちょっと無理だったように思われます。せいぜい、尾張の支配権などを将軍に認めてもらうくらいだったでしょうか。上杉謙信さまの上洛も関東管領としての地位を承認してもらうためで、それに成功するとすぐに帰国されたのですから。

しかし今川義元さまは、桶狭間で織田軍の奇襲に遭い、討ち死にされました。信長さまはお手並み拝見とばかりに日和見を決めこむ土豪たちの加勢など当てにせず、自分で次男坊、野武士、浪人などを集めた手勢を訓練し、寡兵ながらも少数精鋭の部隊で大勝利を上げられたのです。

同じころ江北では、わたくしたちの祖父浅井久政には、その父である亮政ほどの武勇はありませんでした。しかも跡目争いもありましたので、六角氏に依存せざるを得なくなり、従属するようなかたちとなりました。

驚くべきことに、長男の新九郎（わたくしたちの父長政の幼名です）に、六角家の家臣である平井定武の娘を正室として迎え、しかも六角義賢から諱をもらって賢政と名乗らせました（永禄二年・一五五九年）。

このような、あまりもの六角氏への弱腰は不人気で、家臣たちは賢政をかついで久政を隠居させようとしました。賢政はさっそく野良田（彦根市稲枝駅付近）の戦いで六角軍を破りました。桶狭間の戦いと同じ、この年のことでございます。

その三年後には、六角義弼さまが重臣の後藤賢豊を誅殺されるという事件が起きて、家臣の多くが離反しました（観音寺騒動）。このおかげで、浅井家は六角家から独立することが出来たのです。いつだか正確にわかりませんが、父は賢政という名を返上し、平井家から輿入れした最初の奥様も実家に返されました。

永禄四年〜十年（一五六一年〜六七年）

お市と浅井長政の結婚はいつか

越前の朝倉氏は、亮政のころから江北に「調停者」といったかたちで存在感を示してきました。浅井家にとって常に味方であってくれたわけではありませんが、お世話になることも多かったのです。

朝倉家は、もともと但馬の出身ですが、足利尊氏さまの挙兵に呼応し、いつしか越前で斯波家に仕えていたのです。

しばしば、朝倉氏を「守護代」という人がいますが、これは誤りです。守護代は甲斐氏という一族でした。ただ、応仁の乱のころの朝倉孝景さまは傑物で、これに目を付けた東軍の細川勝元さまは、守護にするという約束で誘いました。この結果、朝倉氏は戦国時代でも早い時期に幕府から斯波氏に代わる守護として認められたのです。

つまり、朝倉氏はもともと、斯波氏の尾張守護代であった織田氏より格下なのですが、織田氏と違って二段飛びで守護に成り上がったことになります。ここから、互いに自分たちの方が名門だという対抗意識が生まれ、のちに浅井家にも災難を及ぼすのです。

織田家と浅井家の接触がいつから始まったのかは、いろんなことをいう人がおり、わたくしもどれが正確か分かりません。ただ、桶狭間の戦いが終わって、信長さまの次の目標が美濃征服となり、一方、浅井も国境で斎藤氏と小競り合いを繰り返していましたから、手を結ぶのは自然の成り行きでございました。

このことは、わたくしたちの父母である長政とお市が結婚したのはいつかということにも関連してまいります。

結婚の時期は、浅井旧臣である筑後柳川城主田中吉政の家臣が書いた「川角太閤記」が永禄四年（一五六一年）のこととし、「浅井三代記」は美濃の斎藤氏と争っていた永禄七年としますが、美濃攻略が終わった後の永禄十一年（一五六八年）という人もいます。

しかし父は、永禄四年には長政を名乗っております。信長さまの「長」をもらったと考えられますから、信長さまとの同盟を前提にしたと見るのが普通でしょう。また、お市の方はこの年に数えで十五歳になっていますから、決して早すぎる年齢ではありません。

輿入れが何年だったかは分かりませんが、少なくとも、桶狭間の戦いと野良田の戦いからそれほど経たない時点で縁談はまとまっていたのでないかというのがわたくしの推測です。結婚も美濃攻略を待たねばならないわけではなかったでしょう。

このころの京極家についてもお話しいたしましょう。

もともと亮政は兄の京極高延を支援していたのですが、六角氏との関係改善で疎遠となり、かわりに弟の高吉との関係がよくなりました。そんなこともあって、京極高吉は、浅井長政の姉であるマリア（のちにキリシタンになってからの名前です）と結婚することになりました。

これが野良田の戦いの前か後かははっきりしませんが、長政としては、京極家との関係をきちんとしておこうとしたのでしょう。

この縁組みで、高吉もかろうじて浅井家の客分のような立場は維持できました。また、浅井とほかの土豪たちは建前では常に対等の関係ですから、守護家である京極の権威を借りること、とりわけ縁組みをしておくことは、浅井にとってたいへん得るところが大きかったのです。このように戦国大名が守護家を名目だけ残して間接支配することは珍しくありませんでした。尾張でも桶狭間の戦いのころまで信長さまは斯波家を清洲城主として温存していたくらいですし、土佐の長宗我部氏も関ヶ原の戦いまで一条家と縁組みをしつつ立てていたのです。

高吉夫妻は三十四歳も歳が離れていましたが、わたくしの夫になる高次、弟の高知、それに秀吉さまの側室になる竜子、近江の名族朽木宣綱に嫁いだマグダレナ、美濃の名族で桑名城主の氏家行広夫人と、二男三女にも恵まれました。

マリアは、実家の浅井家の滅亡という悲劇は味わいましたが、戦国の女として充実した人生を送った女性だと思うのです。

高次は、丸亀藩京極家の記録では小谷城に生まれたとありますが、確かなことは分かりません。京極氏の本拠だった上平寺城（米原市東部）はこのころ廃絶していましたから、可能性はありません。もしかすると、京都にいたのかもしれません。

＊京極高延の没年とその状況が不明なので、浅井久政が高延と高吉との間でどういう動きをしたかの事情がやや不明である。ただ、足利将軍との関係ではずっと浅井氏は京極家臣という位置づけのままだったようだ。

信長の美濃攻め

桶狭間で大番狂わせの勝利をおさめられた信長さまは、「将来のホープ」から一気に「全国的な有力武将」になり、尾張では誰もが信長さまのいうとおり動かざるを得なく

六角京極家 浅井家 系図

浅井家

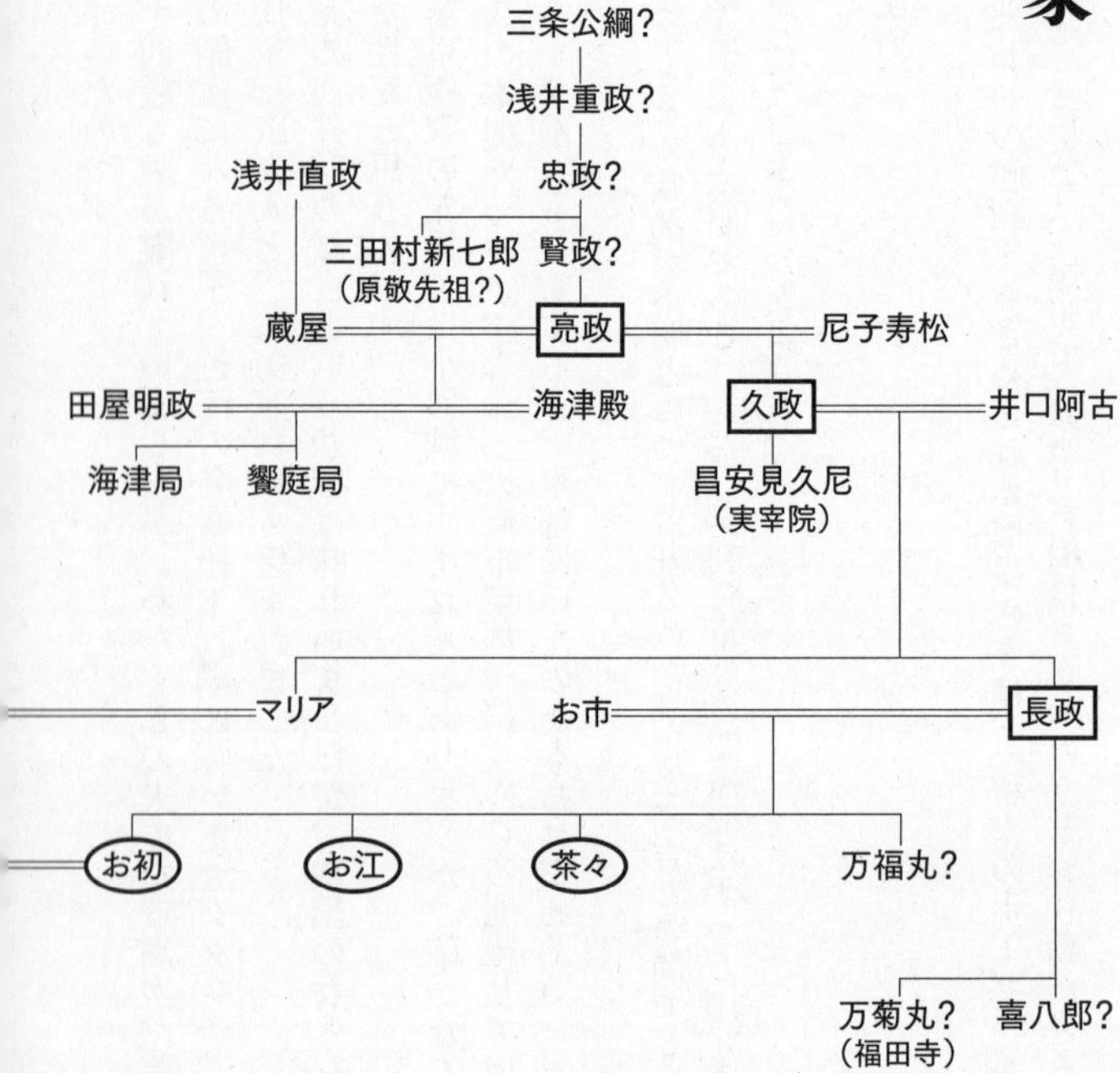

六角京極家

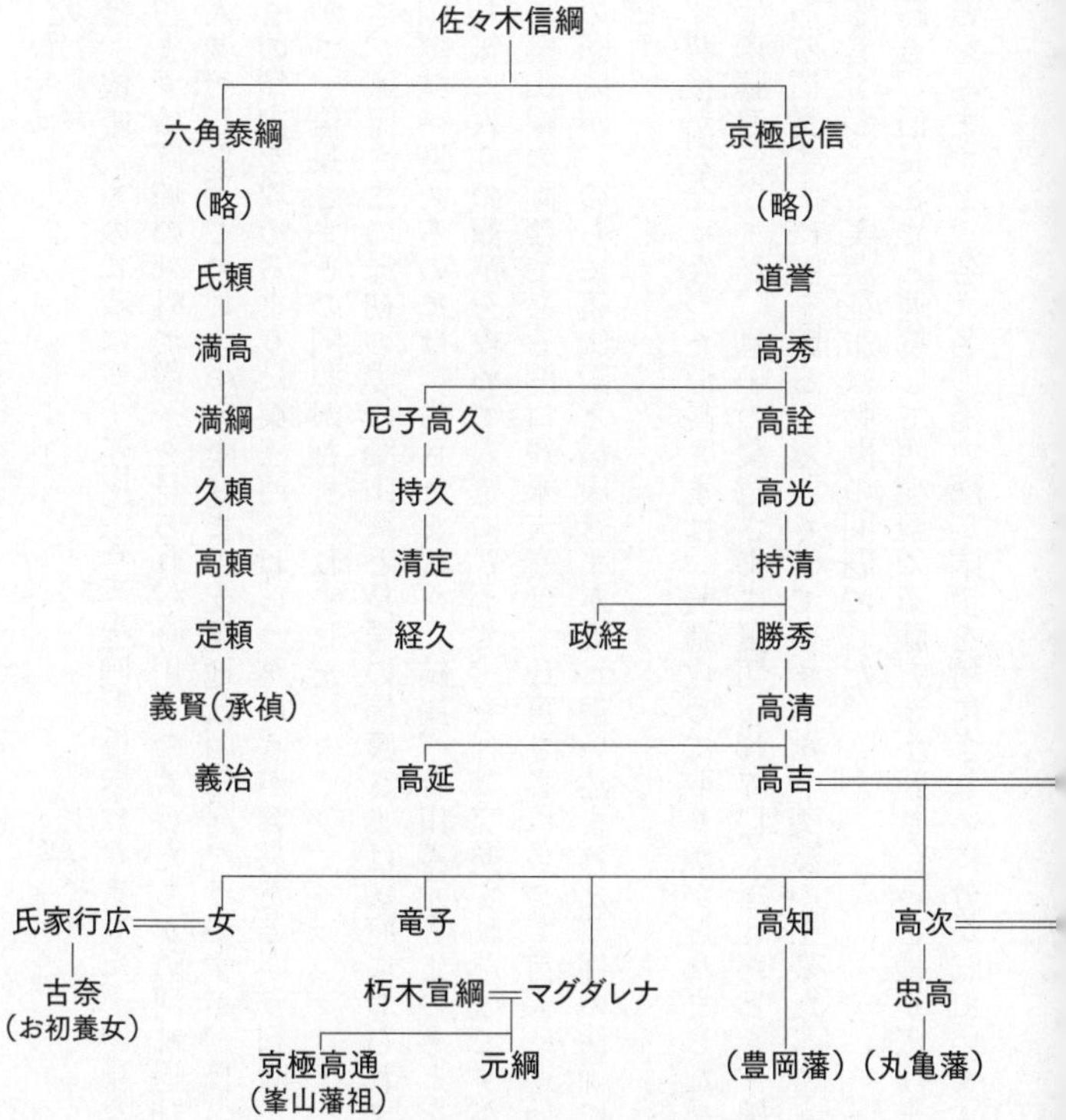

中世の六角、京極、浅井の各氏の系図は不明な点が多い。
本図は公式の系図を基本として、若干の補完を行ったものである。
京極高吉は政経の孫が養子になったとの説もある。

なりました。

三河では、家康（このころは松平元康）さまが岡崎に戻られました。慎重な家康さまですから、まずは岡崎の郊外で様子を見られ、今川方の武将たちが駿河に退却するのを待っての入城でした。このころの家康さまの支配地は西三河だけですが、日の出の勢いの信長さまの領内を攻めるよりは東三河をねらったほうが容易だという判断があったようで、やがて、信長さまとの同盟がむすばれました。

このとき、家康さまの最初の妻の築山殿と長男の信康さまは駿府におられましたから、お二人を岡崎城へ迎えるのには苦労されました。結局、今川義元さまのあとを継いだ氏真さまのお気に入りの寵童を攻めて人質にとって、それと交換されたのですが、お気の毒なことに築山殿の両親である関口親永夫妻は、氏真さまによって自害に追い込まれました。この悲劇が、のちに築山殿と信康さまが死に追い込まれた事件の伏線になったのでございます。

こうして背後が安全になった信長さまは、美濃攻めに取りかかられました。

美濃では斎藤道三さまが、息子の義竜さまに裏切られて亡くなったとき、娘の濃姫さまの夫である信長さまに国を譲ると遺言されていました。美濃の土豪たちでも信長さまに味方する者も多く、美濃征服は時間の問題でした。

浅井長政も、信長さまと連携して西美濃で斎藤方と小競り合いを繰り広げました。歴史地図などをみますと、各大名の勢力圏が国境を境にきれいに分かれていますが、実際には、国境をはみ出して勢力拡大を図ることは珍しくなかったのです。

このころ京都では、三好長慶さまが亡くなられ、その家臣で謀略家の松永久秀さまが力を増していました。しかし、将軍義輝公は久秀さまの傀儡にはなりたくないので、両者の対立は深まり……、ついに永禄八年（一五六五年）、久秀さまや三好三人衆（三好家の主だった三人の家臣）が義輝公を殺してしまったのです。

義輝公は塚原卜伝の弟子で剣豪としても知られていましたが、多勢に無勢で奮戦むなしく、力尽きられました。母や、弟の北山院周嵩さまも殺されました。

このとき、義輝公のもう一人の弟である覚慶（義昭）さまは、奈良興福寺一乗院におられたのですが、細川藤孝さまらの手引きで近江に隠れました。最初は甲賀郡油日の山中にある和田惟政さまの屋敷におられましたが、やがて、琵琶湖に近い野洲郡矢島の少林寺（矢島御所）に移ります。一休禅師が晩年の一時期におられたお寺です。

義昭さまは、六角氏にも京都復帰を助けるように頼むのですが、内紛に悩む六角氏は匿うのが精一杯で、そんな余裕はありません。

信長さまにも、上洛するようにと檄を飛ばされましたが、まだ美濃制圧が終わっていませんから無理なことでした。もっとも、大勢は決していましたから、信長さまもいずれは上洛なさる気満々でしたでしょう。この年に、武田信玄さまの四男である勝頼さまに、自分の姪である遠山姫を養女として嫁がされているのはその表れでした。

そのうちに、矢島にも久秀さまたちの圧力がかかってきたので、義昭さまは湖を小舟で渡り、若狭を経て越前は一乗谷の朝倉義景さまのもとに逃げこみました。朝倉家では義昭さまを歓待してくれたものの、義景さまは兵を率いて上洛などしてくれそうもありません。

このころの一乗谷は、京都風の町並みが美しく、荒れ果てた京都から公家など文化人がおおく訪れていました。しかし、義景さまは臆病なうえに小少将という美女との生活に満足していました。またこの時期、一向宗が絶大な勢力を誇っていましたから、国元を離れてそうは大胆には動けなかったのです。

信長ついに上洛する

永禄十一年(一五六八年)

信長さまが斎藤竜興さまを逐って美濃を併合したのは、永禄十年(一五六七年)のことです。さっそく、美濃土岐氏の一族である明智光秀さまらが仲介役となって、信長さまとの交渉を行われたところ、すぐにでも上洛してもよいという思いがけない良い返事が戻ってきましたので、義昭さまは喜んで岐阜に移られたのです。この永禄十一年(一五六八年)七月のことです。

その途中に江北を通られ、小谷城にも立ち寄られました。そのとき、義昭さまの側に、後にわたくしの舅となる京極高吉もいたとも聞いております。そののち高吉は義昭さまに仕えて、足利、朝倉、織田、浅井の間で外交官的な役割をしていたようです。

こうして上洛の準備が整った信長さまは、六角義賢さまにも協力を呼びかけられ、わざわざご自身で長政の支城である佐和山城まで出向かれ、観音寺城に使いを出して一週間にも渡って説得に当たられました。六角氏に京都所司代として都の治安維持を任せるとまでおっしゃったのですが、信長さまが浅井氏と組んでいるのが気にくわないのか、義賢さまは曖昧な答えしか返されませんでした。このころ、三好三人衆たちが阿波にいた足利義栄さまを十四代将軍に擁立したので、様子見をしていたのです。

そこで信長さまは、義昭さまを擁して江南に進攻されたところ、義賢さまはほとんど抵抗もせずに逃げ出し、甲賀郡の山中に逃げ込まれました。これまでと同じように、身を隠して情勢を見ておれば、それほど月日がたたないうちに観音寺城に戻れるという読みだったのでしょう。が、それは信長さまをあまりに甘く見ていたのです。結局のところ、二度と観音寺城が六角家のものになることはありませんでした。

このとき浅井勢は、織田軍に加わりはしましたが、必ずしも先陣を切ってというわけではなかったようです。このあたりに、のちの悲劇の端緒があるのかもしれません。

ただ、信長さまの上洛の翌年には姉の茶々が生まれていますから、長政とお市の方にとってはもっとも幸福な時代だったのではないでしょうか（茶々の生まれた年については上洛前年という説もあります）。

信長さま上洛の年には、三河の松平と甲斐の武田が今川氏真さまを攻めて、駿河は武田、遠江を松平と山分けしています。また信玄さまは三年前、正室を駿河からお迎えになっていた嫡男の義信さまを廃嫡して、信長さまの養女（姪）と結婚されていた勝頼さまを正式に跡継ぎにされておられます。信長さま嫡子の信忠さまと信玄さまの娘松姫さまの婚約も成立いたしました。

これは信玄さまが、信長さまの東日本における協力者としての道を選ばれたことを意味しています。信玄さまは信長さまの、ライバルではなく協力者だったのです。

上洛して正式に十五代将軍になられた義昭公は、信長さまに感謝し、斯波氏の例にならって兵衛佐を名乗り、管領に就任するようにとおっしゃいました。義昭公とすれば、主家である斯波家を追放して取って代わったことを事後追認し、しかも、斯波家が占めていた幕府の管領職につけようというのだから、大サービスのつもりだったのでしょう。ところが信長さまは、これをにべもなく断り、恩賞についても堺と大津と草津に代官を置くことだけを望みました。京都に留まって治安維持の責任を負うことは避けたのです。一方で、堺の町に火をかけると脅して多額の金を献上させて、さっさと岐阜へ戻ってしまいました。

この判断は正しいものでした。

なにしろ、京都の治安を維持するのはたいへんなことでしたし、京都にいれば朝廷や幕府の様々な行事に付き合わされます。そうなると本国がおろそかになります。かつて大内義興さまや三好長慶さまが京都に留まられたためにかえって力を失われていったことを、信長さまはよくご存じだったのでしょう。

永禄十二年〜十三・元亀元年（一五六九年〜七〇年）浅井・朝倉が信長に反旗を翻す

「室町幕府」とは同志社大学の西側、今出川通の北側で烏丸通と室町通に挟まれたあたりにあった「花の御所」にあった時期が長いので名付けられた名前です。ただ、義昭公はとりあえず、京都六条堀川の本圀寺《ほんこくじ》（現在は山科）を仮御所にされていました。

しかし、信長さまが京都を離れられると、案の定、河内に逃げていた三好三人衆（三好長慶の一族で足利義輝を殺したあと京都を支配していたが、信長上洛のとき退去）らが本圀寺を襲いました。上洛の翌年（永禄十二年・一五六九年）一月のことでございます。

信長さまはさっそく岐阜から京都に兵を率いてかけつけ、反乱軍を鎮圧なさいました。

そして、烏丸あたりに二条城を築いて御所をそちらに移しました（徳川の二条城とは別のものです）。

このときに朝廷は、信長さまが京都に留まることを願って、副将軍はどうかと申し出たのですが、これもまた信長さまは断ってしまいます。

ただ信長さまは、義昭公が信賞必罰などを勝手になさらぬように釘を刺し、信長さまの添え状をつけるようにとおっしゃいました。また、近畿周辺の諸大名に義昭公の名前で、上洛を要求されたのです。

これには能登の畠山氏や飛驒の姉小路氏などまで応じたのですが、越前の朝倉氏は無視してしまいました。もとは同じ斯波氏の家臣だったのに、信長さまが斯波氏の立場を継ぐ立場になると、朝倉氏は信長さまの家臣になりかねないと懸念したのでしょう。先に守護としての立場を認められた朝倉氏にとっては、耐え難いことでございました。

そこで元亀元年（一五七〇年）四月、信長さまは、徳川家康さまとともに、まずは情勢が安定しない若狭へ遠征するといって京都を出発されたのですが、途中から朝倉攻めを宣言されました。

驚いたのは浅井家中でございます。もちろん、織田と朝倉の因縁も、このところ雲行きが怪しいことも知ってはおりましたが、なんとか、両者の対決にならないように仲介しようと思っていたのに、なんの相談もなく、いきなり信長さまが攻撃をかけたのです。信長さまにしてみれば、相談すれば反対されるだろうと思ってのことでしょう。また、協力しなくとも黙って見ていてくれればよいと踏んだのでしょうが、浅井の方からすれば、ますます馬鹿にされたような気分でございました。

それに、義昭さまの上洛にも協力したのに、特段の見返りもないという気分もありました。江北の支配を保証することで、恩賞としては十分だと信長さまは考えておられたのでしょう。浅井は徳川のように死にものぐるいで信長に尽くしているわけでもない、という不満もあって、浅井にはそれ以上の領地をくださらなかったのかもしれません。

小谷城内では久政を中心に、朝倉につくべしという声がわき上がりました。若い長政に対して、美しいお市を溺愛するあまり、朝倉への恩義を忘れてもいいのか、と諫める声もありました。織田にいいように便利に使われているだけではないか、織田方が日頃から浅井の家臣たちを馬鹿にしたような態度であるのは我慢ならない、といった不満が充満していたのです。

長政にすれば辛い決断でしたが、燃え上がった家中の不満をお市への愛情だけで押さえ込むのは、はなから無理な相談でした。

浅井は、織田軍を牽制するために出兵しました。

といっても、信長さまを討とうとしたのかどうかは、よく分かりません。朝倉攻めを中止させるのが当面の目的だったはずです。あるいは、信長軍を攻撃したのは、現場の独走だったのかも知れません。

このときお市が浅井に留まったのは、浅井としては信長さまと完全に絶縁するつもりではなかったとか、お市が相次いで子供を儲けていた時期だということもあるでしょうが、それ以上にわたくしたちの父母が強い愛情と信頼で結ばれていたことが何よりの理由だと思います。このときにお市が、空け口のない袋に入った豆を送って信長さまに危険を知らせたという話もありますが、信長さまは浅井の攻撃があったときに驚いて呆然としたと記録されていますから、事実ではありません。

信長さまは、敦賀の金ヶ崎城を攻撃していましたが、すぐに京都へ逃げ帰ることを決意しました。しんがりは木下藤吉郎（のちの豊臣秀吉）さまが引き受けました。

信長さま自身は、琵琶湖に面した北国街道（西回りと東回りがありますがここでは西回り）を避けて、比良山の裏側の安曇川上流から花折《はなおれ》（花折断層や鯖寿司で有名です）や途中（固有名詞です！　途中行きというバスがあるので、よく笑い話の種になります）を通って八瀬大原に出る裏街道を抜けることにしました。

この段取りを佐々木一族の朽木氏とつけたのは、知恵者の松永久秀さまです。久秀さまは足利義輝公を殺した主犯者ですが、信長さまの上洛にはいち早く味方しました。信長さまもその才覚を気に入って義昭さまの反対を押し切って重用されており、それが役に立ったのです。

こうして信長さまは虎口を脱し、少人数ながら守備隊がいる京都に逃げ帰りました。ここで忘れてはならないのは、このときも含めて義昭公は室町幕府が滅びる直前まで、対立はしつつも、つねに信長方におられたということです。これで、朝倉だけでなく浅井まで、義昭公への謀反人ということになってしまったのです。

姉川の戦いは信長の大勝利ではなかった

京都に帰った信長さまは、十日ほどのちに帰国することにされました。六角氏残党の蹶起を避けて鈴鹿山脈の千種越えという間道を通ったとき、甲津畑というところで、杉谷善住坊という謎の僧が信長さまを銃撃しました。小説などでよく登場する事件です。

岐阜に無事着かれた信長さまは、すぐさま浅井を討つことを決し、六月、小谷城に向かって兵を進めます。岐阜と京都を結ぶ道としては、伊勢回りも可能ですが、やはり遠回りです。信長さまは、なんとしても中山道を押さえようとしたのです。

織田方には徳川家康さまも参加されましたが、朝倉義景さまは一族の朝倉景健さまを浅井方に派遣するに留めました。こののちも、朝倉が味方してくれるが、つねに中途半端という態度が、浅井にしてみますと信長との和解はできず、かといって勝利もおさめられない、という状況に陥らせる原因になります。

この「姉川の戦い」のとき、織田・徳川軍は二万八千、浅井・朝倉軍は一万八千ほどだったといいます。戦いは磯野員昌《かずまさ》さまらの活躍で織田軍は十三段のうち十一段も切り崩され、木下藤吉郎さまなども危ないところだったそうです。

しかし、酒井忠次さまや榊原康政さまらの徳川軍が奮闘して盛り返し、最終的には織田・徳川軍の勝利に終わります。ただし、この戦いを江戸時代の史書が、信長さまの大勝利だったというのは、少々、無理があります。おそらく徳川軍の活躍を強調するために、誇張したものでしょう。たしかに、長政の弟の政之などそれなりの犠牲者は出ていますが、壊滅というほどではありませんし、その後の展開はむしろ浅井に有利なものでした。

なにしろ、信長さまは岐阜城に帰られたあと、最大の苦境に立たされたのです。

三好三人衆は、前年に本圀寺に義昭公を襲ったものの敗退していましたが、この年の七月に四国勢などを率いて石山本願寺に近い野田城や福島城に入り、兵を挙げました。信長さまは岐阜から急行され、義昭公も織田方を助けるために出陣、松永久秀さまや河内の畠山昭高さまも参陣されました。

ところが、ここで、石山本願寺の顕如上人が、まるで堅固な城のようになっていた石山本願寺を破却して退去するように信長さまから勧告されたのを怒って参戦されたために、戦線は膠着状態になりました。

これを見て立ち上がったのが、浅井・朝倉とかつては浅井の宿敵だった六角義賢さまの勢力の連合軍です。比叡山延暦寺とも連携しての行動でしたから、ほとんど近江一国上げて信長さまの敵になったのです。

このころ、大津方面の織田方の拠点は比叡山の南にある宇佐山城で、森可成《よしなり》さまが守っていました。可成さまは、堅田の土豪たちの加勢もあって、叡山の里坊がある坂本に進出して浅井などの軍を迎え撃ちますが、多勢に無勢で打ち破られました。信長さまの弟である信治さまや湖南の草津付近の有力者だった青地茂綱さまともども戦死し、長政は京都を窺う勢いになりました。

これを聞いて信長さまは、京都に急ぎ戻られましたので、浅井・朝倉勢は叡山に退き籠もりました。信長さまは延暦寺に、浅井・朝倉を山内から追放すれば奪われた荘園を返還するなど申し入れたり、朝倉氏には決戦を申し込んだりしましたが、らちがあきません。

　しかも、伊勢では長島の一向宗の門徒が蜂起し、信長さまの別の弟である信興さままで戦死されました。

　絶体絶命に陥った信長さまは、義昭公や関白二条晴良公に坂本までお出まし願い、正親町天皇まで巻き込んで、晴良公より和平勧告をしてもらいました。このとき、義昭公は仲裁者でなく、信長方の一員という立場での参加だったのです。

　浅井としては、もっと粘りたかったのですが、冬が近づいて朝倉勢が帰国を望んだために、画竜点睛を欠くことになりました。しかも、講和によって北近江の支配権を信長が三分の二で浅井が三分の一という条件を受け入れてしまったことは大打撃になりました。こうして織田軍は勢多まで兵を引き、浅井・朝倉は湖西の道を北へ向かって引き上げ、久しぶりに長政も家族のもとへ帰ってまいりました。

　何月かははっきりしないのですが、わたくし、初が生まれたのはこの年のことです。姉の茶々とは年子になります。場所はいずれも小谷城の麓で居館があった清水谷だったと聞いております。両側を険しい山に囲まれた谷に居館と武家屋敷が並び、その入り口が幅二十メートルの堀で仕切られています。これだけでちょっとした敵への備えとしては十分です。

　いま訪れると、小谷山への登山道路には熊が出没するというほどのうっそうとした森が拡がっています。谷の奥まったところにある館跡は高い樹木が多く、城山を仰ぐのを

小谷城址鳥瞰絵図
画／美濃部幸代
小丸跡
京極丸跡
本丸跡
中丸跡
大堀切
大広間跡
桜馬場跡
馬洗池跡
御馬屋跡
御茶屋跡
金吾丸跡
番所跡
S.minobe

大嶽城跡
山王丸跡
六坊跡
福寿丸跡
大野木屋敷跡
三田村屋敷跡
山崎丸跡
清水谷
井筒跡
御屋敷跡

難しくしています。でも、わたくしが生まれたころは、渓流の両側に武家屋敷が並び、左岸にあった居館の背後には、低い樹木だけが生えた山の頂に、堅固な城塞の偉容を仰ぎ見ることができたでしょう。

商店などはほとんどなく、行商と近隣の市場町などで用を足しておりましたので、江戸時代の城下町のような惣構えで守られるようなものはなかったのでございます。

元亀二年（一五七一年）叡山はなぜ焼かれたのか

比叡山延暦寺が中世において持っていた力は、現代の方にはなかなか理解できないと思います。最澄によってつくられた延暦寺は桓武天皇の勅命により、王城鎮護のための道場とされた由来もあり、皇室にとってはとても大事なお寺ですし、天台宗の有力寺院は皇室や摂関家の子どもたちのいわば天下り先でもありました。

各寺院は荘園をたくさん持っていましたから、とても豊かだったのです。しかも、平安時代から朝廷は本格的な常備軍を持っていませんでしたから、比叡山の僧兵たちが京都周辺では最大の武装勢力だという時代もありました。源氏や平家というのは、叡山より強い軍事集団が必要になったために、摂関家と院がそれぞれ育てたものです。

鎌倉時代や室町時代には平安時代ほどの力はありませんでしたが、金持ちで、そこそこの武力を持ち、しかも、宗教団体ですから攻撃されにくいという立場でした。しかも、このころの京都周辺の金融業者の半分以上が坂本に本拠を置いていたといいます。

ただ、近江の土豪たちはしきりとお寺の持つ荘園を横領し、それが政争のたねになっていたこともすでにご紹介した通りです。そういうわけで、もともと関係の良くなかった浅井・六角と叡山ですが、対信長では手を組むことになりました。

信長さまが叡山のライバルである園城寺（三井寺）と親しく、たびたび宿舎として利用されていたことも、叡山側は気に障ったのかもしれません。

近江では、天台宗と並んで一向宗も大勢力でした。なにしろ、蓮如上人が京都を逃れて近江や越前におられたことがあるのです。近江の国でも堅田周辺、野洲郡、それに浅井家の領地である湖北はとくに一向宗が強いところでした。

石山本願寺は、もともと信長さまと対立していたわけではありませんが、信長さまからの一向宗への干渉が強まるにつけ、関係はとげとげしくなってきました。三河の一向一揆で家康さまがいっとき窮地に追い込まれたとか、尾張に近い伊勢長島の門徒が信長さまのお膝元で反抗的だったことも、信長さまをいらだたせたことでしょう。

しかも、朝倉家と本願寺の大谷家は縁組みをしていたのでございます。

この年には、全国的には信長さまへの包囲網はかえって強まっておりました。が、信長さまは前の年に京都と岐阜の間の連絡を絶たれて苦労されたこともあって、近江の制圧に全力を注がれました。

ます。

このために、浅井家は矢面に立って、たいへんな苦難が続くことになったのでございます。

とくに痛かったのは、佐和山城の磯野員昌が投降したことです。佐和山は中山道と北国街道の分岐点にあり湖北で最重要の要衝ですので、長政は姉川合戦でも活躍した員昌にここを守らせていました。

しかし、まわりを織田方に囲まれてだんだん孤立していったころ、織田方は員昌が内通しているという噂を盛んに流しました。そこで、長政は佐和山への救援を少し手控えたのです。これが仇になったのでございます。員昌は織田方に降ったのでした。一説によると、内通の噂に怒った浅井方が人質に取っていた員昌の母親を殺して晒したのが原因ともいわれていますが、よく分かりません。

いずれにしても、員昌は高島郡を任すという条件で大溝に退去しました。のちに員昌は、信長さまの甥である信澄さま（信長さまと跡目を争った信行さまの忘れ形見です）を養子として押しつけられ、出奔することになります。

要衝・佐和山城には、丹羽長秀さまが入られました。

八月には信長さまが自ら近江に出陣して、小谷城を攻めたり、一向宗の拠点だった金ヶ森などを攻略し、包囲網は徐々に狭まってきたのです。

九月になると、信長さまは本陣を園城寺に置いて叡山への攻撃にかかられました。信長さまは、年初に細川藤孝さまが岐阜へ祝いをのべに赴いたときに、「今年こそは叡山を滅ぼす」といっていたくらいなのですが、叡山のお坊さんたちは、さすがにそんなことはできないだろうと甘く見ていたのでございます。

叡山の堂舎を焼き払うぐらいのことは、将軍義教公らもしておりました。ただこのときには、僧ばかりか、そこに逃げ込んでいた女性や子どもまで殺戮したのです。これはさすがに前代未聞のことで、全国の人々はそれはもう、信長さまの恐ろしさにふるえあがったのでございました。

このころ、京極高吉は将軍義昭公の側におりましたので、「自分の家臣である浅井家は義昭さまに反旗を翻した謀反人だ」と糾弾し、土豪たちに浅井から信長さまに寝返るように勧めなくてはいけない立場にありました。信長さまからは去就を疑われる立場ですから、息子でわたくしの夫となる高次を岐阜に人質に出しました。お市が実家と嫁ぎ先のあいだで苦悩したように、マリアも同じような立場にいたわけです。これがのちにキリシタンに入信する動機になったかもしれません。しかし、ここで信長さまについておいたことは京極家にとって幸運につながるのです。

元亀三年（一五七二年）
麓の居館を焼かれ小谷山に引っ越し

二条城にいた足利義昭公の側近には、細川藤孝さまや明智光秀さまなどもいましたが、彼らは信長さまの指揮下でも働いていて、微妙な立場になっておりました。幕府では、信長派の人々とアンチ信長派の確執が激しくなってきたのでございます。

といっても、この段階では義昭公はあからさまな形では反信長ではありません。各地の武将に上洛を呼びかけはしますが、信長を排除せよとはいっておりません。

また義昭公は、京都に屋敷を持たない信長さまのために武者小路に屋敷を建てて京都に住むように勧めたりもして、ご自分なりに融和策を採りました。

小谷城への織田方の攻勢はますます厳しく、包囲網は狭まってきました。正月には浅井方が秀吉さまの留守に横山城を攻めましたが、竹中半兵衛さまに撃退されました。

七月には、この年の初めに元服していた信長さま嫡男の信忠さまが、初陣として出陣され、清水谷にあった武家屋敷や浅井館を焼き尽くしました。わたくし自身の記憶は定かでありませんが、このころ、麓の館から山上の城にわたくしたちも移り住んだようです。

このとき信長さまは、竹生島も攻めました。そして八月には、小谷城のすぐ西の虎御前山に砦を築きました。しかし、朝倉から一万五千の援兵が来ましたので、にらみ合いが続き、いったん信長さまは京都へ赴かれました。そして義昭さまに「異見十七箇条」という糾弾書をつきつけ、政治姿勢を全般にわたって批判され、「悪しき御所という評判だ」とまでおっしゃったのです。

こうしたころ、ついに、武田信玄さまが動き出します。といっても、ことは複雑でご

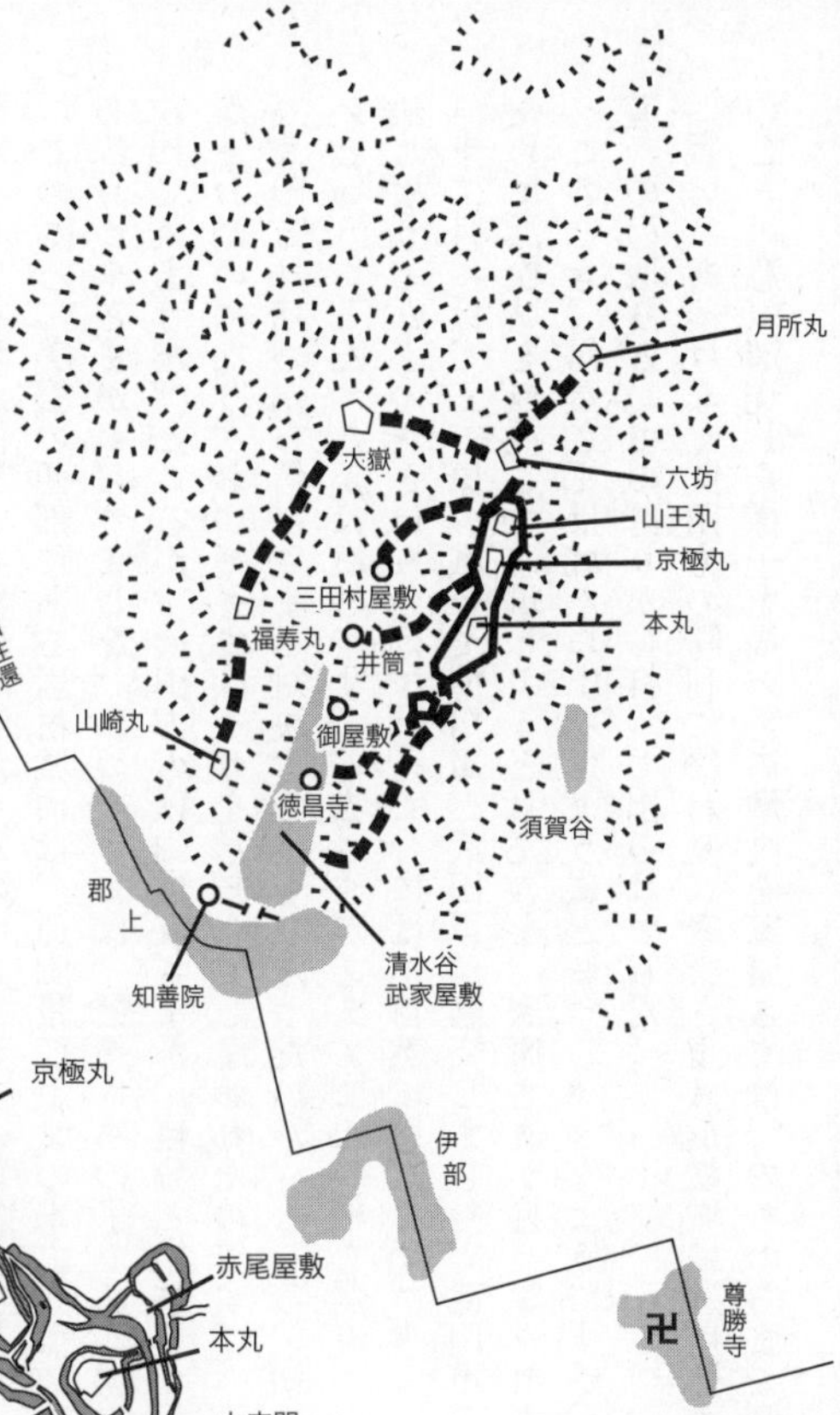

小谷城周辺地図

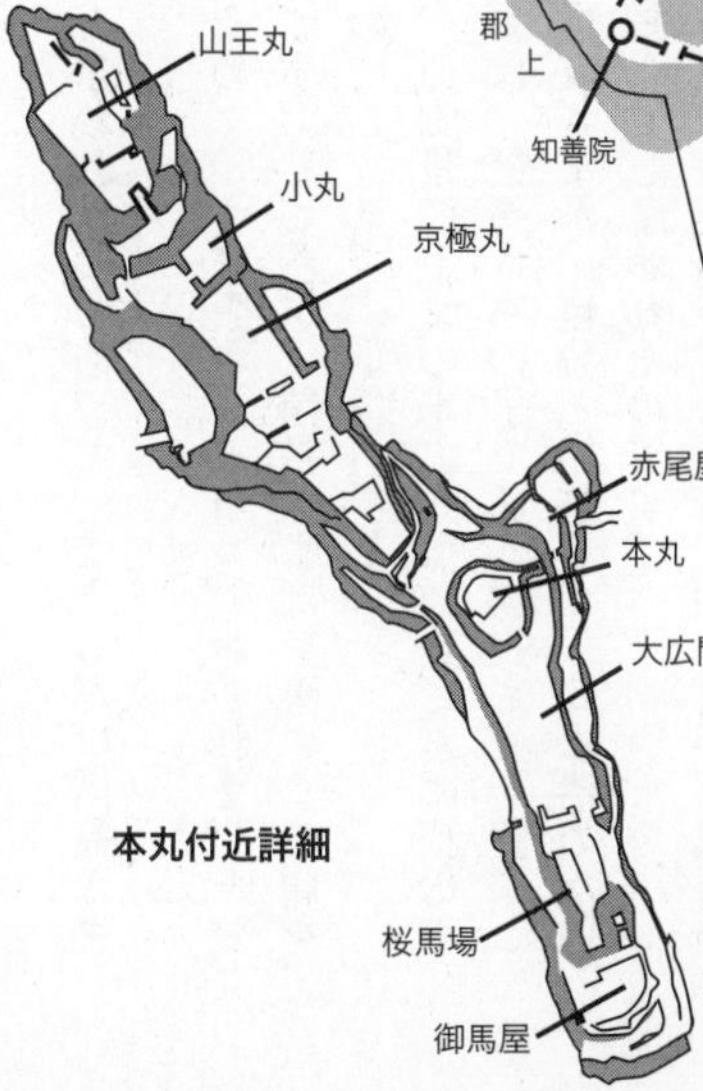

本丸付近詳細

縄張りについては、江戸時代に作成された絵図や発掘調査で推定されているが、詳細は不明。登り口の道についてもよく分からない。

ざいました。信玄さまは、最初は家康さまと争われたのであって、できるだけ信長さまの機嫌を損じないようにされていたのです。

信玄さまは、遠江や三河の山間部の支配をめぐって家康さまと争っておられました。いわば、同じ織田陣営のなかでの内輪もめです。ところが、信長さまは家康さまの肩を持たれる。それが信玄さまには不満だったのでしょう。

このころ、美濃の西部にある岩村城には、遠山景任さまの未亡人で信長さまの叔母であるおつやさまがおられました。おつやさまは、信長さまの子である勝長さまを養子とされていました。ところが、武田方の秋山信友さまが、自分と結婚して一緒に治めないかとお勧めになり、おつやさまはこれを承知してしまわれたのです。

武田方は初めから信長さまと対決するつもりだったのか、むしろ、初めは絆を強めたいということだったかは微妙です。信玄さまがあえてこの時期を選んで、信長さまと対決しようとなさったというのは、わたくしには不自然に思えます。

十二月には、三方原の戦いで徳川軍と武田軍が激突しました。武田軍が東三河侵攻のために浜松城を無視して進軍しようとしたのを、家康さまが迎え撃たれたのです。

このとき、信長さまは城から出ないようにとおっしゃったようですが、家康さまは海道一の弓取りとしての誇りから打って出られました。

戦いはあっけなく武田方の勝利に終わり、家康さまは浜松城に逃げ込まれました。このときの意気消沈した様子を描いた肖像画を家康さまは、のちのちまで側において戒めとされたそうです。信長さまは近江などで戦っておられたときですから余力はなかったのですが、家康さまへの友情から三千の兵を出されました。こうして援軍を出したことが、武田と織田の友好関係の終わりになりました。

元亀四・天正元年（一五七三年）武田信玄の死と朝倉滅亡

武田信玄さまが、本当に勢多の唐橋に旗指物を掲げるつもりで西上されたのかどうかは何ともいえません。もしかすると徳川領について、信長さまと取引きを狙われただけかもしれません。

もちろん、場合によっては信長さまと対決するという気持ちはあったでしょうし、上洛する意欲もあったでしょうが、長く京都に留まるだけの力はなかったのではないでしょうか。

そもそも、信玄さまの領地は最後のころでも太閤検地のときの数字をあてはめると六十万石余りです。これはだいたい尾張一国とか、朝倉氏が支配する越前・若狭両国と同じくらいしかないのです。勝頼さまの時代にはもう少し増えて九十万石くらいになりますが、信長さまの支配地の豊かさとは比べものになりません。

信玄さまが大きな存在となったのは、武田滅亡後に徳川に仕えた武田旧臣が多く、そのなかに、軍学の師などになったものが多かったからではないでしょうか。

浅井家の娘としては、信長さまにとって最強の敵は、武田信玄さまなどでなく、三年半も戦ったわが父浅井長政だったと胸を張りたいところです。

ただ、元亀三年（一五七二年）暮れの情勢からいえば、信長さまのまわりは敵だらけでした。武田が思いきって織田と全面対決に出て、尾張、美濃に進出すれば、信長さまも安閑としておられなかったでしょう。

ところが、またもや、冬が近づいたというので、朝倉勢が近江から撤兵してしまったのです。浅井だけでは、織田勢を武田勢とはさみうちにすることはできません。毎度のことですが、浅井家としても茫然自失です。

この裏切りに、信玄さまはたいへん怒られ、叱責の手紙を朝倉義景さまに送られたのですが、朝倉は知らん顔です。野田城を囲んだまま越年されていた信玄さまは、ここで、病の床についてしまわれました。城中から聞こえる笛の音に聞き入っているときに狙撃されたなどという伝説もありますが、事実ではないでしょう。

信玄さまはもともと肺を病んでおられ、しかも硫黄の臭いが立ちこめるような温泉がお好きだったので、ますます悪くされたという説もあります。どちらにしても、療養のために躑躅崎《つつじがさき》に帰ることになさいましたが、その途中、伊那谷の駒場《こまんば》というところで亡くなりました。翌四年四月のことでございます。その死が、遺言によって三年間、秘密とされたのはみなさまご存じの通りです。

信長さまは、朝倉が引き上げ、武田軍の進撃が止まった好機を逃さずに上洛され、義昭公を威嚇するために、なんと、上京一帯を焼き払ってしまいました。正親町天皇の仲裁でとりあえず収まりましたが、信玄さまの死を知らなかった義昭公は、毛利をあてにして、ついに公然と反信長の狼煙を上げられたのでございます。つまり、このときになって初めて、浅井・朝倉側につかれたのです。

義昭公は、宇治の槙島城にこもられたのですが、「巨星墜つ（信玄さまの死）」という情報を早くにつかんでおられた信長さまは強気に出て、嫡男の幼児（のちの大乗院義尋）を人質にとって義昭公を城から追い出しました。これが、世に言う「室町幕府の滅亡」です。

七月になって、元亀から天正への改元がありました。このころから、小谷城への最終攻撃の準備が始まります。湖岸にあって西脇を守るべき山本山城の阿閉貞征《あつじさだゆき》が寝返ったのは、それはもう、浅井にとって大きな痛手でございました。

このころになると、さすがに朝倉義景さまも危機感を感じられたのか、自ら大軍を率いて救援に来てくださったのですが、すでに小谷城は包囲されて、身動きが出来ない有様でした。

織田軍は一気に朝倉軍に襲いかかり、小谷城の背後の山の山頂にある大嶽砦《おおづく》や浅井家発祥の地にある丁野山城も陥落しました。たまらず、朝倉軍は退却して越前に引き上げようとしますが、内応する者も多く、国境にある刀根《とね》坂の戦いで大損害を出します。山内一豊さまが額に矢を受けて引き抜いたものの大怪我をされたという「功名が辻」でおなじみのエピソードはこのときのことです。義景さまも一乗谷を棄てて大野に逃げられたものの、追い詰められて自刃されてしまいました。八月二十日のことです。信長さまはとりあえず、越前の支配を帰順した前波長俊ら朝倉旧臣にまかせ、すぐに近江にとって返しました。小谷城への最終攻撃がついに始まったのでございます。

小谷城落城とお江の誕生

全国の山城のなかでも屈指の名城といわれた小谷城は、小谷山の頂上から下ってきたところの稜線に築かれています。居館はもともと麓の清水谷にありましたが、戦乱が激しくなって、山上に女たちまで住める居館まで備えた「小谷城」ができたのです。

山上の大手口にあたるところに番所があり、現代ではここまでは、車でも上れます。そこから少し上がった江戸時代に桜馬場と呼ばれたあたりからは、湖北一帯を眼下に見下ろすことができます。信長さまの本陣があった虎御前山がすぐ下に、その向こうに琵琶湖が拡がり、霊所竹生島が可愛らしい姿を見せ、遠く湖西の山々も見渡せます。

そこからさらに上がっていきますと、山上の御殿の跡と言われる場所や本丸がありま す。はたして天守閣にあたる建物があったかどうかは記憶にありません。

落城のきっかけになったのは、清水谷から密かに水手口を上ってきた木下藤吉郎さまが、内応する者の手引きで本丸の背後の京極丸を占領したことです。この城はこうした攻撃を想定して設計されていませんでしたので、さらに奥にあった小丸の久政と本丸の長政との連絡が遮断されてしまいました。正確な日付はもうひとつたしかでありませんが、二十九日には祖父の久政が自刃。ついで、信長さま自ら本丸を攻撃され、九月一日には父の長政も、本丸の横にある赤尾屋敷で自刃したと聞いております。

このときの詳しい経緯はもうひとつよく分かっていません。久政の自害のあとは激しい戦闘も止み、ある記録によると、投降する話もあったようなのですが、手違いもあって自害したとも言われております。重臣の赤尾清綱が討ち死にでなく生け捕り（その後殺されますが）にされていることなどからすると、なにか話し合いがあったようにも思われ、返す返すも残念でなりません。

わたくしたち三姉妹と母のお市がどうやって脱出したのか、わたくし、数えで四歳でしたので記憶がありません。妹のお江は生まれたばかりでした。早くから脱出して、長政の姉が住職をつとめる実宰院（あとで紹介します）という尼寺に匿われていたという伝説もありますが、わたくしが聞いているところでは、藤掛三河守永勝という織田家からお市の方の嫁入りについてきたものが先導したといいます。

あるいは、父長政の死をめぐる少し不自然な動きから考えて、久政が自刃したのちに、わたくしたちのことも含めて話し合いがあったのかもしれません。

また、前もって逃がされていた兄の万福丸も発見されて、関ヶ原で信長さまの命令を受けた木下藤吉郎さまによって磔《はりつけ》（一説によれば串刺し）にされてしまいました。

この万福丸が果たしてお市の子なのかどうかは、わたくしもよく存じません。母にとっても廻りの者にとってもあまり触れたくない話なので、耳に入らなかったのでしょう。もちろん、一部の人が言うように、両親の結婚が信長さまの美濃平定のあとなら、別の女性の子ということになりますが、それもはっきりしないので、分からないのです。

そののち、この兄のことがあまりわたくしたちの周囲で話題になっていないことを考えると、同じ母の子ではないという気はしているのですが、わたくしたちがそう信じたいというだけのことかもしれません。

また、長政の母は高時川に面した伊香郡井口出身で井口阿古と申しましたが、やはり関ヶ原で指を一本ずつ切り落とされるという残酷なやり方で刑死させられたそうです。

こうして小谷城は落城し、浅井家は滅びました。

わたくしたちはとりあえず、母と同母兄弟である伊勢上野城主（伊賀上野とお間違えのないよう。現在の津市内にある城です）の織田信包《のぶかね》さまのところにお世話になることになりました。信長さまとしても、妹のお市の方と顔を合わせるのは気まずいので、そのように手配したのでしょう。

この信包さまは、信長さまの兄弟でもたいへん優れた方で、信頼も厚く、本能寺の変のころでも、嫡男の信忠さま、次男の信雄さまについで第三位の位置におられ、三男の信孝さまより上位におられました。大坂冬の陣の少し前まで健在で、茶々のよき相談相手でした。

小谷城はとりあえず、木下藤吉郎あらため羽柴秀吉さまのものになりました。秀吉さまはすぐに長浜に新城を築いて移ることにされましたが、とりあえずは、家族を岐阜や尾張から小谷に呼び寄せられました。清水谷から瓦などが出土するのはそのときのものといわれております。

山上の城は落城の時に焼けずにそのまま残っていたのですが、秀吉さまが少しは補修した可能性もあります。なにしろ、甲斐の躑躅崎にある武田館の遺跡など、立派な天守台まであるのですが、豊臣時代のものですし、越後春日山の総構えも堀時代のもので、いずれも新しい居城を築城するまでの短い期間しか使っていないのにかなりの工事をしていますから、小谷城でもそういうことがあったかも知れません。

しかし五年後には「破城」が命じられ、石垣なども、すぐには補修して使えないように崩されたのです。もちろん、長浜築城にともなってめぼしい資材は転用されたでしょうし、それがまた再使用されたかもしれませんから、たとえば、彦根城にある小谷櫓がもともと小谷城のものだという伝説も一概に否定できません。そうだとしても、原型はほとんどとどめていないでしょう。

このほか、実宰院の山門や福田寺《ふくでんじ》の御殿についても、もともと、小谷城にあったものという言い伝えがありますが、確認はされていません。

実宰院は小谷城の南にある尼寺です。浅井長政の異母姉でわたくしたちには伯母にあたる昌安見久尼《しょうあんけんきゅうに》が住職をつとめておりましたが、なんと身の丈五尺八寸（約一七六㎝）、目方は二八貫（約一〇五kg）もあったといいます。ここの本殿には後年、茶々によって寄進された昌安見久尼像が祀られています。小谷城陥落のころか、北ノ庄城落城のころかは分かりませんが、わたくしたち姉妹も滞在したような気がいたします。

このあと、本能寺の変が起きる天正十年（一五八二年）までは、わたくしたち姉妹がどうしていたか、記録にもまったくありません。その間の織田家の出来事については、ごく簡単にご紹介するにとどめておきます。

＊小谷城落城から本能寺の変までお市と三姉妹がどこで過ごしていたのかについては、信包が一時預かり、のちに清洲に移ったとする説もあるが、たしかな手がかりがない。信包の居城である伊勢上野城にずっといた、清洲、岐阜、安土のどこかに移った、などの可能性があるが、清洲あたりがもっとも可能性が高いと思う。信長と会ったことがあるかどうかも不明である。

浅井長政が信長を裏切った理由は？

浅井謀反の報せを聞いた織田信長は、容易にそれを信じようとしなかったといいます。妹婿で北近江の支配を保証していたのに、なんの不満があろうかというのでした。

古典的な説明では、浅井が信長と同盟するときに、長く世話になってきた朝倉と浅井の同盟を尊重し、もし朝倉を攻めるときには事前に相談することを約束していたのに、信長がそれを破ったためだとされています。

が、別の説もあります。朝倉は浅井を攻めたこともあり、決して長く堅固な同盟ではなかったけれど、いつか我が身にも同じようなことが起きるという危機感から反逆したというのです。近江では村落自治が高度に発展し、浅井氏はそれを尊重しながら統治をしてきたのに、信長が中央集権型の統治をめざしたからだというもので、ＮＨＫの人気番組「その時 歴史が動いた」で「怒れる民よ、信長を討て！ 浅井長政逆襲の京都包囲作戦」（２００８年）というタイトルの回で採用されたことがあります。

近江では、京極高次がのちに信長から与えられた蒲生郡奥島荘で、鎌倉時代に「惣」の取り決めが結ばれたなど、高度な住民自治が発展していました。このころ、堺の町のような自治都市も全国で発展してきました。

こうした住民自治は、荘園領主や守護など中世的な権威にも、信長・秀吉に代表される近世領主にも、近代的な政府や自治体に対しても、協力も対抗もしたのです。

中世社会には古代のようなしっかりした政府がなかったために、仕方なく自治が発展したのですが、新たな強力な政府を前にしては抵抗勢力になりました。

江戸時代になっても、大名にとってムラの組織は、年貢の徴収などに際しては便利な協力者となり、また、厳しく自分たちの利益を主張する手強い相手にもなりました。治水やインフラ整備など広域に及ぶ問題では、利害調整の支障となる厄介な存在でもありました。

現代でも滋賀県では、「自治会」がすこぶる強力です。住民イニシアティブで有意義なさまざまな活動をする一方、古い慣習やボス支配の温床にもなっています。

同じ時代に、ヨーロッパでも絶対王政と自治都市の間で軋轢がありました。近世的な統治体制をめざす信長を、近江の民衆が不安視したのも当然なのです。

とはいっても、このころの浅井と朝倉が友好関係だったことも事実です。信長が相談なく朝倉を攻撃したのが浅井謀反の主因でないとまでいうのは言い過ぎのような気がします。なにしろ、反対されると思うからこそ、信長は浅井に告げず、協力も求めずに朝倉を攻撃したのですから。

第3章　本能寺の変とお市の死

第3章

年号	西暦	出来事
天正二年	一五七四	羽柴秀吉、小谷城から今浜に城を移し、長浜城と命名。この頃、側室南殿との間に石松丸（秀勝）をもうける。
天正三年	一五七五	長篠の戦い（五月）。信長が越前の一揆を鎮圧（八月）。水野信元（家康の母於大の方の兄）が殺害される（十二月）。信長、従三位権大納言・右近衛大将に叙任される。山中越えなど整備。
天正四年	一五七六	信長が京都屋敷（二条城）を造営。居城を安土城に移す（二月）。信長、正三位内大臣となる。信長、嫡男信忠に岐阜城と家督を譲る（十一月）。
天正五年	一五七七	信長、正月に入京して、近隣の大名の出仕、公家の年賀を受ける。松永久秀を滅ぼす。羽柴秀吉、中国攻めに向かう（十月）。信忠が従三位左近衛中将（十月）。信長は従二位右大臣となる（十一月）。
天正六年	一五七八	信長、正二位となる（一月）。上杉謙信、脳溢血で死去（四十九歳、三月）。信長、右大臣と右近衛大将を辞す（四月）。
天正七年	一五七九	徳川秀忠誕生（四月）。家康の妻築山殿が殺される（八月）。徳川信康が二俣城で切腹（九月）。
天正八年	一五八〇	信長、本能寺を滞在所とするために大改造。本願寺と講和する。
天正九年	一五八一	信長、内裏で馬揃え（二月）。鳥取城陥落（十月）。天皇が左大臣叙任を奨めるが信長は皇太子の即位後にと断る。

天正十年	一五八二	武田勝頼が天目山で滅びる（三月）。朝廷は信長に征夷大将軍推任を伝えるが信長は返事を保留。本能寺の変（四十九歳）。山崎の戦いで秀吉が明智光秀を破る。お市が柴田勝家と再婚することが決まる。清洲会議で三法師が織田家の後継者となる（六月）。お市の方と三姉妹、越前北ノ庄城に入る。大徳寺で信長の葬儀（十月）。徳川家康が信濃・甲斐を横領。
天正十一年	一五八三	柴田勝家と羽柴秀吉、賤ヶ岳で戦い柴田軍敗走する。北ノ庄城落城し、柴田勝家とお市の方は自刃（勝家六十二歳、お市三十七歳）。その前に三姉妹は城外に出され、羽柴秀吉に保護される（四月）。織田信孝切腹させられる（五月）。羽柴秀吉、大坂城の築城をはじめる（八月）。
天正十二年	一五八四	安土城で諸侯は三法師丸を抱いた秀吉の前で賀詞を述べ、信雄の屋敷に伺候。大津の三井寺（園城寺）で秀吉・信雄会談。信雄は逃げ帰る（一月）。信雄が三人の家老を誅す。小牧長久手の戦い（三月）。信雄は秀吉と和解（十一月）。三月以前にお江が佐治一成に嫁ぐ。この年のうちに、離別。京極高次、近江高島郡二千五百石を与えられる。
天正十三年	一五八五	秀吉が紀伊雑賀を攻める（三月）。秀吉が関白に（七月）。真田昌幸が徳川軍を撃退（閏八月）。石川数正が出奔（十一月）。天正遣欧使節はローマで教皇に謁見。信長四男で秀吉養子の於次丸秀勝が死去。
天正十四年	一五八六	上杉景勝（六月）、徳川家康（十月）が大坂城で秀吉に服属。九州では島津氏による全島制圧が進み戸次川で豊臣・大友軍を撃つ（十二月）。京極高次、高島郡五千石へと加増され、さらに九州攻めの功により高島郡で大溝一万石を得て、大溝城も与えられ、初めて大名に。

天正二年〜九年（一五七四年〜八一年）
織田信長は斯波氏の後継者か平清盛の再来か

足利義昭公を山城槙島城から河内に追いやったことを、普通には「室町幕府滅亡」と呼んでいますが、どうも真相は違うようです。

信長さまは、義昭公に悪だくみをけしかけた武将たちは粛清しましたが、河内の若江城に移られた義昭公には京都に戻るように請われました。ところが、義昭公のほうで、信長さまの方からも人質を出すようにと条件を付けられたので、話が成立しなかったのです。

ここまでの話でお分かりのとおり、信長さまと義昭公はそれぞれ利用価値をみとめていたのですから、基本的には同志でした。ところが、互いに少しこだわりがあって、それが決裂の原因になったのです。

義昭公は、信長さまを斯波家に与えていた地位の継承者として遇せば十分だと考えておられたのです。しかし信長さまは、鎌倉幕府における北条執権家のような立場を欲せられたのです。

織田家は北条家と同じ桓武平氏です。同じ時代に関東では、伊勢家が北条氏と名乗って、古河公方を名目的に立てつつ実質的には支配するという形を実現していましたから、同じようにしたかったのでしょう。あまり知られていませんが、関東でのこの体制は天下統一で北条氏が滅びるまで続いていました。

それでは、「北条氏」であることを諦めた信長さまは、どうした政権構想をもたれたのでしょうか。

型破りに見える信長さまですが、なかなかどうして、過去の歴史の文脈のなかで自分の行いを正当化するのはお得意なのです。

信長さまは、将軍との関係にはたいへん気を遣っておられましたが、朝廷との関係はそれなりにという程度でございました。しかし、義昭公を追放されたあと、突然、官位を求めるようになられました。義昭公追放の翌々年には従三位権大納言、その翌年には正三位内大臣、その次の年には従二位右大臣です。

このころ、世間では四百年続いた源氏の世が平家に戻ったなどという見立てもあったくらいですから、先祖ということになっている平清盛を意識されたのでしょう。

その後、官職を辞退なさいましたが、清盛も太政大臣だったのはごく短期間ですから同じです。朝廷からは、関白でも、太政大臣でも、将軍でも好きなものにと言われたのですが、とりあえずは辞退しています。

いったい信長さまはどうなさりたかったのでしょうか？

あえて、わたくしの想像を申しますと、足利義満公の前例にならって安土城への行幸を実現する。嫡男の信忠さまを将軍とする。自分は太政大臣か准三后にでもなる……というところではないでしょうか。

信忠さまは、秋田城介という肩書きを名乗っておられましたが、これは、出羽国で北部の秋田周辺の前線にあって蝦夷征伐をする司令官を意味する官職です。ここから征夷大将軍に昇進するのは、とても自然ですし、武田攻めの司令官としての功績に報いるという大義名分も十分に成り立ちます。

このころ正親町天皇は、譲位して上皇になることを願っておられました。中世の天皇はみな、堅苦しい皇位は早々に退いて、「院」として君臨したかったのに、戦国の争乱で即位礼などの費用が不足してできなくなっていたのを嘆いておられたから当然です。そのこととリンクする形で、織田の天下を信忠さまのもとで安定させるのが、信長さまの目標だったのではないでしょうか。

安土に居城を定めたことについては、信長さまは京都に住むと煩わしい儀式も多いし、治安維持もたいへんだと考えておられたのでしょう。しかし、遠すぎては京都での異変に対処できません。京都まで無理をすれば一日で行けるところに居城を置くのがいちばんだというご判断だったのでしょう。

それにわたくしは、織田家発祥の地といわれる津田郷が近在にあることを忘れてはならないと思います。偶然にしては近すぎるのです。

信長さまの家族については、わたくしも皆様と一緒に暮らしていたのでありませんからよくわかりませんが、女性たちの消息を中心に、簡単にご紹介しておきましょう。

信長さまの母である土田御前は、わたくしにとって祖母にあたります。本能寺の変のあと織田信雄さまの清洲城、ついで信包さまの津城で暮らされて、文禄三年（一五九四年）に亡くなりました。

斎藤道三さまの姫であるご正室の濃姫さまのことは、よく存じ上げませんが、関ヶ原の戦いののちまでご健在だったように聞いております。

第二夫人的な存在だったといわれる、信忠さまや信雄さまの母上に当たる吉乃さまは、小牧山に信長さまが城を移されたころに亡くなっております。

吉乃さまの姫である徳姫さまは、徳川信康さまのもとに嫁がれ、二人の姫を得られました。信康さまが信長さまや家康さまの命令で自害されたのちは、姫たちを徳川家に残して織田家に戻られ、江戸時代のはじめまでは尾張に、ついで京都に移られて長生きされ、寛永十三年（一六三六年）に亡くなられました。

信康さまは、徳姫さまが信長さまに送られた手紙に書かれた武田への内通などの冤罪が原因で、信長さまの命令で泣く泣く切腹させられたと言われてきましたが、父の家康さまとの仲はあまりよくなく、厳しく対立されていたようです。

両親の関口夫妻を死に追いやったために、築山殿は家康さまを恨んでいたことでしょう。信康さまにとっても子どものころ可愛がってくれた祖父母ですから、同じ感情をもっていたと思われます。それに信康さまは、少し粗暴ですが、武将としては優れ、何かと慎重すぎる家康さまより人気があったようなのです。

ですから、むしろ家康さま自身が、信長さまの了解のもとに非情な処分を下されたのかもしれません。

幸いなことに、このお二人のあいだに生まれた二人の姫君は、本多忠政さまと小笠原秀政さまに輿入れし、たくさんの子孫を残されております。千姫さまの二番目の夫（最初は豊臣秀頼さま）となった本多忠刻さまは、徳姫さまの孫になります。

それから、信長さまの側室では、お鍋の方がよく知られています。夫であった近江の土豪小倉右京亮は六角氏の家来でしたが、信長さまに通じたのが露見して殺されてしまいました。未亡人となった彼女は信長さまの側室となり、何人かの子供をもうけ、のちには北政所さまの侍女になっております。

もう一つはっきりしないところもありますが、信長さまとのこどものうち、信高さまの子孫は旗本となり、その系譜のなかにフィギュアスケートの織田信成選手がいます。

岩村城で武田重臣の秋山信友さまと再婚された美しいおつやさまのことは第二章でご紹介いたしましたが、そのおふたりは岩村城が再び織田方の手に落ちたとき、助命するという信長さまの言葉を信じて夫婦で投降されました。けれども、岐阜の長良川の畔で夫婦とも逆さ磔にされてしまいました。おつやさまは信長さまへの恨みを叫びつつ命を落とされたそうでございます。信長さまはこうしただまし討ちをされることがあるので、父の長政も安心して降参できなかったのかもしれません。

武田勝頼さまの正室になられた遠山姫は、信長さまの養女（姪）ですが、長男の信勝さまを生んですぐに亡くなりました。その信勝さまは信玄さまから後継者として指名され、勝頼さまはその後見役に過ぎないという位置づけでした。

天正十年（一五八二年）三月、織田軍に追い詰められて天目山で勝頼さまとともに自害されましたが、信長さまからすれば形の上では孫ということになるわけで、哀れなことでございました。

天正十年（一五八二年）本能寺の変に謎はない

明智光秀さまがどうして謀反を起こされたかを理解できなかったのは、信長さまだけだったのではないかと思うことがございます。

江戸時代ですら秀吉さまの人気は衰えなかったのですが、信長さまは気が短く残酷な人だとされ、謀反されたのも無理はないというのが一般の見方でした。二十世紀の終わりあたりから改革者としての信長さまがもてはやされております。それは誤った評価ではないのですが、同時代の人にとっては、それはそれはおそろしい方でございました。

足利義昭さまを追放されてすぐのちに、安国寺恵瓊さまが「信長さまはいずれ高転びするのではないか。それにひきかえ、木下藤吉郎はさりとてはの人物だ」と見事な予言をしています。おそらく、多くの人が似たことを感じていたでしょう。

あの天正十年（一五八二年）六月二日におきたことは、いわば運命のようなもので、謎はございません。

他の武将がいずれも遠国に出かけておられるときに、信長さまの信頼を失いつつあるのでないかと心配になっておられた光秀さまが、一万三千の大軍勢を伴って京都に近い丹波におられたこと。信長さまと、すでに家督を譲られていた信忠さまが、少人数の伴だけを連れて、両方とも京都市内の、地理的にごく近いところにおられたこと。……この二つが原因のすべてです。

このまたとない好機に気づかれた光秀さまは、西国街道と山陰道が分かれる老ノ坂から京へ向かって駆け下りて桂川を渡り、（いまの寺町御池ではなく）西洞院六角にあった本能寺を襲ったのです。このとき、信忠さまは（いまの新町鞍馬口でなく）二条衣棚にあった妙覚寺におられましたが、本能寺に駆けつけても手遅れと聞き、とりあえず、第一皇子である誠仁《さねひと》親王にお住まいの二条城から退出いただいて、そこで籠城されました。まわりの者は落ち延びることを勧めましたが、逃げ切れず敵の手にかかることになっては無念だとして、しばしの抵抗ののち、脱出を試みることなく自害されました。

このような諦めのよさは現代の方にはご理解いただけないでしょうが、戦国の世にあっては普通のことだったのでございます。

このとき徳川家康さまは、安土、京都のあと堺見物に出かけておられ、少人数では無事に三河までたどりつけまいと、「知恩院に入って腹を切りたい」とおっしゃり、他の者もいったん同意したのです。雑兵や農民などの手にかかって死ぬ可能性があるなら、自分で死んだ方がましという価値観は、かなり広く戦国武士にはあったのです。

しかし本多忠勝さまだけが、断固、生き延びることを試みるべしと諫言されました。心変わりされた家康さまは、枚方付近から京田辺のあたりを抜け、信楽の多羅尾、伊賀の柘植を通り、鈴鹿の白子から乗船されて無事に帰国なさいました。

一方、堺見物などに同行していた穴山梅雪さまは別の道をとられたのですが、南山城の山中で夜盗の手にかかって無惨な最期をとげられました。

いずれにせよ、信長さまが亡くなっても、信忠さまが健在である限りは、織田の天下はびくともしないはずでございました。ところが、お二人とも同時に亡くなるという不測の事態がおきてしまいました。

どうして信長さまともあろう方が、こんな危険を犯されたのかは分かりません。これはひとつの推測ですが、この京都滞在を機会に、先ほど申し上げましたように、信忠さまを征夷大将軍などしかるべき地位に任官してもらい、ご自身の死に備えようとしたことが、とんでもないやぶ蛇になってしまったのかもしれません。

朝廷をないがしろにしたので、正親町天皇が黒幕となって事件が起きたなどと不謹慎なことをいう人もいますが、いかがなものでしょうか。この前の年に京都で盛大に催された軍事パレード（閲兵式）である「馬揃え」を「軍事的圧力」などと批判されますが、天皇や公家衆などはご覧になって大喜びでした。「譲位を迫った」というのも、譲位をして院政へ移行することは天皇ご自身の強い願いだったのですから、話になりません。

いずれにせよ、あまり上等な推理とは言いかねるようです。

もちろん、光秀さまにきっかけを与えた人はいたかもしれません。信長さまのやり方に危ないものを感じている人はどこの世界にも多かったのですから。でも、黒幕とか陰謀があったわけではなく、たまたま、信じられないような絶好のチャンスが到来したのに気づいた光秀さまが、出来心で動かれたとみるべきでしょう。

光秀さまの行動は、結果からみるほど無謀だったのではありません。このときに、この物語でもこれまで登場した浅井重臣の阿閉貞征、のちにわたくしの夫となった京極高次、若狭の武田元明《もとあき》さまのように呼応した武将もいますし、筒井順慶さまにしても洞ヶ峠を決め込みました。細川藤孝さまにしても光秀さまにつく道を完全に閉ざしたのではありませんでした。備後におられた足利義昭公、毛利輝元さま、本願寺、それに上杉や武田残党など、味方はいくらでもいたはずです。

ただ、羽柴秀吉さまの中国からの上洛があまりにも早かったことと、家康さまが無事に逃げ帰られたので、光秀さまへの支援が形にならなかっただけなのでございます。

信雄・信孝の兄弟

事変ののち、清洲城に織田家の宿老が集まりました。この清洲会議で、信長さまの跡目について話し合われた……というのは間違いです。織田家の家督は、信長さまが安土に引っ越されるときに信忠さまが継いでおられましたから、これは信忠さまの後継者を決める会議だったのです。

信忠さまには正式に認められた嫡子がおられませんでした。

永禄十年（一五六七年）、信忠さま十一歳の時に、七歳だった武田信玄の五女松姫さまと婚約がととのいました。のちに上杉景勝公の正室となられた菊姫さまの、同母のお姉さまです。

ところが、元亀三年（一五七二年）に織田と武田が手切れになったことから、この婚約は棚上げになりました。しかし、完全に破談になったかどうかは不明です。信忠さまはその後、正室をお迎えにならなかったからです。もしかすると信忠さまは、武田を滅ぼしたあと、松姫さまを予定通り正室として迎えるつもりでおられたのかもしれません。

亡くなったとき、信忠さまには三法師丸さま（のちの秀信さま）、吉丸さま（のちの秀則さま）という二人の庶出の男子がおられはしましたが、いずれも幼年で、後継者選びはすんなりとは運びませんでした。

そうなると、織田家内の序列では信長、信忠両公に次ぐ、信忠さまの同母弟の信雄さま、という考えもあるはずでした。ところが、この信雄さまは早くに母の吉乃さまを失い、お傅役が良くなかったのか、軽薄で、疑い深く残忍で、優れているのは歌舞音曲だけというような人物でした。

父の了解もないまま伊賀を攻めて大失敗し、織田家中でも「三介殿のされることよ」

織田家系図

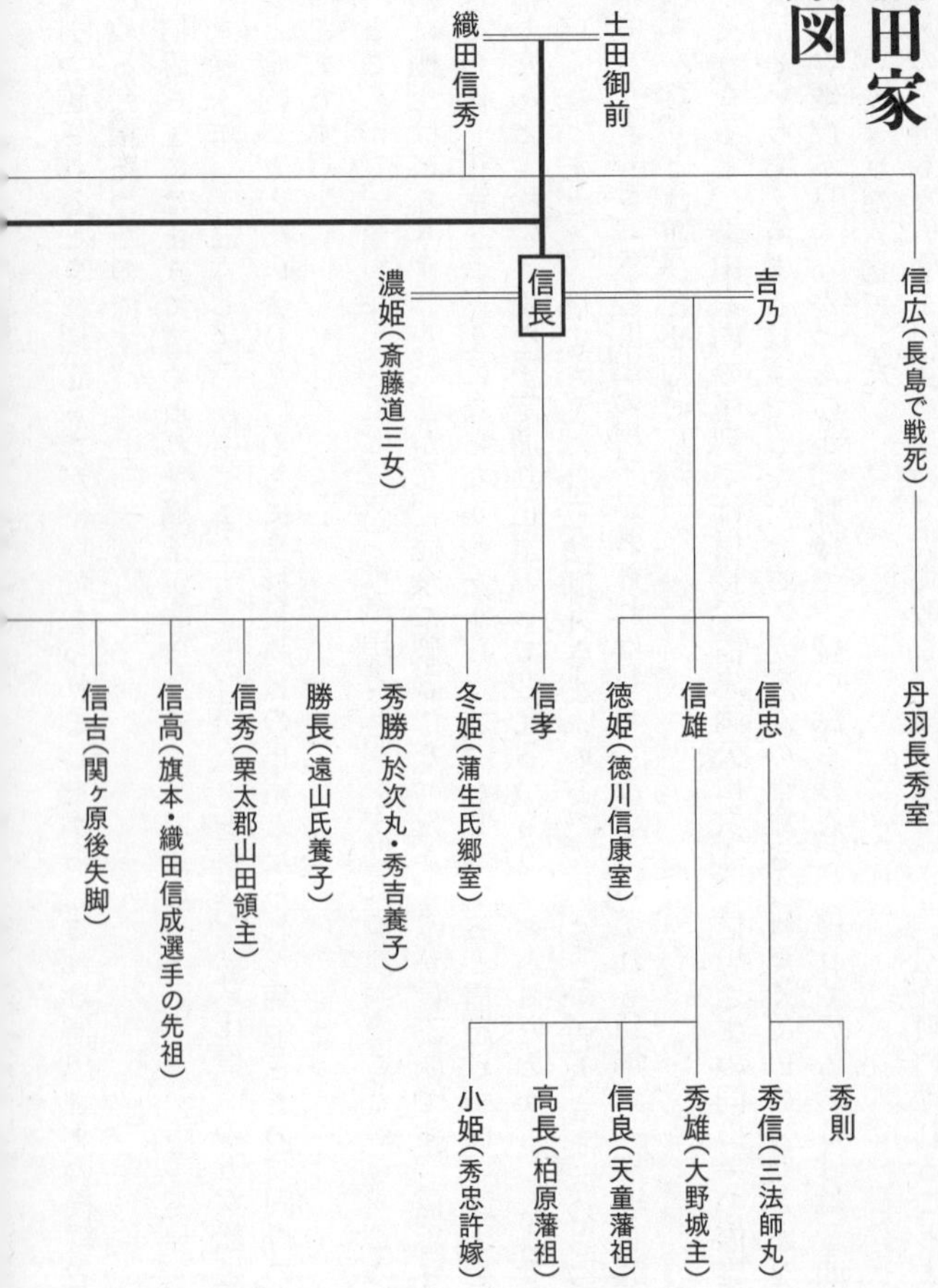
土田御前
織田信秀
信広（長島で戦死）
丹羽長秀室
吉乃
信長
濃姫（斎藤道三女）
信忠
秀信（三法師丸）
秀則
信雄
秀雄（大野城主）
信良（天童藩祖）
高長（柏原藩祖）
小姫（秀忠許嫁）
徳姫（徳川信康室）
信孝
冬姫（蒲生氏郷室）
秀勝（於次丸・秀吉養子）
勝長（遠山氏養子）
信秀（栗太郡山田領主）
信高（旗本・織田信成選手の先祖）
信吉（関ヶ原後失脚）

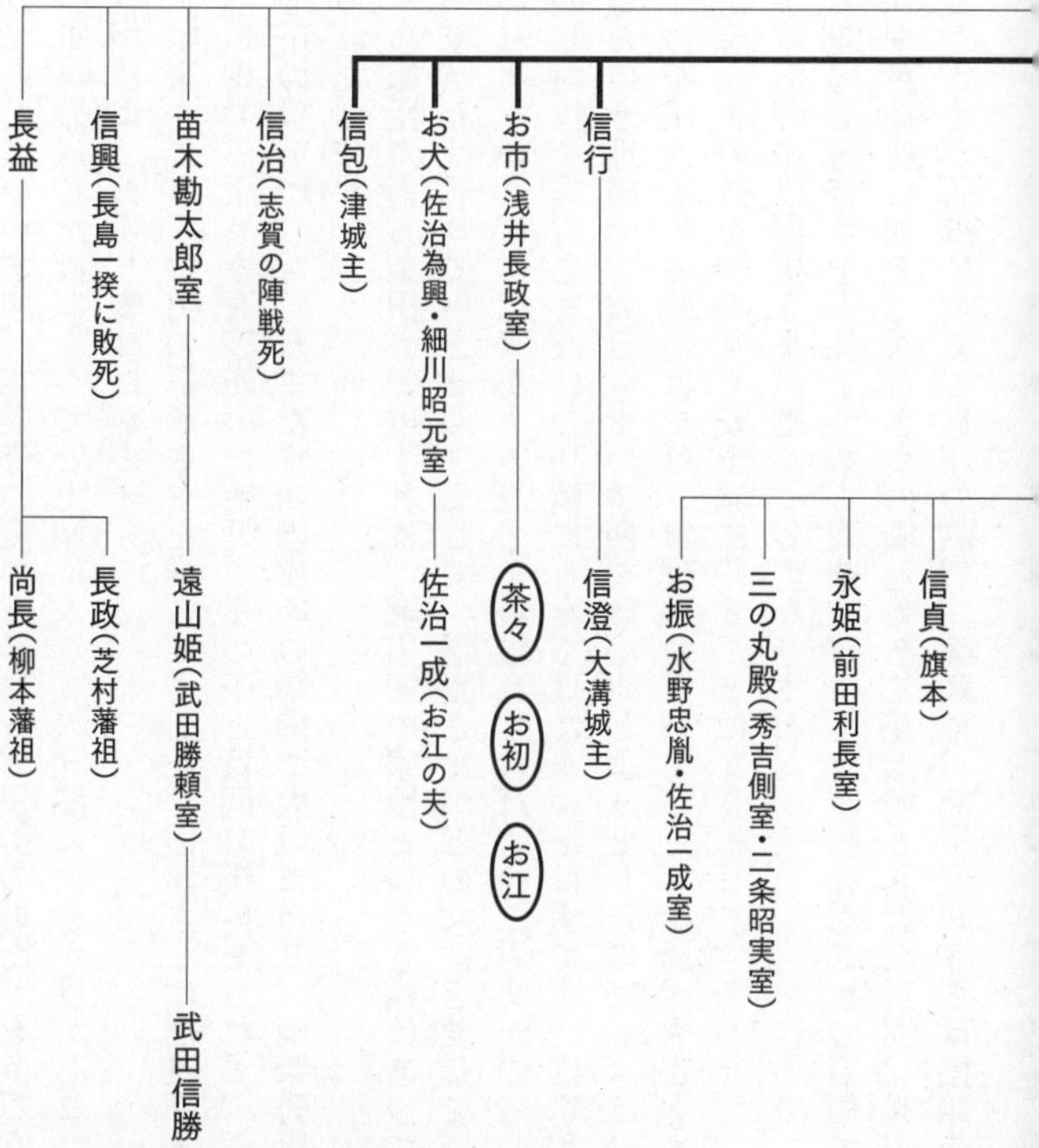

信長の兄弟姉妹で同母であるのは、信行、信包、お市、お犬ではないかといわれているが確実ではない。江戸時代には高長、信良家がいずれも国主同格だったが、松山騒動と明和事件で凋落した。いちおう高長の系統が宗家扱いだった。

とあきれられていたといいます。本能寺の変のときにも、伊勢のあたりをうろうろしたあげく、明智軍が撤退した後になって安土城に入り、天守閣に火をかけてしまったというのです。真相はよくわかりませんが……。

そこで柴田勝家さまが、三男の信孝さまを推されました。信孝さまは信雄さまと同年ですが、正室に準じるような存在だった吉乃さまの子とは同じ扱いをされず、叔父の信包さまよりも下の扱いでした。たまたま四国攻めの準備で大坂にあり、羽柴秀吉の明智攻めに加わられたのです。

織田家代々の家臣である柴田さまにすれば、織田家の家臣という意識はあっても、信長さま個人の家臣とは思っていません。まして、信長さまがどの女性を愛していたかなど考えにもいれず、いちばん出来がよい息子を跡継にすればよいと考えたのでしょう。

それに、明智討伐を秀吉さまだけの功績にしたくはなかったはずです。信孝さまこそ総大将であるという理屈で、秀吉さまの手柄を矮小化しようとしたのでしょう。

しかし、この柴田さまの主張にはやはり無理がございました。結局、秀吉さまが推す三法師君に信忠さまの跡を継がせて安土城に移すことになりました。あわせて、岐阜城は信孝さまが、清洲城は信雄さまが継ぐことになりました。

信長さまの四男で秀吉さまの養子である羽柴秀勝さまは明智光秀さまの旧領である丹波国、柴田さまが越前に加えて秀吉さまの領地である長浜城と北近江三郡、秀吉さまは山城、丹羽長秀さまが若狭に加えて近江の滋賀、高島郡、池田恒興さまは摂津の西部三郡である大坂や兵庫周辺を、それぞれ加増されました。

お市と柴田勝家の結婚の仕掛け人

わたくしたちの母であるお市は、この清洲会議のまえに柴田勝家さまと結婚することが決まっていたので、わたくしたちも越前の北ノ庄に移ることになりました。

この結婚がどのような経緯で決まったのか、子供だったわたくしには詳しい事情は分かりません。一般には、信孝さまの斡旋でといわれていますが、母と信孝さまはとくに親しかったわけでもありません。お世話になっていた信包さまは秀吉さまと行動をともにされるのだから、信孝さまの指図を受ける立場ではありません。

これはわたくしの推察ですが、信長さまの生前から勝家さまの後添えにというお話があったか、そうでなければ、信包さまとお市の母である土田御前あたりの意向ではないでしょうか。

信長さまが亡くなったあと、お市やわたくしたちの面倒を誰が見るかは難しい問題になっていました。土田御前が娘のことを心配して、旧知の勝家さまに嫁がせては、と思いつき、信包さまらと相談して決められた、と考えると納得がいくのです。

こうしてわたくしたちは、越前への旅に出たのでございます。その途中に、浅井の旧領である湖北を通りました。宿泊した寺院などには、浅井家の縁者たちで訪ねてくる者もあったように記憶いたします。母にとっては、懐かしくはあっても、辛い記憶を思い出すことになる旅でございました。

この年の秋には、信長さまの葬儀をめぐってさや当てがありました。柴田さまも主導権をとりたいところでしたが、京都周辺は羽柴勢に支配されているので分が悪かったのです。結局、十月十一日から七日間にわたって秀吉さまが、養子である秀勝さまを喪主に大徳寺で葬儀を執り行うのを、指をくわえてみているしかありませんでした。

秀吉さまの勝家さまへの対抗心は、懸想していたお市を勝家さまに取られたからだという人がいますが、それは違うと思います。秀吉さまがお市のことが好きだったなどというのは、江戸時代になってから言われ出したことでございます。そもそも、秀吉さまはお市と会ったことがあるのか、そのことすら怪しいものです。

長政とお市の結婚をいつと見るかにもよりますが、秀吉さまはそのころ織田家の重臣でもありませんでしたから、会う機会があったとは限らないのです。

小谷城が落城したときにも、秀吉さまは城の背後から攻めておられましたから、信長さまの陣営にはおられなかったはずで、お市と会う可能性は低かったでしょう。そののちも、西国を転戦していた秀吉さまが、わたくしたちがいた上野とか清洲に立ち寄られたという記憶もありません。そうして考えてみると、秀吉さまがわたくしたちの母であるお市に特別な思い入れがあるとは思えないのです。

母のほうが秀吉さまを個人的に毛嫌いしていたという人もいます。浅井攻めの司令官だったのですから、好感は持たなかったでしょうが、わたくしたちの兄である万福丸の処刑なども信長さまのいいつけで担当しただけで、戦国の世にあっては仕方のないことでした。特別に悪い感情をもっていたと決めつける根拠もないのです。

天正十一年（一五八三年）
賤ヶ岳の戦い

織田家の幼主となった三法師君は、いったん清洲から信孝さまの岐阜城に戻ったあと、安土城に移るはずでございました。

安土城は本能寺の変で天守閣などは焼かれましたが、すべての殿舎が失われたわけではありません。応急で新しい御殿も整備され、本能寺の変から三年後に近江領主となった豊臣秀次さまが安土の城下をそっくり近江八幡に移されるまでは、城も町も存続していたのです。

ところが信孝さまは、お傅役に予定されている堀秀政らが羽柴寄りであることもあって、三法師君の引き渡しを渋られました。

秀吉さまや信雄さまは引っ越しを早くするように催促されていましたが、越前に雪が降って柴田勢が動けなくなるのを待って、天正十年（一五八二年）十二月、柴田勝家さまの甥で長浜城主だった勝豊さまを攻めました。勝豊さまは養子でしたが、勝家さまともうひとつしっくりいっていなかったのです。そこを見越しての攻撃で、勝豊さまは二日間で城を明け渡してしまいました。この報せは北ノ庄にも届きましたが、すでに雪が降り積もり始めており、勝家さまはなすすべもなかったのでした。

秀吉さまと信雄さまの連合軍は、こんどは岐阜城を囲みました。雪で閉じこめられた越前からの援軍も期待できず、信孝さまは三法師丸さまを引き渡して安土に移すとともに、たいせつなご生母とご自身の娘を人質に出さざるをえなかったのでございます。

悔しくてたまらない勝家さまは、春になったら秀吉と戦おうと、各地に手紙を出されて味方をつのられました。とくに毛利家では、小早川隆景さまが秀吉シンパだというので、兄の吉川元春さまや備後におられた足利義昭さまに味方するように工作されました。

二月になると、秀吉さまは伊勢の滝川一益さまを攻められました。一益さまは信長軍団でも軍司令官としてはもっとも有能な武将でしたが、本能寺の変のときに上野の厩橋にあって北条勢に囲まれて逃げ帰ってきたことから宿老の地位を失い、領地も旧領の伊勢長島周辺だけになっていました。

いたたまれなくなった勝家さまは、三月九日、雪がまだつもる中で強行出撃しました。秀吉さまはいそいで軍を近江に戻し、湖北の木之本付近で柴田軍と羽柴軍がにらみあうことになりました。

この情勢を見て動き出したのが信孝さまです。美濃国内の稲葉一鉄さまや大垣の氏家直通さまといった秀吉に従う大名の領地へ攻撃を加えたので、秀吉さまはいったん美濃に転進するとともに、人質にとっていた信孝さまの母を殺してしまいました。このことは当然、信雄さまも同意されていたはずです。

母を人質にとられていたのに、どうして信孝さまが大胆な動きをしたかは分かりません。信孝さまの犠牲は大きなものでした。この母は、蒲生氏郷夫人である冬姫の母でもありました。氏郷さまはこの戦いでは秀吉軍の有力武将として伊勢で滝川勢と戦っていましたから、戦国の掟とはいえ、残酷なことでした。

このとき、秀吉さまが岐阜に向かったのは、柴田軍をおびき出す意図があったのでしょう。果たして柴田軍の佐久間盛政さまは、中川清秀さまが守る大岩山の砦を急襲いたしました。その近くにある岩崎山の砦にあった高山右近さまは撤退し、清秀さまにもそれを勧めましたが、清秀さまは踏みとどまって戦死してしまいました。武将としての美学を通したわけでございます。この清秀さまの頑張りによって、中川家は豊後竹田藩七万石の大名として生き残ることができました。

ちなみに、清秀さまの嫡男である秀成さまの正室には、秀吉さまの指示で佐久間盛政さまの娘を新庄直頼（常陸麻生藩祖）の養女として充てられましたが、清秀未亡人はこの嫁に辛く当たったと言います。直頼は浅井旧臣で父は朝妻城主でした。

さて、盛政さまはこの緒戦の勝利に酔ってしまい、勝家さまの忠告を無視して羽柴軍を深追いしてしまいました。陣形が伸びてしまったところに、急を聞いた羽柴軍が農民に松明を焚かせ、食事を炊き出させて、常識破りのスピードで戻ってまいりました。午後四時に大垣を出発して、賤ヶ岳までの五十キロを五時間で走ったといいますから、多少は誇張があるにしても、驚異的なスピードです。迅速な行動は羽柴軍の得意とするところですが、勝手をよく知った湖北での戦いだけにそれが可能だったのでございます。

盛政軍はあわてて退却しようとしましたが間に合わず、羽柴軍にさんざんに打ち破られました。福島正則、加藤清正のほか、浅井旧臣の片桐且元《かつもと》、脇坂安治など賤ヶ岳の七本槍といわれる羽柴軍の若手武者たちが活躍したのはこのときのことです。

しかも、この戦いでは後方を支援するはずの前田利家軍が傍観し、戦況不利と見ると早々に戦場を離脱いたしました。柴田の与力とはいえ、秀吉さまとは若いときから懇意で、娘の豪姫を秀吉夫妻の養女として出しているほどでしたから、もともとしぶしぶ参加していただけなのです。それは勝家さまも分かっていたことでした。

そこで勝家さまは、北ノ庄への帰路、府中（武生《たけふ》）の城に立ち寄り、利家さまの従軍に感謝し後事を託して落ちていったのです。そのあと、こんどは、秀吉さまが現れて利家さまとまつさまの夫妻に会い和解しました。

お市が北ノ庄で死んだ理由

北ノ庄城への攻撃は、四月二十三日に始まりました。翌日には大勢も決し、勝家さまは敵の手で討ち取られるよりはと、自決する覚悟を述べられ、城から落ちたいものは自由に出て行くようにおっしゃいました。

にもかかわらず、そこに残った家臣や妻妾たちは勝家さまとともに果てることを望んだのだといいます。そして、一族そろって念仏称名を唱え、この世に別れを告げ、おのおの自決したり、差し違えたりといった地獄絵が繰り広げられたのです。

どうしてわたくしたちの母であるお市が、小谷城のときと違って死を選んだかについては、いろいろな説明がございます。わたくしたち姉妹は、小谷城の時と同じように、母がわたくしたちと一緒に落ち延びてくれるものだと思っていただけに、母が城内に残ると言ったことは衝撃でした。どうしてわたくしたち三姉妹を残して死んだのか納得できないところがありますが、わたくしは、その場の雰囲気として、柴田一族と運命をともにするのが自然な選択になってしまったのだろうと思っています。

負け戦で、集団自決を迫られたとき、本当に死にたいと思う人はそう多くないのです。しかし、誰かが「みんなで死のう」といったとき、それに反対することは難しいことなのでございます。

母たちの最期の場にいあわせなかったわたくしたちがその様子を詳しく知ることが出来たのは、勝家さまが話術に巧みな老女に命じて、すべてを見届けたあとに城外に出て、敵方に自分たちの最期の様子を語らせるように命じたからだと宣教師フロイスの報告にあります。

その時代としては近代的な考えの者が多かった織田の家中にあって、ただひとり、古武士らしい振る舞いに徹することが誇りだった勝家さまは、こうして多くの人を道連れに、少し芝居がかった戦国武者としての人生にピリオドを打たれたのでした。

母に別れを告げたわたくしたちは、羽柴軍の陣営に送り届けられました。そこからわたくしたちは、前田さまの居城である府中に立ち寄ったあと、しばらく、湖北の寺院に預けられていたような気がいたします。当時は夢中で、預けられているのがどこだったか、覚えておりません。しかし、やがて、三法師君がおられる安土城に住むことになったと記憶いたします。

こうして越前での戦いが終わったことで、岐阜の信孝さまも孤立無援になってしまわれました。結局、信雄さまの勧告で城を出られ、五月二日には尾張の知多半島にある大御堂寺で自害されました。

このとき、「昔より　主を討つ身の　野間なれば　報いを待てや　羽柴筑前」と辞世の歌を詠まれたともいいますが、切腹を命じたのは信雄さまですから、少し疑わしいと思っております。

天正十二年（一五八四年）
お江が知多半島の従兄弟と結婚

安土城に織田家の当主として幼い三法師君がおられ、その補佐役として、京都に近い山崎の城に羽柴秀吉さまが、清洲に織田家長老の信雄さまがおられるということになり、まがりなりにも織田家の内紛は収まったかに見えました。わたくしたちも安土城で、しばし平和な月日を過ごすことになったのです。

このころ、妹のお江に従兄弟との縁談が持ち込まれました。

わたくしたちの母であるお市には、あまた兄弟姉妹がいましたが、同じ土田御前を生母とするのは、信長、信行、信包の三兄弟と、お犬の方の五人だったと聞いております。お犬の方も母に劣らぬ美人だったといいます。本能寺の変の年に亡くなったのですが、亡くなってすぐに描かれたとても美しい肖像画が竜安寺に残り、信用のおける戦国美人の肖像として知られています。高野山にあるお市の肖像にもたいへんよく似ております。

お犬の方ははじめ知多半島の大野城（常滑市）の佐治信方（為興）と結婚しました。佐治家は水軍を率いて伊勢湾ににらみをきかす有力者で、尾張の支配を固めたい信長さまにとってぜひとも取り込んでおきたい有力者だったので、妹を送り込んだのです。

ここで、お犬の方は与九郎（一成）という男子を得ましたが、夫の信方は、天正二年（一五七四年）に伊勢長島攻めで討ち死にしてしまいました。その三年後にお犬の方は、与九郎を健在だった祖父の佐治為景に預けて、管領・細川晴元さまの嫡男で、細川京兆家の当主である細川昭元さまと再婚しました。昭元さまの母親はあの六角定頼さまの娘です。

昭元さまには武勲はありませんでしたが、外交官といった形で信長さまに重宝され、足利義昭さまが追放されたあとの槙島城主となったり、丹後の一色氏の服属を工作したりして、細川家代々が名乗る右京大夫にも任官され、それなりに重んじられていました。信長さまが亡くなったあと、昭元さまにはあまりいいことがありませんでした。細川京兆家がもともと土佐の守護も兼ねていたことから長宗我部氏が元家臣だったため、一時はこれと協調されたこともあったのが響いて、秀吉さまからはお伽衆として遇されるに留まりました。さらに子の元勝さまは豊臣秀頼さまに最後まで仕えたために、結局、分家の和泉守護家が熊本城主として栄えたのに引き替え、本家の子孫は、昭元さまの娘の嫁ぎ先である三春藩秋田氏の家臣として生き延びました。

話が逸れてしまいましたが、お江の相手は、お犬の方が佐治家に残してきた与九郎さまだったのです。誰が言い出したのかは定かでないのですが、お市の再婚同様、伯父の信包や祖母に当たる土田御前がまとめた縁談だと思います。祖母としては、お市とお犬、若くして亡くなった娘たちの娘と息子とを組み合わせてやろうとしたわけです。

もっともこのとき、お江はまだ数えで十二歳でした。すぐに夫婦としての契りを結ぶということでなく、しばらくは許嫁として佐治家で育てられることになり、なかば養女に出されるようなものでした。どうして末っ子のお江が先に縁づいたか不思議に思われる人が多いでしょうが、そういう事情だったのです。

姉の茶々やわたくしにとっては、寂しいことでしたが、亡き母ゆかりの従兄弟のところへ行くのだから、安心して送り出すことができました。お江にとっても、与九郎さまはいわばお兄さまのようなものでしたから、伊勢湾の明るい陽光に満ちた大野城での生活はとても幸せだったように聞いております。

小牧長久手の戦い

賤ヶ岳の合戦が終わったあとの織田政権を、現代の企業にたとえれば、三法師君は代表権のない会長みたいなものであることは、誰も異議がありませんでした。問題はその次です。織田信雄さまは自分が社長で、秀吉は実力ナンバーワンであることは認めるにせよ、あくまで副社長に過ぎないと考えました。ところが秀吉さまには、信雄さまの家来扱いされる憶えはなかったのです。信雄さまに織田一家をとりまとめる能力があるとはとうてい思えず、信雄さまが名目だけの副会長、自分が社長といったくらいが精一杯、織田家を立てた形だと考えたのです。足利義昭公と信長さまの争いでもそうですが、同じ方向を向いていても、互いの立場についてのわずかな認識の違いが、とんでもないお家騒動になるのは、現代の企業でも戦国武将の家でも同じことでございます。

賤ヶ岳の戦いの翌年にあたる天正十二年（一五八四年）の正月、とりあえずの再建がなった安土城で、諸侯は三法師君を抱いた秀吉さまの前で賀詞を述べ、ついで、信雄さまの屋敷に伺候しましたが、秀吉さまは信雄邸には姿を現しませんでした。

一月には、大津の園城寺（三井寺）で秀吉・信雄会談が行われたのですが、信雄さまは最初の会談のあと暗殺をおそれて、家臣たちを置き去りにしたまま伊勢へ逃げ帰ってしまいました。

このとき信雄さまに取り入ったのが、徳川家康さまです。家康さまは、本能寺の変のあとに、信長さまから家臣たちに与えられた甲斐や信濃を横領しており、これを返せと言われないように予防線を張ったのでございます。

天正十年（一五八二年）に武田勝頼さまが滅されたとき、信長さまは徳川家に駿河を差し上げましたが、甲斐、信濃、上野の一部は織田家の武将たちに分配しました。厩橋など上野西部と信濃の佐久地方は滝川一益、信濃の北四郡は森長可、筑摩や木曾谷は木曾義昌、伊那は毛利秀頼、そして諏訪と甲斐三郡は河尻秀隆です。

ところが、本能寺の変のあと、北信濃は上杉に、上野は北条に取られましたが、残りは家康さまがちゃっかり横領してしまわれたのです。これを、旧領主である森、滝川、毛利などが根に持っていないはずがありません。

家康さまにしてみれば、まず、何よりも自分の領地へ信雄さまに侵入されてはたまりません。一方で、秀吉さまは当然、信雄さまの関心が東へ向くことを期待します。そこで、家康さまには信雄さまを籠絡する必要が生じ、「信長さまのご恩に報いるため、いつでもお力になります」と涙ながらに語られたのでございます。

信雄さまは、家康さまが味方してくれるというので、秀吉さまに高飛車に出られました。三月になって信雄さまは、秀吉さまに内通したとして、津川義冬、岡田重孝、浅井長時の三人の家老を斬殺されました。

津川義冬さまは尾張守護だった斯波義統さまの子で、正室は信雄さま正室である北畠氏の姉妹でした。浅井長時さまは近江の浅井氏とは関係ありません、念のため。

この三家老殺害が、信雄さま側から秀吉さまへの挑戦状ということになり、家康さまが信雄さまのいる尾張へ出陣……こうして、世にいう「小牧長久手の戦い」の開戦になったのでございます。

この勝負の前半戦で、池田恒興さまとその娘婿である森長可さまが、尾張から家康軍が展開するより東側の間道を通って三河へ攻め込もうという「中入り」作戦を実行しました。信長さまからもらった北信濃を失った原因の一つが、家康さまが扇動した一揆にあったと長可さまが考えていたのが、その背景にございました。

しかし、秀吉さま自身も危惧したこの無謀な作戦は惨めにも失敗しました。恒興さまや長可さまは戦死、形の上での総大将だった秀吉さまの甥の三好秀次さまも危ないところでした（秀次さまは三好康長の養子となったが羽柴姓を名乗ることも許され、さらに一五九一年、秀吉の養子となりました）。

大坂城に移った浅井三姉妹

「三河中入り作戦」の失敗で戦局は膠着したのですが、秀吉さまは着々と伊勢や美濃にある信雄さまの領地などを占領し、尾張の戦線に兵力を残したまま、自分は新しい城を築いた大坂に引き上げてしまいました。

そして、信雄さまと水面下で和平交渉を始めると、信雄さまはあっさり応じて、矛を収めてしまわれました。信雄さまは「勝てるいくさ」と思ったのに自分の支配地は半減し、開戦したことを悔いるばかりだったのでございます。面子さえ立つなら我慢するしかないと信雄さまが悟られたところに、人たらしの名人である秀吉さまの泣き落としが入っては、ひとたまりもありませんでした。

信雄さまはもとの領地のほとんどを戻してもらいましたが、犬山城など軍事上の要衝を差し出し、養女という名目で娘を秀吉さまのもとに人質にさし出しました。のちに徳川秀忠さまの許嫁になる小姫さまでございます。

こののち、小田原の役ののちに改易されるまで、信雄さまは内大臣にまで昇進され、官位も徳川家康さまや、豊臣秀長さま、秀次さまより上で、ナンバーツーとして押しも押されぬ存在になられたのですから、不満はなかったのでございます。

この戦いは、わたくしたち姉妹の運命も変えてしまいました。

それまで三法師君は、信雄さまの清洲と秀吉さまの山崎の中間に位置する安土におられたのですが、そのままにしておいては危険なので、秀吉さまはとりあえず、丹羽長秀さまの居城になっていた坂本城に三法師君を移されました。

大津は坂本に聖衆来迎寺というお寺がありますが、ここに織田秀信（三法師）さまとその生母の墓がございます。秀信さまの墓は他にもあるので供養塔ではないかともいわれておりますが、生母の墓がここにあるということは、秀信さまが坂本におられたころに亡くなったからではないでしょうか。

もっとも、坂本城に三法師君が移されたその翌年には丹羽長秀さまは亡くなり、その子の長重さまは減封されて坂本城を失われたので、秀信さまは、こののち文禄元年（一五九二年）ごろに岐阜城主になるまで、秀吉さまのもとで過ごされたのでございます。

わたくしと茶々も、新しくできた大坂城で暮らすようになりました。お江もまた、佐治さまと別れて戻ってきました。小牧長久手の戦いで、家康さまが尾張から三河に戻るときに、与九郎さまが船の手配をしたのが秀吉さまの逆鱗に触れ、離縁ということになったのです。

茶々が重病なので急ぎ大坂へ、という口実で使者にせきたてられ、交わす言葉もそこそこに別れなければならなかった……大坂城へ戻ってきたお江は、与九郎さまのことを思い出して泣き暮らしておりました。しかし与九郎さまはお城も取り上げられ、伯父の信包さまのところで居候ということになったのです。お江は、もはや戻るべきところもないと悟らざるを得ませんでした。

のちに与九郎さまは、信長さまとお鍋の方の娘で、家康さまの従兄弟にあたる水野忠胤さまの未亡人お振さまと再婚され、子孫は加賀藩士となられたそうです。

現在の大坂城は、大坂夏の陣からしばらくたって徳川秀忠さまが築かれたものです。秀吉さまの城に盛り土をして埋めてしまった、その上にあるのです。

白亜の堂々とした櫓や門、きれいに切った巨石を積み上げた石垣は、秀忠さま時代のものです。秀吉さま時代の石垣は、安土城などと同じように小さな自然の石を積み上げ、建物は黒い漆塗りの板を張り、金の瓦など飾りがたくさんついていました。

天守閣だけは、昭和天皇のご即位を記念して再建されたもので、徳川時代の巨大な石垣の上に、豊臣時代のデザインや装飾を基礎にし、壁だけは徳川風に真っ白くしたもので、豊臣・徳川ごちゃまぜになっています。

わたくしが知っている大坂城に近いのは、戦後になって再建された、伏見城の天守閣です。

この大坂城、そして、のちの聚楽第には、秀吉さまの養子や人質として預かっている人たちがたくさん住んでおりました。肝っ玉かあさんともいうべき北政所さまのもとで、とても賑やかで夢のような生活を送ることができたのでございます。

徳川秀忠の母・西郷局

万事がいい加減な信雄さまにはしごを外されて、家康さまは困りましたが、なにしろ粘り腰です。秀吉さまのもとに石川数正さまを送り、「信雄、秀吉の両所が和睦は天下万民のためにめでたい」といわせたので、秀吉さまは家康さまもおっつけ上洛するのだと早合点して、「家康殿の縁者のどなたかを養子に迎えたい」といったのです。

家康さまは、とりあえず養子は出すことにして、久松俊勝さまと家康さまの母である於大の方の三男で伊予松山藩祖となった定勝さまに白羽の矢を立てました。ところが、困ったことに、於大の方がどうしても承知しません。

「信康と交換だといって次男の康俊を今川に人質に出したら、武田に連れ去られ、逃げだしてきたが、可哀そうに凍傷で両足の指を失った。わが兄の水野信元も信長の指示だと言って切腹させた。末っ子の定勝は手元に置いて大事にしているのに、それを人質に出すとはどこまで母を苦しめる気か」と烈火のごとく怒りました。戦国の母は強いのでございます。

そこで家康さまは、しぶしぶ次男の於義丸（秀康）さまを出すことにいたしました。このとき於義丸さまは、十一歳。三男で六歳の長丸（秀忠）さまとどちらが世継ぎか確定していませんでした。たまたま手を付けた侍女が生んだ於義丸さまは、はっきりいって自分の子かどうかすら確信がなく、しかも気性も気に入りませんでした。そこへ来ると、愛妾の西郷局の子で本人も従順そうな長丸さまのほうが世継ぎにはふさわしいかと漠然と考えていたので、思い切ったのでございます。

ここで西郷局について少しご紹介しましょう。西郷局の母は西郷家の出身で遠江の戸塚氏に輿入れしました。その娘は従兄弟の西郷義勝と結婚したものの、未亡人となり、家康さまの側室になって秀忠さまと忠吉さまの母となられました。やさしく美しい方だったと聞きますが、駿府時代の天正十七年（一五八九年）に二十八歳で亡くなりました。ご自身、眼が少し悪かったことから盲人たちに施しを続け、亡くなったときは多くの方から悼まれたそうです。

彼女の縁で西郷一族は一時期、大名になりましたし、その後も旗本や各藩の重臣に西郷姓の者がたくさんいます。会津藩家老で幕末に活躍した西郷頼母もその一人です。

天正十三年〜十四年（一五八五年〜八六年）
征夷大将軍より関白にした理由

秀吉さまは、本当は征夷大将軍になりたかったけれども、源氏でなければならないので、足利義昭さまに猶子にしてもらおうとしたが断られ、しかたなく関白になったという説明があります。しかし、それは間違いです。

たしかに、源氏である方が征夷大将軍として座りがよいのは事実でございますが、歴史的にも源氏に限られていたということはありません。奈良や平安時代を別にしても、鎌倉幕府では頼朝公から実朝公まで御三代のあとは、藤原家出身や親王の将軍が続きましたし、南北朝時代にも親王が何人も将軍になっています。

それに、朝廷は信長さまにも征夷大将軍になる気はないかと打診していたのですから、秀吉さまがなりたければ可能だったはずです。

秀吉さまが関白を選ばれたのは、ひとつには、朝廷での儀式などがお嫌いでなかったこと。そして、もっと大事なのは、そのほうが近代的な国のかたちとして好ましいと感じたからなのでございます。

幕府というのはもともと、軍事組織です。あたかも戒厳令下のように、それが行政も便宜的に担うという変則的な体制より、正式の政府である朝廷がまつりごとを自ら行うほうが、本来の国のすがたであるという、もっともなお考えからでございます。

これは、秀吉さまが望まれたように、海外とのお付き合いを本格的にしようとするならば、とくに重要なことでした。それは、三百年のちに鎖国をやめたとたん、幕府が成り立たなくなったことからも分かるでしょう。

さて家康さまは、養子として於義丸さまをさしだしたあとも、上洛の気配がありません。これには秀吉さまも焦られましたが、家康さまも追い詰められていたのです。

なにしろ秀吉さまは、関白になって朝廷をバックにした権威も得られましたし、小牧長久手の戦いの時に家康さまと呼応した勢力のうち、根来・雑賀の衆は殲滅され、四国の長宗我部氏も下ってしまいました。本願寺も天満に広大な土地を得て大坂復帰を認められました。しかも、越後の上杉景勝さまと秀吉さまの関係も改善していたので、家康さまにとっては八方ふさがりだったのでございます。

岡崎城代石川数正らの家臣からも、「いい加減にしないと、滅亡の危機だ」という意見も出ましたが、家康さまは知らぬ顔です。せっかく獲得した領地の寸分でも取られるのが嫌なのです。孤立した数正さまは、秀吉さまのもとに逐電してしまわれました。

同じ時期に信濃の小笠原貞慶さまや真田昌幸さまも離反しました。とくに、真田昌幸さまは、家康さまが派兵した大久保忠世らの大軍を散々に打ち負かしてしまいました。

こうして絶体絶命に陥った家康さまでしたが、なんとも運のある方で、九州での島津氏の躍進に救われたのです。

九州では、豊後のキリシタン大名大友宗麟さま、肥前の竜造寺隆信さま、それに島津義久さまの三大勢力が争っておりましたが、天正十二年（一五八四年）に隆信さまが敗死。宗麟さまも病気がちで往年の面影はなく、島津軍は筑前にまで迫り、九州統一王国が生まれようとしておりました。

秀吉さまは、九州に独立王国が成立して海外と勝手に付き合いだしたら、日本という国の統一が維持できないと心配しておられました。

そこで天正十三年（一五八五年）、「惣無事令」を出して島津氏に領土拡大をやめるように勧告なさいました。けれども、源頼朝さまの子孫と称する島津氏は、これを無視して、大友氏の息の根を止めんばかりでしたので、秀吉さまは早く家康さまと和睦して、九州制圧に全力を注ぎたかったのでございます。

秀吉さまはなんと、妹の旭姫を夫と離縁させ、家康さまの継室（築山殿のあと、妻はいませんでした）として送りこみました。実質上の人質としたのでございます。さらに、旭姫に会いに行かせるという口実で、実母の大政所さままで岡崎に送りました。ようやく、さすがの家康さまも横領した領地を取り戻される心配もなかろうと安心して、天正十四年（一五八六年）の十月に大坂に赴き、秀吉さまの家来になられたのでございました。

そののち駿府に家康さまが移られて、後顧の憂いがなくなった秀吉さまは、天正十五年（一五八七年）、二十万の兵で九州へ出陣し、島津義久さまを降伏させました。

そして、キリスト教の禁止、朝鮮や琉球王への服属要求、生糸の貿易独占、長崎の教会領回収、博多の大都市改造など、矢継ぎ早に手を打たれたのです。

わたくしたちが生きていた時代は、世界史で言えば大航海時代です。はるかヨーロッパから南蛮人たちがアジアへやってきて珍しい文物をもたらし、新しい世界についての知識を教えてくれました。しかし、彼らは西洋との交流だけでなく、東アジアの国同士の貿易も独占しつつありました。

人々の気持ちは外へ向かっていました。旧来型の信仰より、京都市民たちに力を伸ばした法華宗、蓮如上人の改革で農民たちの気持ちをとらえた一向宗、そして、一神教の論理が清新だったキリスト教などが時代の気分に合っていたのです。

わたくしたちにとって、イエス様の教えは魅力的でした。でも、南蛮人たちはそれを梃子に、なにか利益を得ようとしているのでないかと、関白殿下は敏感に感じ取られ、キリシタン禁止令を出されたのです。とはいえ、この段階ではそれほど厳しいものではなく、本格的な弾圧はオランダが日本にやってきたころから始まったのですが、それは、また、お話しすることにいたしましょう。

豊臣秀吉の出自について

この物語の主人公たちの家系とその歴史については第一章で詳しく書きましたが、豊臣秀吉の先祖については、なにも手がかりがないといってもよいほどです。

萩中納言などという架空の人物を出しての御落胤伝説を秀吉自身がかたったこともありますが、それは、旧勢力などへの配慮から含みを持たせたもので、秀吉自身が卑賤の出であることを隠していたわけではありません。

父が木下弥右衛門と名乗っていたといいますが、北政所の実家が木下を名乗っていることから、そちらから拝借したのかもしれません。青木一矩、加藤清正、小出秀政、福島正則は大政所の縁戚のようですが、詳細は不明です。

秀吉の側室として確かなのは、茶々、竜子(松の丸殿)、三の丸殿(信長女)、加賀殿(前田利家女)、姫路殿(織田信包女)、三条殿(蒲生氏郷妹)あたりで、そのほかに、山名豊国、成田氏長らの娘、長浜時代に生まれた秀勝の母である南殿、名護屋出身の広沢局などの名も語られます。養子としては信長四男の秀勝、秀次、小吉秀勝、秀秋、秀康、豪姫、小姫がおり、そのほか八条宮智仁親王、中和門院(後陽成天皇女御)、宇喜多秀家などが猶子でした。

主要人物の生没年

	生年	没年
浅井亮政	1491	1542
京極高吉	1508＊	1581
織田信秀	1510＊	1551
松平清康	1511	1535
浅井久政	1526	1573
松平広忠	1526	1549
織田信長	1534	1582
豊臣秀吉	1537	1598
京極マリア	1542	1618
徳川家康	1543	1616
浅井長政	1545	1573
織田信雄	1558	1630
京極高次	1563	1609
京極竜子	1564＊	1634
於次丸秀勝	1568	1586
豊臣秀次	1568	1595
小吉秀勝	1569	1592
佐治一成	1569	1634
茶々	1569＊	1615
お初	1570＊	1633
お江	1573	1626
徳川秀忠	1579	1632
鶴松	1589	1591
完子	1592	1658
豊臣秀頼	1593	1615
千姫	1597	1666
初姫	1603	1630
徳川家光	1604	1651
徳川忠長	1606	1633

＊生年には異説もある。

第４章　聚楽第と伏見城の宮廷生活

第4章

年号	西暦	出来事
天正十五年	一五八七	島津義久、秀吉に降伏する（五月）。キリスト教を禁止し、長崎を教会から返還させる（七月）。秀吉、聚楽城に移徙《いし》（九月）。お初、京極高次に嫁ぐ。茶々、秀吉の側室となる（ただし、翌年の可能性も）。
天正十六年	一五八八	後陽成天皇が聚楽第に行幸（四月）。毛利輝元の上洛。茶々、茨木城に移徙（十月）。
天正十七年	一五八九	淀城完成し、茶々、淀城に入る（三月）。茶々、淀城で鶴松を出産（五月）。茶々・鶴松母子、大坂城に移る（八月）。茶々、亡父浅井長政十七回忌、亡母お市の方七回忌の追善供養を行う。また、父母の肖像を画かせ、高野山持明院に納む（十二月）。
天正十八年	一五九〇	家康夫人の旭姫が死去（一月）。秀吉、小田原攻めに出陣（三月）。陣中に茶々を招致する（五月）。茶々、淀城に帰る（七月）。家康、関東へ移封。江戸城に入る（八月）。織田信雄、家康旧領への移転を拒否して改易（十月）。京極高次、八幡山城二万八千石。
天正十九年	一五九一	秀吉弟の秀長、死去（一月）。千利休が切腹（二月）。織田信雄の長女で秀忠許嫁の小姫没（七月）。鶴松が淀城で病死（三歳・八月）。名護屋築城が始まる（十月）。秀吉、甥の秀次に関白職を譲る（十二月）。京極高次、従五位下侍従に任ぜられる。
		お江が羽柴秀勝に嫁ぐ（二月）。秀吉、茶々をともなって肥前名護屋城に向け出陣。秀勝も出陣（三月）。文禄の役が始まり漢城、平壌攻略。茶々、

文禄元年	一五九二	大坂城二の丸に移り、二の丸殿と呼ばれる。秀吉一行、名護屋着（五月）。秀吉母の大政所没（七月）。指月伏見城普請開始（八月）。羽柴秀勝、朝鮮の巨済島で病死（九月）。そのころ、お江は秀勝の子完子を出産する。
文禄二年	一五九三	碧蹄館の戦いで明軍を日本軍が破る（一月）。茶々、大坂城二の丸で二人目の男子を出産（お拾、のちの秀頼、八月）。浅井長政のために二十一回忌供養を営む（九月）。茶々、この冬疱瘡を患う。京極高次の庶長子、忠高が誕生。
文禄三年	一五九四	京極竜子、大坂城西の丸に移徙（二月）。淀城破却（三月）。茶々が秀頼の上洛に反対し、延引（四月）。茶々、長政の菩提のため、京都に養源院を建立する。浅井一族の成伯を開祖とする（五月）。秀頼、伏見城移徙（十一月）。茶々、伏見城西の丸に移る、西の丸殿と呼ばれる（十二月）。全国的に検地によって大名領国の支配強化。
文禄四年	一五九五	関白秀次が高野山で切腹（七月）。お江が秀忠と結婚（九月）。京極高次、大津六万石へと加増され左近衛少将に。
慶長元年	一五九六	伏見城が地震のために全壊（閏七月）。木幡山に移し再建。明使節と秀吉が大坂城で会見するが決裂し再出兵。長崎で二十六聖人の処刑。お拾、大坂城移徙（十一月）。お拾（四歳）を秀頼と名づく（十二月）。京極高次、従三位参議に任ぜられる。
慶長二年	一五九七	お江が千姫を出産。茶々、大坂城移徙（四月）。秀頼、木幡山伏見城移徙（五月四日）。茶々は西の丸殿と称される。秀頼（五歳）京都の新第に移り、これに従う（九月）。慶長の役が始まる。蔚山城の戦いを制する。

天正十五年〜十六年（一五八七年〜八八年）
秀吉の第二夫人・京極竜子

関白殿下になられたころから、秀吉さまは、たくさんの名門出身の女性を側室として置かれるようになりました。その第一号は、浅井長政の姉京極マリアの娘で、わたくしたちの従姉妹に当たる竜子でした。

竜子はたいへん美しい方で、はじめ、武田元明さまと結婚しました。武田家はもともと若狭守護でしたが、朝倉家に従属しており一乗谷に留めおかれていました。朝倉滅亡後に若狭に戻り、新しい若狭の国主になった丹羽長秀さまの客分のようなかたちで、大飯郡石山三千石を信長さまからいただいて暮らしていたのでございます。

ところが元明さまは、本能寺の変のあと明智方に与して丹羽さまの居城・佐和山城を攻撃なさったために、近江海津で丹羽さまによって殺されてしまったのです。海津は日本海側からの物資を琵琶湖に積み出す港町で、江戸時代には加賀藩領でした。近くの海津大崎は湖国を代表する桜の名所として知られており、宝幢院《ほうどういん》には元明さまのお墓があります。

秀吉さまが、竜子の美貌の噂を聞いて、側室にするために夫を殺したなどと言っている人もおりますが、元明さまが殺されたのは、丹羽さまが領地を奪うためにしたことです。丹後守護で元明さまと同じような立場でおられ、しかも、細川藤孝さまの娘婿だった一色義定さまも、本能寺の変ののちの混乱のなかで、領地を横取りしたい藤孝さまに謀殺されています。

新しい支配者にその歴史的権威を利用されていた中世以来の名門が、歴史の舞台から追われていく節目だったと申せましょう。しかし、この武田氏の子孫は、のちに京極家に仕え、佐々氏という丸亀藩重臣となっていますから、竜子も救われる気持ちだったのではないでしょうか。

未亡人となった竜子がどんな経緯で秀吉さまの側室になったのか、詳しくは知りませんが、丹羽さまが仲介したのでしょう。

秀吉さまは色好みで、多くの側室を抱えられたなどとよくいわれますが、天下をお取りになるまでは、そうでもなさそうでございます。長浜時代に南殿という側室がいて、これが秀勝さまという初めての実子の母親だとされるくらいで、本能寺の変以前からの側室で、後の世まで消息が残されている女性は一人もいないのです。

おそらく、ひとたびお手を付けてもそれきりになった者のほかに、その時々にそばにいた女性はいるのでしょうが、必要でなくなったら、それなりのものは与えた上で暇を出したり、ほかに嫁がせたりしたのではないでしょうか。

そのなかで、伏見の地侍の娘である香の前は、のちに秀吉さまとの賭け碁に勝った茂庭綱元さま（伊達政宗さまの重臣）の妻になったと伝えられます。美しい肌が薫りたつばかりで「香の前」と呼ばれ、のちに主君の伊達政宗さまと関係を持たれて生まれた娘が『樅の木は残った』の主人公である原田甲斐の母親にあたる、などという伝説もございます。戦国時代には、江戸時代の大奥のように、将軍のお手つきになれば一生閉じこめられるわけではなく、こうした形で余生を送ることも多かったのではないかというヒントになる逸話です。

でも、いまや秀吉さまも天下人になられたのですから、高貴な人たちのように、しかるべき形で第二夫人のように側室たちを遇するほうがよいということになったのでしょう。その第一号が、竜子だったのです。

戦国武将や江戸時代の大名の結婚を、みなさまが現代の家族の感覚で捉えようとなさるのは、むずかしいかもしれません。「妻」と「妾」という二分法でお考えにならないほうがよいかと存じます。

と言いますのは、正室のほかに、「継室」といった存在が認められていたようです。継室とは本来、正室が亡くなったあとや離縁したあとに、後添えとなる女性のことですが、正室が病弱だったり、子ができそうもないときに、普通の側室より格の高い女性を入れることがありました。

たとえば上杉景勝さまは、武田信玄さまの娘である菊姫さまと結婚されていましたが、関ヶ原の戦いのあとになって、権大納言四辻公遠さまの姫（桂岩院）を側室として置かれました。桂岩院さまが側室になったのは慶長八年（一六〇三年）で、その翌年の二月には菊姫が亡くなります。同年六月に定勝さまが生まれ、八月に桂岩院も亡くなったのですが、上杉家の公式記録では桂岩院さまは「継室」となったとされています。その姉妹の公遠さまは権大納言ですから、正室となってもおかしくない出自です。その姉妹はのちに東福門院さまと後水尾天皇の寵愛を争ったお与津御寮人（典侍）です。

のちのことですが、上杉家の子孫である鷹山さまが米沢に置いた御国御前の父親は、鷹山さまの曾祖父である上杉綱憲さまの末子でしたし、薩摩の島津斉宣さま（篤姫の祖父）の母は堤中納言の娘でやはり御国御前でした。このように、江戸時代になってからも、一門や公家の娘などを第二夫人的に遇することはありました。彼女たちは、主に下級武士や町人の娘だった普通の側室とは少し違う存在としてあつかわれています。

また、側室であっても子供を産んだ場合、とくに跡継ぎの男子を産んだ母となった場合は、特別の扱いになりました。

そのことも含めて、みなさまが正室と側室との二分法だけで考えると、わたくしたちの時代の感覚と少しずれてしまうのです。

お市に秀吉が懸想していたというのは嘘

母であるお市に秀吉さまが懸想していたとか、お市が秀吉さまを毛嫌いしていたとかいう話が、小説などでよく出てきます。しかし、第三章でも申し上げましたとおり、とくに根拠のある話ではございません。それを前提として、秀吉さまの側室となった茶々の心の葛藤などおもしろおかしく書きたてられても、わたくしたちにとっては迷惑至極なのでございます。

茶々の立場も、「側室」という言葉のイメージの暗さとともに語られたり、いやいや秀吉さまと結ばれたと見られがちですが、それも違うのではないかと思うのです。茶々や竜子と同じような第二夫人的な待遇の女性は、ほかにも何人もいました。茶々も最初から北政所さまに次ぐナンバーツーというわけでもなかったのが、鶴松君と秀頼さまを生んだために、特別の存在になったというのが本当のところなのではないでしょうか。

ちなみに、わたくしたち姉妹のうち誰が母のお市にいちばん似ていたかといえば、残された肖像画でも分かるとおり、切れ長で蠱惑的な目付きなどが共通するお江だと思います。茶々などは、もちろん、母の面影もありますが、むしろ、父の長政に似たように思うのです。

茶々が秀吉さまの側室となった時期は正確には覚えていませんが、天正十三年（一五八五年）に於次丸（秀勝）さまが丹波亀山で亡くなってからしばらくしてのことでした。

ここで、織田家と豊臣家の関係について忘れてはならないことがあります。徳川家康さまは、織田家とは独立した存在です。現代の企業で言えば、下請けかもしれませんが、提携企業のオーナーです。

ところが、秀吉さまは織田家という会社のサラリーマンです。ですから、秀吉さまが信長さまと信忠さまが亡くなったあと後継者として天下を取られたというのは、オーナー一家の会長と社長が相次いで亡くなり、孫はまだ子どもだというので、サラリーマン重役がとりあえず社長になったことにたとえられるのでございます。

織田信雄さまたちをさしおいて、秀吉さまが天下に指図できたのも、信長さま四男の秀勝（於次丸）さまを養子にして跡取りにしていたわけですから、仮に秀信（三法師）さまに返さなくとも、少なくとも秀勝さまにはいずれ大政奉還するということが、周囲に対して説得力を持っていたためなのです。

ところが、秀勝さまが亡くなってしまうと、秀吉さまには織田家との縁がなくなってしまいます。そこで、織田家の血を引く姫を第二夫人として迎えたいという事情もあったのだと思います。時間的な前後はともかく、信長さまの六女である三の丸殿など多くの織田家中からの女性が側室になっています。

また、秀吉さまの側室のうち、前田利家さまの娘である加賀殿や三の丸殿は、秀吉さまの死後には公家と結婚しており、しかも、それは秀吉さまの遺志によるものだともいわれています。一生つなぎ止めようとは、秀吉さまも考えておられていなかったのでしょう。第一章で、宣教師フロイスの戦国時代の女性についての観察をご紹介しましたが、「二夫に仕えず」という倫理観は、戦国時代にはなかったように思います。

いずれにせよ、こうした側室を置くことは、北政所さまの了解なしにはありえないことでございます。北政所さまが、たくさんの側室を迎えることに積極的に賛成されたとは思えませんが、秀吉さまのことですから、政治的にも必要だと一生懸命に説得されたのだと思います。

また、どんな女性を迎えるかについても、北政所さまの意見は無視できなかったはずです。とくに、わたくしたちのように、北政所さまの保護下にある女性の場合はなおさらです。それに、北政所さまは、わたくしたちのような形で預かっている男女とは日々お話しされていましたから、本人たちの希望とか向き不向きもそれなりに考慮に入れて、縁談をまとめて行かれたのでございます。

茶々の場合も、京極竜子への秀吉さまの心遣いの細やかさなどを見ていますから、少なくとも嫌ではなかったのだろうとわたくしは思っております。

そして、この天正十六年（一五八八年）四月には、後陽成天皇の聚楽第行幸があり、秀吉さまのご威光は絶頂期に達したのでございました。信長さまは安土城への行幸実現を念願されていたようですが、本能寺の変で沙汰やみになりました。それをついに、秀吉さまが聚楽第への行幸を実現させたわけでございます。

この聚楽第はかつての平安京大内裏の跡に築かれました。秀吉さまは、このほか、町全体を御土居という土塁と堀で囲み、正方形だった区画を南北に細い短冊形にして土地の高度利用を実現し、寺院を寺町などに集中させました。現代の京都の町の骨格を創り上げたのは秀吉さまなのです。

＊このころの人たちの身長については、言い伝えのほか、甲冑の大きさや遺骸や遺骨からさまざまな推計がある。信長は一六〇センチより少し上、家康が少し下、秀吉が一五〇センチほど。前田利家や豊臣秀頼は大男だったようだ。茶々は背が高かったようだが、お江は遺骨から見る限り華奢で小柄だっただろうといわれている。

天正十七年（一五八九年）
淀城で鶴松が誕生する

茶々は、秀吉さまにお仕えするようになってまもなく懐妊いたしました。淀に城を建てていただき、そこで出産いたしました。五月のことでございます。めでたいことに、生まれた子供は男の子で、棄（鶴松）と命名されました。そののち、茶々と鶴松は大坂城に引っ越しいたしました。

長浜時代の秀勝（石松丸）ののち実子を得られず、養子の於次丸秀勝も失って後継者不在で困惑していた秀吉さまにとっては、夢のような出来事でございました。

まして、鶴松君は茶々を通じて織田家の血を引いているのですから、政治的な正統性も申し分ありません。こうして、誰もが文句をいえない後継者が出現したこと、天下統一が近づいたことで、戦国の世が文字通り終わることを期待し、人々は幸福な安堵を感

木下・豊臣家系図

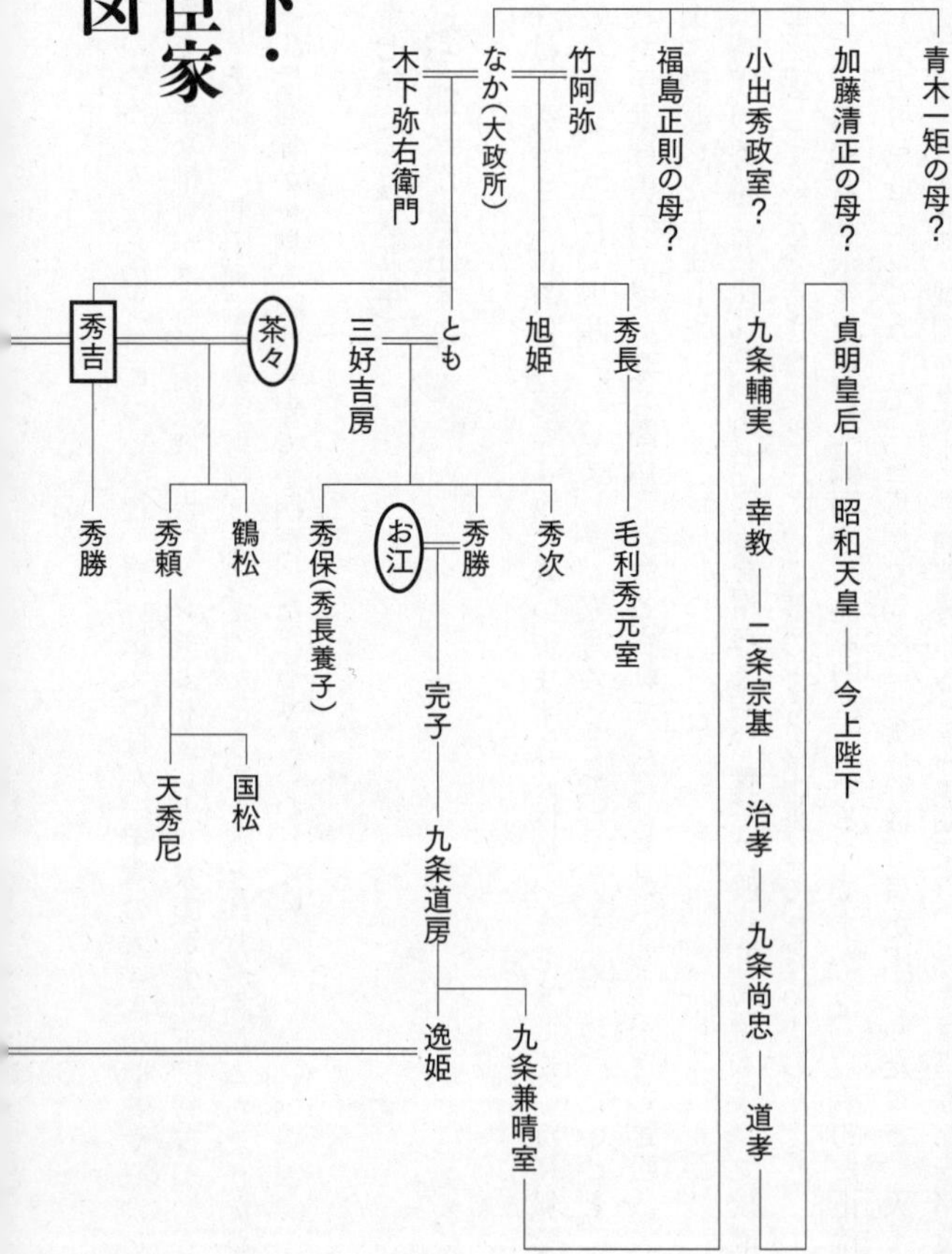
青木一矩の母？
加藤清正の母？
小出秀政室？
福島正則の母？
竹阿弥
なか(大政所)
木下弥右衛門
貞明皇后
昭和天皇
今上陛下
九条輔実
幸教
二条宗基
治孝
九条尚忠
道孝
秀長
毛利秀元室
旭姫
とも
三好吉房
秀次
秀勝
お江
完子
九条道房
九条兼晴室
逸姫
秀保(秀長養子)
茶々
秀吉
鶴松
秀頼
国松
天秀尼
秀勝

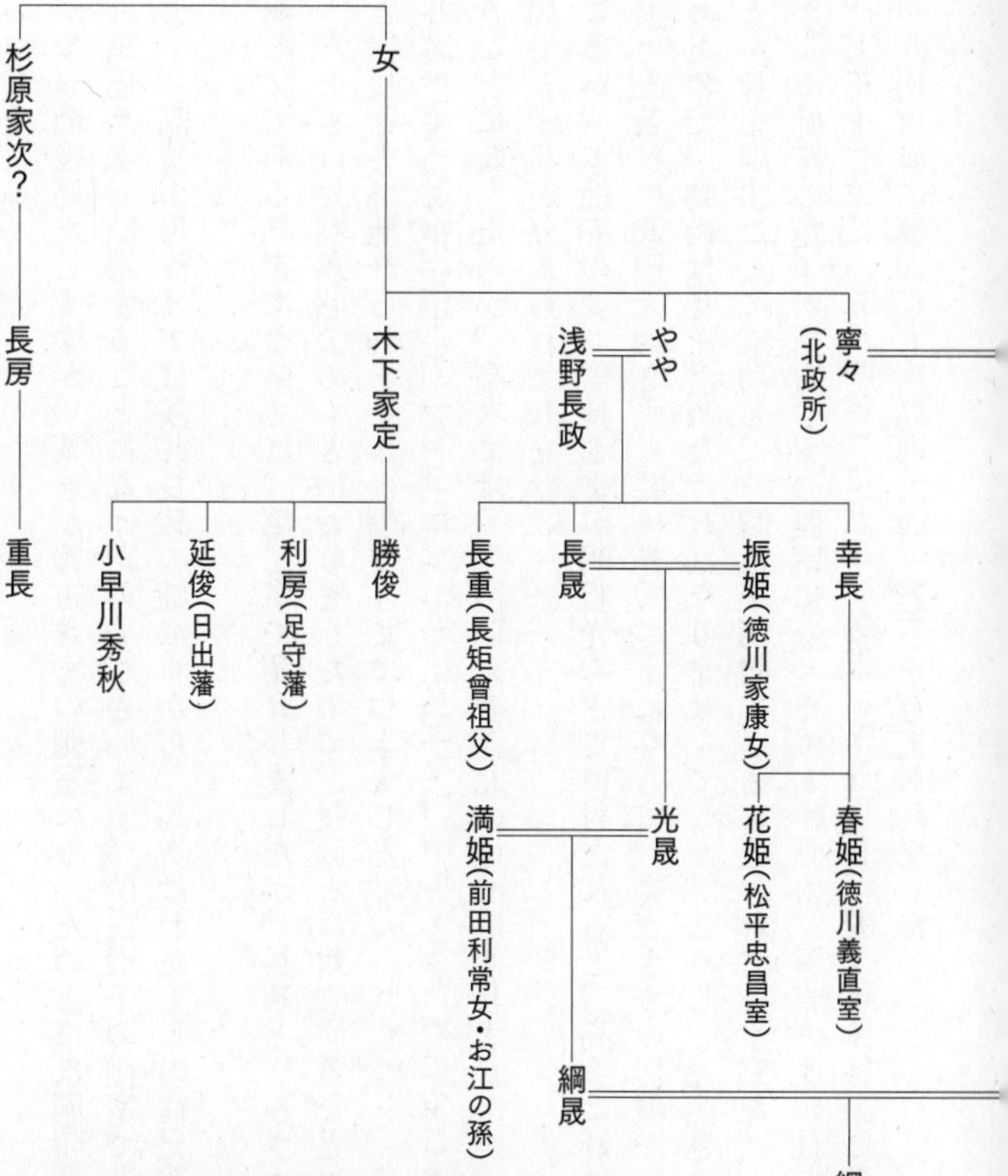

木下家は江戸時代も豊臣朝臣を名乗り続けた。
また、九条家や浅野家にはお江の娘完子を通じて
秀次の母である「とも」の血が引き継がれた。
ただし、公家の場合、家女(側室)の子を正室の実子と
してしまうことも多いので、女系の血縁はやや信頼性に欠ける。

じていました。

話が少し前後いたしますが、茶々が秀吉さまの側室になったのとほぼ同時期に、わたくしは京極高次と結婚することになったのでございます。関白殿下の側室である竜子の兄弟です。高次の母マリアは浅井長政の姉ですから、高次はわたくしの従兄弟になります。

高次の父である高吉については、第二章で紹介しましたが、長政と信長さまが手切となったときは足利義昭公のもとにおりましたので、長政とは対立することになり、義昭公と信長さまが離れられたときは信長さまにつきました。

浅井滅亡後の天正元年（一五七三年）、近江支配を円滑にするために少しは役に立つということになったのか、高次には、先祖以来の江北の地ではありませんが、安土に近い奥島で五千石が与えられました。

ところが、本能寺の変で信長さまが明智光秀さまに討たれると、高次は姉妹の竜子が嫁いでいた若狭の武田元明さまと共に光秀さまに与して、秀吉さまの居城である長浜城を攻めたので、戦後は身を潜めなければなりませんでした。しかし、元明さまと違ってなんとか身を隠すことに成功し、一時は柴田勝家さまに匿われていました。

しかし、姉妹の竜子が秀吉さまの側室になったことからか、秀吉さまに仕えることとなり、天正十二年（一五八四年）に近江高島郡二千五百石、翌々年には高島郡五千石、同年の九州攻めに参加して高島郡大溝一万石を与えられました。

わたくしが高次と結婚したのは、九州平定が終わった天正十五年（一五八七年）のことです。大名になったときは、わたくしとの結婚と竜子の兄弟だったために、お尻の光のおかげとかいう意味で「蛍大名」などと揶揄されたこともあったとか聞きますが、あまりそんなことを気にする人ではありませんでした。

亡き父の血縁で、生まれ育ちのよい人特有の、少しつかみどころがないところはありますが、姉妹である竜子に似た美男子ですから、わたくしとしても北政所さまからお勧めされて、断る理由などありませんでした。

そして、うれしいことに、鶴松さまが生まれた年の十二月には、茶々が父・浅井長政の十七回忌、母・お市の方の七回忌の追善供養を行うことが許されました。高野山持明院にある長政とお市の有名な肖像画は、このときに茶々が奉納してくれたもので、たいへんよく描けていると評判になりました。

思いもかけない形で幸運の女神が微笑んでくれたおかげで、わたくしたち三姉妹にとっては、曇りのない喜びを感じられた年でございました。

天正十八年（一五九〇年）
関東移封で家康は大喜び家臣たちは泣きの涙

天下統一の総仕上げになった、天正十八年（一五九〇年）の小田原攻めですが、秀吉さまは、北条氏にそれほど厳しいことを要求したわけではありません。関白殿下としての権威さえ認めてくれればよかったのでございます。

信長さま以来の夢である大陸進出に一刻も早く取りかかりたい秀吉さまは焦っていましたが、北条氏は上洛しないのみならず、惣無事令も無視しました。

もとはといえば、北条氏も国盗りをしたのですが、五世代百年も経ちますと名門意識で凝り固まっておりました。それに北条氏は、流浪の浪人などではなく、幕府の改革派エリート官僚だった北条早雲が、畿内などでも理屈としては必要性を分かっているけれども、しがらみで実現できなかった進歩的な政策を、新天地で積極的に実行した革新大名だったのに、このころはすっかり保守化し、上方の情勢にも暗くなっていたのです。

秀吉さまは、石田三成さまに綿密な兵站《へいたん》計画をたてさせ、長期戦に耐えられるように図りました。小田原城を見下ろす石垣山に「一夜城」を築かせ、そこに茶々も呼び寄せました。このとき、北政所さまに、「お前の次に茶々を気に入っているのでこちらに来る手配をしてくれ」と書き送った手紙が残っております。

小田原城陥落ののち、家康さまは北条氏の旧領へ移りました。秀吉さまとしては、あまり関心のない関東は、実力のある家康さまにまかせておきたかったのです。秀吉さまは、寒村であった江戸を居城に指定し、主な家来たちの配置や石高まで指定されました。このとき、秀吉さまじきじきの指示で上州箕輪（のちに高崎）で十二万石をあてがわれ、筆頭家老に躍り出たのが、彦根藩祖になった井伊直政さまです。

この関東移封は、清和源氏を名乗る家康さまにとっては、新田郡世良田（太田市）を先祖の地と自称している上野国や、源頼朝が幕府を開いた相模国の主になるわけですから、気持ちの上でそう飛躍があるわけでもありません。

しかしながら家臣たちは、骨の髄まで三河人で、家康さまが最近になって新田氏の末流だとにわかに強調しだしたことにすら違和感を持っておりましたから、小田原へ移ることには大反対でございました。とはいうものの、家康さまが受けた以上は従わざるをえません。

のちの上杉家の会津への転封もそうですが、戦国大名にとって移封は、家臣の力をそいで、殿様の力を強くする最高のチャンスなのでした。

朝鮮の国王に予定された三法師の出世

内大臣として政権ナンバーツーだった織田信雄さまは、あいかわらず尾張一国と伊勢の一部で八十万石ほどを領しておられたのですが、家康さまの関東移封のあと、秀吉さまから徳川旧領に移るように命じられました。織田家を大事にして大幅な加増をするのだから、文句はあるまいと秀吉さまは考えたのでございます。

しかし、信雄さまはこれを拒否され、「尾張は織田家発祥の地、伊勢は北畠家の由緒ある土地」だとか、むしろ、美濃も欲しいというようなことをおっしゃったようです。

これには秀吉さまも、ついに堪忍袋の緒が切れました。小田原の陣のとき、信雄さまはあわよくば、徳川や北条と組んで反秀吉に立ち上がるのではないかという噂が流れました。信雄さまはその疑いを晴らすために十分な努力をなさらなかったばかりか、この厚遇の申し出をにべもなく断ってしまったのです。

信雄さまは、下野烏山に流され、わたくしたちの祖母に当たる土田御前は、伊勢安濃津の織田信包さまのもとで暮らすことになりました。清洲にいた他の女たちも京都の寺院に移ったり、それぞれ縁を求めて散って行きました。秀吉さまのことですから、きめ細かな身の振り方についての配慮はされましたが、織田家は一家離散です。

織田家譜代の家臣たちも、織田旧臣の諸大名のところに引き取られたり、帰農したりしました。それでも、濃尾地方や近江からはたくさんの大名が出ましたので、名がある武士のうちかなりは、各地の大名に仕えることができました。浅井旧臣もそうですが、ほかの地方の武士に比べれば運がよかったのでございます。

ほかの地方では、主君が外様大名として生き残れた場合にはよかったのですが、そうでない場合、ほとんどは、百姓に戻って江戸時代を生きることになりました。そんななかで土佐の場合には、特別に郷士というかたちで刀を差し続けられたのですから、全国的にみれば例外的に恵まれていたといえましょう。土佐で長宗我部旧臣が悲惨な目にあったというのは、あまり適切な評価とはいいかねます。

また、織田系の大名のなかで加賀の前田さまは、織田旧臣の名だたる武士を数多く引き受けました。「加賀百万石は尾張武士の植民地」といってよいほどです。そのなかには、斯波氏の末裔まで含まれており、津川と名乗っていましたが、明治になって斯波に復姓して男爵になりました。

織田家では、かつて三法師君と呼ばれた秀信さまが、信雄改易の二年後には岐阜城主となっています。秀吉さまも徐々に取り立てていこうと思われていたらしく、大明征服のあとは、秀信さまを朝鮮国王になさる構想をお持ちでした。創業者家へのそれなりの配慮は、秀吉さまもなさっておられたのです。

しかしこの時点では、何よりも織田家の血を引く鶴松さま（秀吉さまと茶々の子）が豊臣家の後継者となるのですから、秀吉さまとしては、十分に織田家には尽くしているという気分があったのでございます。

織田信雄さまが改易されたあとには、関白殿下の甥である秀次さまが清洲城主となられました。秀次さまはそれまで、近江の八幡山城主でした。安土城の水運がもうひとつよくなかったことから、近くの八幡に安土から町全体を移しておられたのです。

そして、秀次さまが尾張に移られたあとに、わたくしの夫である京極高次が二万八千石の八幡山城主に抜擢されたのでございます。わたくしにとっても、織田家ゆかりの町の城主夫人になれたのですから、大満足でございました。

天正十九年（一五九一年）

鶴松・秀長・千利休それぞれの死

この年はいくつもの不幸が続きました。

鶴松さまはもともとお身体が弱く、心配していたのですが、この年八月にわずか三歳で亡くなってしまいました。なんともあっけないことでございました。

関白殿下のお嘆きはあまりに深く、東福寺に入って髻を切られ、主な大名たちもそれにならいました。茶々の悲しみや、わたくしたちも含めて身内の落胆もいうまでもありません。

一月には関白殿下の弟で右腕と頼んでおられた大和大納言秀長さまも、この世を去ってしまわれました。前の年の初めには、徳川家康さまと結婚されていた妹の旭姫さまが聚楽第で亡くなられているので、関白殿下は妹と弟を相次いで失われたことになります。

そして二月、秀長さまの協力者でもあった千利休さまが関白殿下ともめ事を起こして切腹させられたのです。

原因はいろいろいわれていますが、あまりにも実力者になられてしまったうえに、秀長さまの死によって庇護者を失われたことが原因でございましょう。

秀吉さまの場合、勘気を被る人は多いのですが、謝ればしばらくいたしますと、それなりの処遇をしてくださるのが常でございました。あの信雄さまにしても、やがて頭を丸めて詫びを入れたところ、お伽衆という顧問格で復帰し、息子の秀雄さまも大名にしてもらっています。

ところが利休さまは、頑強に謝罪をお断りになったのでございます。前田利家さまあたりが、北政所さまを通じて詫びを入れなさいと助言されたのですが、「女に哀れみを請うのはいやだ」などと言って、お聞き入れになりませんでした。

ここまで利休さまが頑固になられたのがなぜかは、他人には分かりません。小田原の陣で北条家に仕えていた高弟の山上宗二《やまのうえそうじ》さまが、利休さまが仲介なさって関白殿下に面会を許されたのに、無礼を働いて打ち首にされた事件のショックなどもあったのではないかと思います。

小田原では石田三成さまの舅の兄で、讃岐を与えられながら島津攻めでの根白坂の戦いで慎重論を唱えすぎて決定的な勝機を逃し、改易されていた尾藤知宣さまが参陣して許しを請うたのですが、秀吉さまの作戦を酷評して自分にまかせるべきだなどと大風呂敷を広げ、せっかく許そうとしているのに何事かと打ち首にされています。

昔から親しい人たちであればこそ、以前の秀吉とは立場が違うのに、なれなれしくするな、といったことだったのでしょう。

この年には、織田信雄さまの娘で秀吉さまの養女となっておられた小姫さままで亡くなりました。わずか七歳でございました。この方は、徳川秀忠さまと結婚されることになっていました。亡くなる前の年に祝言を上げられたという説もありますが、たとえそうだとしても秀忠さまは十二歳ですから、現代風にいえば将来の結婚を約束していたというだけでございましょう。

天正二十・文禄元年（一五九二年）
戦争未亡人になったお江

鶴松さまを亡くされ、もはや子供はもてないと観念されたのか、関白殿下は、姉のと、もさまと三好吉房さまの長男である甥の秀次さまを養子にして、関白の地位と聚楽第を譲られました（天正十九年・一五九一年十二月）。

それ以来、秀吉さまは太閤殿下と呼ばれることになりました。そして、かねてより準備を進めてきた大陸遠征にいよいよ取り組まれることになり、肥前（佐賀県）に名護屋城を築いて拠点となさいました。

この大陸遠征の動機を、天下統一で新たに分ける領地がなくなったからとか、鶴松さまを失って正常な判断ができなくなったからだなどという人もありますが、いずれも正しくありません。

天下統一となっても、大名を取りつぶす、検地を行う、新田開発をするなど、家来たちに恩賞を与える余地はいくらでもございます。

大陸遠征は信長さまも考えておられ、太閤殿下も早くから夢見ておられたことです。鶴松さまが亡くなったこととも関係ないと申せましょう。

大軍団が大陸へ渡ったこの年の二月、妹のお江が二度目の結婚をいたしました。相手は秀次さまの弟で、早くから太閤殿下の養子になっておられた秀勝さまでございます。秀吉さまにはすでに、実子で夭折された秀勝さま、信長さまの四男で養子とされた於次丸秀勝さまがおられましたから、区別するために、この秀勝さまは小吉秀勝などとも呼ばれます。

小吉秀勝さまは、於次丸秀勝さまが亡くなったあとに養子となられ、その遺領である丹波亀山城を拝領されていました。九州遠征でも大活躍されましたが、恩賞が少ないと殿下に抗議されたのを咎められていったん追放されました。

やがて許され、小田原の役のあとには、いったん甲斐の躑躅崎城に入られ、すぐに岐阜城に移られました。これは、夫の三好吉房とともに清洲城に住んで関白秀次さまの領地を管理していた母親のともさま（秀吉の姉）が、近いところに秀勝さまを置いておきたいと望まれたからだともいいます。

この結婚は、茶々やわたくしにとっても、うれしい出来事でした。跡継ぎであった鶴松さまを亡くし、甥の秀次さまが後継者になって以来、不安にさいなまれていた茶々や、わたくしまでも、秀次さまの義理の姉妹になることができたわけですから。

秀勝さまとは、そう何度も会ったわけでありませんが、ちょっとやんちゃなネアカの次男坊で、お江と似合いの伴侶だったと思います。

ところが秀勝さまは、祝言を挙げて間もなく朝鮮へ向けて出陣されてしまいました。この朝鮮遠征（文禄の役）は、最初のうちは漢城（現ソウル）を電撃的に占領するなど、戦国で鍛えられた日本軍は向かうところ敵なしの勢いで、太閤殿下も茶々を伴って名護屋城に入り、六月には自ら渡海する準備をされたほどでございました。

それを徳川家康さまや前田利家さまがもうしばらく慎重にと抑えているうちに、京都から聚楽第で生活されていた大政所さま（秀吉の母なか）が危篤との報せが入ったのです。太閤殿下は急ぎ京都に戻られましたが、残念ながら死に目にあえませんでした。この出来事で渡海が先延ばしになっているうちに、戦況が不利になって、沙汰やみになったのでございます。

天寿を全うされたのではありますが、ゴッドマザーというべき大政所さまの死は、あとから振り返りますと、豊臣家が崩壊していくドラマの始まりだったのです。

お江は、秀勝さまが出陣されたあと懐妊していることが分かり、出産を控えておりました。ところが、そこに来たのが、秀勝さまが巨済島というところで戦病死されたという報せでした。

こうして二度目の結婚もあっけなく終わったお江でしたが、無事にお産をすませ、手元に可愛い姫が残されました。この姫が、のちに茶々の養女として公家の九条幸家さまと結婚した完子です。

文禄二年（一五九三年）

秀頼の誕生と秀次の未練

朝鮮での戦況は、快進撃は止まりましたが、この年一月に漢城郊外で李如松率いる明の大軍を宇喜多秀家、小早川隆景らが率いる日本軍が撃破した「碧蹄館の戦い」での歴史的勝利もあって、一進一退となっておりました。

太閤殿下は、大政所さまの供養がすんだら今度こそ渡海するといい続けておられました。ところが、年が明けると、なんと茶々がまたもや肥前の名護屋で懐妊していることが分かったのでございます。もしかすると、九州の暖かい気候や新鮮な魚介類などが良かったのかもしれません。

喜ばれた殿下は、茶々を大坂へ返されました。そして、八月三日には見事に男子が誕生いたしました。お拾君（のちの秀頼さま）でございます。

殿下はさっそく大坂に戻られ、関白殿下（秀次さま）に、お拾君に日本の五分の一くらいはやって欲しいとおっしゃいました。天下は大事な姉の子である秀次にやったのだから、返せとはいいにくいものの、関白殿下の方で若君の将来についてどう考えてくれるのかという問いかけでございました。

ところが、関白殿下の反応はにぶいものでした。

このとき関白殿下は、お拾君がお生まれになった以上は、ご自分から、お拾君を養子にして成人のおりは関白を譲るというくらいおっしゃるべきだったのでございます。ましで、お拾君は織田家の血も引いておられるのですから、そうすべきだと思う人も多いのです。それなのに秀次さまは、この年の暮れに太閤殿下が、将来、お拾君と関白殿下の姫を娶そうという提案をなさっても、すぐには承諾されませんでした。

これでは、太閤殿下も安心できません。それ以上に、姉の茶々は疑心暗鬼になりました。そうなるのも無理はございますまい。太閤殿下にもしものことがあれば、お拾君は関白殿下にとっては邪魔者です。母子ともに、命の危険すら感じなければならない事態になるのでございます。

この年の九月に、夫の高次が名護屋に連れて行ったお崎というものがあちらで懐妊し、京都へ戻って聚楽第に近い安久院(大宮寺之内)の京極屋敷で男の子を生みました。結婚して五年以上も子どもができなかったうえに、わたくしがついて行けなかった出征先でのことですから納得しなくてはなるまいとは思いましたが、やはり口惜しいことには違いありません。「徳川実紀」にはわたくしがこの子を殺そうとしたとか書かれているそうです。本当かどうかなどとわたくしが書いてもしかたありますまい。

生まれた子どもは、家臣の磯野信隆という者が八瀬、沖ノ島、菅浦など京近江各地を転々としながら匿い、三歳のとき京極家で引き取ることになりました。この子が熊麿、のちの忠高です。また、磯野信隆は忠高の代になってから京極家に帰参しました。

＊お崎は近江高島郡打下村（大溝近郊）出身で山田孫助の姉というが、大石内蔵助夫人である理玖（豊岡藩京極家の家老石束家出身）の妹登夜の嫁ぎ先に丸亀藩士山田孫助の名がある。子孫であろうか。

文禄三年（一五九四年）伏見城を築いた太閤のねらい

この年、伏見に太閤殿下が新しく築いた城が出来あがりました。

伏見の町は、京都から奈良に向かって下っていく街道が、宇治川を渡るところにございます。いまは宇治川の南には広い平野に田畑や住宅がありますが、昭和の初めまでは巨椋池という大きな沼で、いま観月橋がある側の指月山という丘は、月見の名所として知られておりました。

中世までは琵琶湖から流れ出していた瀬田川は、山城に入って宇治川と名を変え、この沼にいったん流れ込み、そこからまた流れ出て木津川や桂川と合流して淀川となって、大坂湾につながっていました。

その合流点の少し下流にあるのが山崎の町です。瀬戸内海を航行してきたそこそこの船も、ここまでは遡ってくることが出来ました。紀貫之が土佐から帰京するときに上陸したのもこの場所です。

この合流地点にあったのが、淀城でございました。といっても、現在、菊花賞などでおなじみの京都競馬場の近くにある淀城は、江戸時代になってからのものです。茶々が鶴松君を出産した淀城は、もう少し上流の納所というところにありました。いずれにせよ、明治になって大きく川の流路を変更したので、当時の様子をしのぶことはできません。

指月山はもともと、宇治の平等院を建立した藤原頼通さまのものでしたが、中世には持明院統（北朝）の持ち物になり、やがてその分家である伏見宮家の邸宅になりました。北朝の光明天皇と崇光天皇、それに伏見宮治仁王の御陵があるのは、その名残りです。

太閤殿下は聚楽第を秀次さまに譲られたあと、伏見宮邸を京都御所の北に移してここを買い取られ、京都に近い邸宅とされました。そのときは、風流な別荘でした。けれどもこの文禄三年（一五九四年）、佐久間政家さまに命じて本格的な城を築き始められました。同時に、大土木工事を起こされ、宇治川と巨椋池の間に堤を築いて分離し、大きな船が伏見まで遡れるようになさいました。また、淀川左岸の堤を強化して、伏見と大坂のバイパスのようにされたのでございます。

こうして伏見は、「京都港」というべき機能を持つようになりました。幕末の坂本竜馬なども大坂からここまで船でやってきて、船宿である「寺田屋」に泊まったことは、よく知られているとおりです。鉄道の時代になるまでは、ここが京都の西日本への玄関口だったのです。

太閤殿下がこの工事を始められたのには、経済開発としての意味もありましたが、同時に、京都を関白殿下（秀吉さまの甥・秀次さま）の勝手にはさせないという意思表示でもありました。

自らの本拠地であり、秀頼さまと茶々もこの伏見城に呼びよせました。

前後しますが、二月二十一日には秀吉の側室であり、わたくしたちの従姉妹である京極竜子が大坂城西の丸に移りました。

この城は、文禄の大地震で壊れて別の場所に移されるのですが、そのことは、またあとで紹介いたします。

この年には、秀吉さまは一方で、なんとか秀次さまとの折り合いをつけようと努力され、その一方で、関白殿下との対決に備えて、着々と根回しをされていたのでございました。

太閤殿下は、盛んに京都で有力大名の邸宅を訪れています。前田利家さま、蒲生氏郷さま、徳川家康さま、宇喜多秀家さま、佐竹義宣さま、上杉景勝さまなどの屋敷への訪問が記録に残されています。また、御所で能を上演するなど朝廷との交流にも気を遣っています。諸大名に、伏見にも屋敷を建てさせています。

また、この年に、毛利輝元さまの養子であった秀元さまに、亡き秀長さま（秀吉さまの弟）の姫を娶せ、北政所さまの甥で養子にしていた金吾（秀秋）さまを、小早川隆景さまの跡取りとして送り出されました（秀秋さまは関ヶ原の戦いで、迷った挙げ句寝返って、家康軍に勝利を与えた方ですが、それはまたのちほど……）。

また、小田原の北条氏直さまの奥方であった徳川家康さまの姫（督姫）を、池田輝政さまと再婚させています。北条滅亡のおり、氏直さまは家康さまの女婿だというので助命され、ゆくゆくは伯耆一国の大名にという話もあったようですが、亡くなられたので、督姫さまは未亡人になっておられたのです。

わたくしの夫の弟である京極高知も、信濃飯田十万石の大名になりました。信濃の伊那郡は、武田滅亡のあと、尾張守護斯波義統さまの子だと聞く毛利秀頼さまに与えられました。本能寺の変のあと、毛利さまも武田残党の蜂起に耐えかねて尾張に逃げ帰られ、徳川家康さまがここを併合されたのですが、毛利さまはその後、秀吉さまによく仕えられて、小田原の役ののちに再びこの地を領されることになりました。

前年に毛利秀頼さまが亡くなったあとは、その姫と結婚していた高知が七万石のうち六万石を引き継ぎ、羽柴伊奈侍従と呼ばれることになりました。このとき、嫡男の毛利秀秋さまに分け与えられたのは一万石だけでした。秀秋さまにとっては不本意だったでしょうが、わたくしたち姉妹にとっては誇らしいことでした。さらにこの文禄三年（一五九四年）、十万石に加増されたのです。領内でキリスト教の布教を許可し、自らもキリシタンとなりました（のちに改宗いたしますが……）。

一方で秀吉さまは、秀次さまをないがしろにされていたわけではありません。

旧暦の二月の終わりには、関白殿下と一緒に吉野で有名な花見をしています。明治維新以前に建てられた木造建築として奈良の大仏殿に次ぐ規模である、金峯山寺《きんぷせんじ》の巨大な蔵王堂はこのときに建てられたものです。森に生えている大木をそのままの形で使った野性味あふれる名建築です。

その帰路には、高野山にまわって、亡き母の大政所のために創建した青巌寺に参詣しています。このあたりからは、太閤殿下の苦悩が読み取れるようです。

この前年は浅井長政の二十一回忌でしたので法要を営み、この年に、京都に菩提寺として養源院を創建することができました。これも、茶々がお拾君を生んでくれたおかげです。秀吉さまのまわりに浅井家に仕えていた者やそれの子が多いことも追い風になったかもしれません。そのことが、「近江衆」に対する反感を生んだことも確かです。

文禄四年（一五九五年）

「武功夜話」は大発見か偽書か

「武功夜話」という書物のことを、みなさまはご存じでしょうか。

これは、蜂須賀小六さまなどと一緒に早くから秀吉さまに仕え、但馬出石城主となって秀次さまのお目付役だった前野長康さまの一族の者が、江戸時代になって尾張で百姓に戻り、その子孫が先祖からの言い伝えを書きためていたのが、伊勢湾台風のときに土蔵から出てきたというものです。

公式の史書にはない生々しい物語で、とても説得力があり、これまでもやもやしていたことが白日のもとで明らかにされるという優れものです。大反響を呼び、遠藤周作さんや堺屋太一さんの小説の下敷きになりました。ただ、編集して出版する前の原資料を持ち主が公開されていないことから、「偽書」という疑惑を指摘する方もおられて、評価が定まらない文献です。

こまかな時期はともかく、江戸時代のものだろうと推定される専門家の方が多いのですが、語り継がれる過程での誤りや、他から得た情報での歪曲が多いことも確かです。今のところは、歴史を解明する上で、決定的な証言ではないけれども、重要なヒントになるものとして参考にするのが正しいようです。

ただ、そこに書かれている秀次事件の経緯は、秀次さまに近い立場の人たちの子孫の所から出てきたものでありながら、秀次さまに厳しいものとなっています。それだけに説得力があり、わたくしの記憶にも近いものです。

もともと身分の低い階層の出である太閤殿下は、高貴な人たちと違って、家族に対して現代の人と似た密度の濃い愛着を持っておられます。また、一族の人たちにも、権力者になった太閤殿下に対して、まさか自分に悪いようにはしないだろうという甘えがあったように思います。

ところが、それぞれの家来たちは違います。自分たちの浮沈はそれぞれが仕えている人の運命にかかっているのですし、いったん失脚すれば、身内でもないだけに命も危ないということになります。

しかも、年とった武将たちには、若いころから家族同様に力を合わせて豊臣家興隆のために頑張ってきた同志としての友情がありますが、第二世代には若者らしいドライさに加えて、親密だったころの思い出がありませんから、どうしても極端に走ることになるのでしょう。

「武功夜話」によると、前野長康さまは「秀吉さまの実子で織田家の血をも引く若君に天下が返るのは仕方がないのでありますまいか」と秀次さまに進言したといいます。

ですが、長康さまの子である景定さまなど若い側近たちが、秀次さまを守ろうとして妥協を阻止し、また、軍事教練まがいのことをしたのは、確かです。

断罪の直接の引き金は、朝鮮遠征費用の捻出に困った毛利輝元さまが、秀次さまに借金をしたところ、忠誠を求める書き付けを要求されたので、不安になって太閤殿下に提出したことにあります。

大名たちでも、伊達政宗、最上義光、浅野幸長、細川忠興といった方々は、秀次さまに取り入っていたようです。太閤殿下の年齢を考えれば、秀次さまに近づいておく方が将来、有利だという思惑だったのです。

こうした秀次さまに近い人たちからすると、秀次さまさえあわてて将来はお拾君に譲るなどと約束せずに時間を稼げば、いずれは太閤殿下の寿命も尽きるという思惑だったのでしょうが、姉の茶々をはじめ、お拾君に近い立場からすると、だからこそ秀次さまを早々に処分して欲しい、ということになります。

もしも、お江の夫であった秀勝さまがご存命なら、わたくしたちの立場も少し違ったのかもしれませんが、亡くなられている以上は、秀次さまとわたくしたち姉妹をつなぐ糸はとても細かったのでございます。

家族の愛情を側近の思惑が破壊する

「武功夜話」によれば、石田三成さまが前野長康さまに、「豊臣政権安泰のためにはなんとか秀吉さまと秀次さまに仲良くあって欲しいのだが、どちらの側にも諂《へつら》うものがいる。太閤殿下は弱気になって、徳川家康と前田利家の屋敷に足繁く通うなどしているが、両者はいずれも野心家で、朝鮮遠征でも渡海を免れた。一方、西国の大名たちに恩賞を与えるために全国で検地を行って財源を探しているのだが簡単でない」という趣旨のことを言ったと書かれています。だいたい、その当時の客観的な状況に合致した説明です。

ここで検地といいますのは、こういうことでございます。たとえば、島津家は二十二万五千石ということになっていましたが、これは、島津配下の土豪たちの自主申告を合計した数字でした。本当は島津宗家で検地したいのですが、土豪たちの抵抗が強くて出来ません。そこで、太閤殿下の命令だということで石田三成さまが乗り込んで、検地を強行したところ、五十六万石という石高が打ち出されました。

そこで島津家では、もともと家臣たちが申告していただけの石高の実収に相応する新領地を、先祖代々の領地と関係なく与えたのです。たとえば、鉄砲伝来で有名な種子島氏は、特攻隊基地で有名な薩摩半島南部の知覧に移されました。そうすると、全体で三十三万五千石の土地が浮きます。

それを島津義久さまや義弘さまの直轄地としたり、朝鮮などで功を上げた家臣に与えました。さらに、五万石については、太閤殿下の蔵入り地にしたのです。

つまり、土豪たちの犠牲のもとで、各大名は領国支配をするための財源をひねり出すことが出来、しかも、豊臣政権も中央政府としての財源にあてたり、朝鮮で功を上げた大名に報いることができるという仕組みだったのです。

京極家の兄弟がこの時期に加増されたのも、この財源があったからこそでございます。

また、太閤殿下が家康さまと利家さまのお屋敷に足繁く通っていらっしゃると書かれてあるのも、わたくしの記憶どおりでございます。

というのも、お拾君がまだご幼少なので、秀吉さまは、同世代の家康さまと利家さまの二方を信頼して力を持たせ、しかも、いずれかが突出しないようにするというお考えでした。

利家さまはもともと、織田家のなかでの序列はあまり高くなかったのですが、柴田、丹羽、明智、滝川、佐々、さらには、堀秀政さまといった方々が亡くなられたために、織田家の家臣のなかで最長老になっておられました。

わたくしたち織田家に連なる者としては、信雄さまも失脚されてしまった以上、利家さまがもっとも頼るべき存在だったのです。

こうして、太閤殿下による関白殿下の包囲網は狭まりました。それでも、太閤殿下が聚楽第を訪ねられたり、秀次さまが伏見で能を上演して太閤殿下を招待されたりしたのですから、いくらでも修復のチャンスはありました。けれども秀次さまは欲が出てしまったのか、秀吉さまの心配を払いのけるような思い切った行動がとれませんでした。

その間にも、太閤殿下のもとには、秀次さま周辺の不穏な動きが報告されました。もちろん、姉の茶々やその周辺の者が、お拾君の将来への不安を取り除いてくださるように太閤殿下に迫っていますし、家康さまと利家さまも「太閤殿下のお好きにされれば、あとは我々がお拾君をお守り申し上げます」くらいは言ったに相違ないかと存じます。

このころ家康さまは、江戸に帰国されることになったのですが、京都に残る秀忠さまには、秀吉さまと秀次さまの争いになったら、秀吉さまにつくようにと言い残されたそうです。秀忠さまも聚楽第から呼び出されたとき、人質にされかねないと断られたほどです。

そして、ついについに、七月三日になって、石田三成さまと増田長盛さまが秀次さまに行状を詰問いたしました。それを受けて、関白殿下は朝廷に銀五千疋を献上して救援を求めましたが、これは、悪あがきでした。関白を辞めるとでも太閤殿下に申し出ればよかったのかもしれませんが、秀次さまの若い側近たちはそれを許さなかったでしょう。

こうして関白殿下が無為に時間を過ごすうちに、太閤殿下は一計を案じられました。いまでいう女性秘書として重宝されていた孝蔵主《こうぞうす》を聚楽第へ派遣して、言葉巧みに、単身で伏見に来れば太閤殿下も納得されるからといって、関白殿下を連れ出させたのです。

孝蔵主は川副勝重という近江の武士の娘ですが、女奉行と言うべき実力者で、こののちもたびたび登場することになります。

しかし、伏見についた関白殿下は、ただちに高野山にいくように命じられたのでございます。七月八日の出来事です。そして、太閤殿下は前田玄以さまをして朝廷に秀次さまの追放を奏上し、十五日には福島正則さまを高野山に派遣して、切腹を命じたのでした……。

秀次事件のあとにお江が秀忠と結婚

秀次さまの妻妾や子供たちは、三条河原に引き出されて残らず刑死させられました。菊亭大納言さまや最上義光さまなど、妻妾の父たちは必死になって助命を訴えましたが、無駄なことでございました。

この騒動を聞いた太閤殿下の姉であり秀次さまの母であるともさまは、清洲から上京して赦免を訴えようとなさいましたが、阻止されました。関白殿下の父である三好吉房さまは阿波に、菊亭大納言さまも越後に流されました。

太閤殿下にしてみれば、甥を可愛がって関白にまでしてやったのに、その恩を忘れて自分を排除しようとしたばかりか、わが子お拾君の将来を保証する姿勢を明確にすることまで忌避したのですから、さぞかし許しがたく思われたことでしょう。少なくともそう信じでもしなければ、秀次さま本人だけでなく周辺の者たちに対してまで、あのような残酷な処分はできなかったはずです。

こうして気の毒な太閤殿下は、弟の秀長さまと妹の旭姫、母の大政所さまを相次いで喪ったあと、残された姉とも修復不可能な間柄になってしまわれたのです。

この不幸を、北政所さまがどうして防げなかったのか、不思議に思う方もおられましょう。豊臣家の女主人として辣腕をふるってこられた北政所さまでしたが、やはり、大政所さまの信頼あってこそという面もあったのではないでしょうか。

大政所さまが三年前に亡くなってから、ともさまたちと北政所さまも疎遠になっておられました。お江の夫である秀勝さまの死も打撃でした。

秀次さまにこんな最期を遂げさせてしまったことについて、北政所さまも、大政所さまに申し訳ないと口惜しくてしかたなかったことと思うのですが、いかんともしがたかったのです。

こののち、北政所さまはすっかり元気がなくなられました。太閤殿下が亡くなったあと、北政所さまが秀頼さまの後見をされてもよかったはずですが、秀吉さまがそのように指示なさらなかったのは、北政所さまの衰えがあったからなのでございます。茶々が邪険にしたからだなどといわれては、姉が気の毒でなりません。

そして太閤殿下は、秀次さまに関するものはすべて抹消しようとしたのか、あるいはむしろ、幸福だった時代の面影を消し去ろうとでも思われたのか、あの豪華な聚楽第を跡形もなく取り壊されてしまったのでございます。

平安京大内裏のあとに築かれた聚楽第の跡は、現代では市街地に埋もれてしまいましたが、ところどころに堀や池の痕跡があり、聚楽廻などという地名となって残っています。また、広島城は聚楽第を真似たと言われていますから、少し様子がしのばれるかもしれません。西本願寺の飛雲閣にも、聚楽第から移築されたという言い伝えがありますが、それにふさわしい桃山建築の傑作です。

お江と徳川秀忠さまの婚儀が執り行われたのは、この事件から二ヶ月がたった九月のことでした。お江は秀忠さまより六歳も年上でしたが、そんなことは政治的な思惑の前では、誰も問題にしませんでした。

舅にあたる家康さまにとっては、身の安全が保証されたようなものですから、大満足の縁組みでした。

茶々やわたくしにとっても、織田家の家臣団筆頭として絶対の信頼が置ける前田利家さまに加え、徳川家がお拾君の後ろ盾となってくれるのですから、すっかり安堵したのです。

そしてお江にとっては、関八州の太守の奥方になるのですから、身の引き締まる思いでした。この秀忠という青年は、身長は一六〇センチほど、当時としては低くありませんし、身体つきはがっちりしていましたが、なかなかういういしくて、お江も可愛いげのある夫だと気に入ることになるのです。

このとき京極高次も六万石に加増され、八幡山から大津へ移りました。

秀次さま個人の領地であった尾張は、大政所さまの縁者といわれる福島正則さまに与えられました。たしかなことではありませんが、太閤殿下は初め、前田利家さまにどうかとおっしゃったのに、石田三成さまが「虎に翼を与えるようなもの」と反対されたので、越中新川郡を加増するに留められたとも言います。

もしそれが本当だったとすれば、三成さまはあとで後悔なさったことでしょう。三成さまはのちに利家さまと組んで家康さまに対抗されることになったのですから。

この年の二月には、会津の蒲生氏郷さまが亡くなられました。父の賢秀さまは藤原秀郷の流れを汲むという近江の蒲生郡日野の土豪で、六角氏に従っていましたが、早い時期に信長さまに下られました。さっそく、嫡男の氏郷さまを岐阜に人質に出されたところ、信長さまはこの若者をいたく気に入り、次女の冬姫さまの婿にしました。信長さまの家来では、堀秀政さまと並ぶ若手のホープでした。

秀政さまが小田原で陣没され、この年に氏郷さまが亡くなられたのは、秀吉さまの将来構想にとっても大きな痛手でした。

秀吉さまが氏郷さまを会津に配されたのは、伊達政宗らに対する睨みを効かすためでした。むしろ、徳川家康さまと並んで、東国支配の両輪であることを望まれたからで、家康さまの監視役ではありませんでしたが、もしご存命でしたら、徳川に天下をやすやすと許すことはない気骨のある武将でした。

氏郷さまの死後、秀吉さまは息子の秀行さまでは役目が務められまいと心配されましたが、親戚でもある前田利家さまの願いもあって、家康さまの娘である振姫さまを秀行さまの許嫁にすることを条件に、会津を安堵しました。しかし、その後のお家騒動も激しく、この人事は大失敗でしたし、のちに会津から宇都宮に移された蒲生家の上杉家への逆恨みが関ヶ原の導火線にもなりました。

文禄五・慶長元年（一五九六年）
時代祭に登場する秀頼の行列

京都の時代祭には、「豊公参朝列」という演し物が登場します。文禄五（一五九六年）年五月二日に行われた、豊臣秀頼さまの皇室初参内と翌年の元服時の行列の一部を再現したものです。大名は騎馬、それ以外は徒歩で行進いたしますが、秀吉さまとお拾君（秀頼さま）は、牛車に乗って参内します。

ご自分が生きているうちに、お拾君を後継者として認知させようと、秀吉さまは必死だったのでございます。

この年には、明の皇帝から使いが来て講和の交渉がございました。初めは伏見城で謁見が行われるはずでしたが、閏七月の十三日未明に大地震があり、現在の左京区から東山区、そして伏見の町が壊滅的な大損害を受けました。

この地震で、せっかく完成していた方広寺の大仏殿も倒れてしまいました。伏見でも城はほとんど建物が倒れてしまいました。朝鮮での軍律違反を問われて伏見で謹慎中だった加藤清正さまが、一番に駆けつけて罪を許されることになったのはこのときのことでございます。

これでは明使節の謁見どころではありません。太閤殿下は、伏見木幡に伏見城を再建することを決め、工事にとりかかるとともに、大坂城に千畳敷という広間をこしらえて、改めて、九月一日に謁見することになりました。しかし、太閤殿下の要求されていた和平条件は無視されて、明側の国書に示されていたのは太閤殿下を日本国王に封じるといった内容でしたので、講和は破談となりました。再征が命じられ、慶長の役になります。

しかし、ここの経緯は、いまひとつ分かりにくいのです。一般には、両者の条件が折り合いそうもないことを心配した小西行長さまや宗義智さまが、太閤殿下に嘘をついてことをやり過ごそうとしたのに、通訳に当たった相国寺承兌《そうこくじじょうたい》が正直に訳したので、殿下が書状を破り捨てたといわれております。しかし、それにしては書状がちゃんと残っていますし、小西行長さまや、その動きを黙認したとされる石田三成さまも失脚してはおられません。

そこで、わたくしはこんな風に推測いたします。三成さまらは、明側の条件を日本に都合によいものに言いくるめてでも講和し、政権安定のために早期に朝鮮から撤兵して、国内体制の再構築に取りかかることが必要と考えました。

もし、このまま朝鮮問題の収拾に成功したら、一転して東国への締め付けが強まり、家康さまも安閑とはしていられなかったでしょう。会社でいえば、海外での新規事業から撤収して、社内の掌握にかかろうというようなものですから。

太閤殿下もそのシナリオには理解を示し、ここは呉越同舟でもいいから騙されておこうと考えられたのではないかと思うのです。ところが、主戦派の加藤清正さまらが本当のことを暴露して妨害に出たのではないでしょうか。

そうなると太閤殿下も、騙されたふりもできなくなります。その結果が、芝居がかった場面を演出して再出兵を世論に納得させる大坂城千畳敷での会見だったのではないでしょうか。

茶々の立場からすると、秀次公を追いやったことは成功です。ですが、朝鮮半島の戦争が続いたことは誤算でございました。

お江が秀忠さまの正室になりましたので、茶々にしても太閤殿下のおっしゃるとおり、ここは篤実そうな家康さまを信頼するしかないという心情でした。

慶長二年（一五九七年）
千姫誕生と秀忠へのただひとつの不満

二年前の秋に結婚したお江と秀忠さまのあいだに、待望のお子（千姫）が生まれたのは、四月十一日のことです。男の子でなかったのは残念ですが、いかにもお市の孫娘らしい、可愛い姫君でございました。

それを聞いた太閤殿下は、いずれ秀頼さまの正室にしてはどうかとおっしゃったそうです。もしそういうことになれば、わたくしたち三姉妹にとっては、このうえない喜びです。

お江と秀忠さまのあいだは、とてもうまくいっているようでした。幼いときに母の西郷局を亡くされた秀忠さまには、甘えたりなんでも相談できる相手がおられませんでした。父親である家康さまは、畏怖する存在で、甘えるなど、もとよりできるものではありません。

そこにやってきた年上のお江は、秀忠さまにとって、ある意味では母親のかわりになるような女性だったのかもしれません。なんでも安心して相談できるし、世の中のことや歴史も教えてくれますから、徳川家の跡継ぎとしてやっていける自信がついたのではないでしょうか。

お江のことはとても大事にしてくれたので、お江もたいへん幸せでした。ただ、ひとつだけ不満だったのは、秀忠さまが家康さまに対しては、まったくのいいなりだったことでございます。お江と話し合ったことでも、家康さまと話されたあとには、すっかり意見が変わることが多かったのです。

秀忠さまに不満をもらしても、「親父はおそろしい人だ。私は親父にはいっさい反抗しないことが習い性になっているし、申し訳ないが、これからも、それを変えられるものではない」というような調子なのです。

秀忠さまは、決して気の弱いひとというわけではありませんし、冷たいわけでもないのです。家来がなんといおうが我を通されることも多かったし、人の好みも、のちに本多正純さまのような謀臣を排除し、立花宗茂さまのような骨のある人物を抜擢したことでも分かるとおり、はっきりしています。家族に対する愛情もとても深い人であることは、こののち、たびたびお話し申し上げるところです。

ただ、こと家康さまに関する限りは、絶対に反抗したり、プライドを主張したり、自分の色をだそうとなさらないのです。

その家康さまのほうは、ひどい女性不信です。幼くして母から松平家に置き去りにされ、妻だった築山殿との対立から長男の信康さまにまで死を命じなければならなかった苦い思い出がございます。

ですから、家康さまの愛妾といわれる女性たちも、女性として魅力があるというよりは、結婚経験もあって世の中がよく分かっていて安心できるような女性を秘書にして、それをお手つきにしたといった具合なのです。

家康さまにとっては、お江が秀忠さまをしっかり支えてくれることはうれしいのですが、一方で、賢いお江が政治向きのことにまで口出しするのは警戒すべきことだったのでございましょう。

このあと家康さまは、お江のすることに、あまりあからさまではないけれど、しっかりとチェックを入れるようなやり方をなさっていきます。それが、わたくしたち三姉妹に大きな悲劇をもたらすのです……。

この年の九月二十八日には秀吉さまが秀頼さまを連れて参内し、元服させるとともに従三位左近衛中将に任官させせました。わずか五歳の幼児にはふさわしくないことではありますが、太閤殿下もあせっておられたのでしょう。

十月二十七日には、伏見の京極屋敷に太閤殿下がお見えになりました。たいへん名誉なことだったのですが、途中で気分が悪くなられてお帰りになり、わたくしたちは大きな不安に包まれたのでございます。

第4章コラム

豊臣の大陸遠征と徳川の鎖国はどちらも間違い

秀吉の大陸遠征は、太平洋戦争の前には植民地帝国への先駆的な快挙のように誉められ、戦後は無謀な企てとして全面的に否定されていますが、はじめから善し悪しを決めてされる議論はだいたい間違いです。

もともと、日本と中国の貿易は、室町幕府と明帝国とのあいだで勘合貿易という形で行われていましたが、朝貢とそれに対する返礼という変則的なもので、貿易量も十分でなかったので、倭寇が跋扈しました。周防の大内氏の滅亡後はそれも途絶し、新しく来た南蛮人たちに東アジアの各国のあいだの貿易を牛耳られるようなことになりました。

そもそも、中国の冊封体制のもとでしか貿易が出来ないなどということを、日本が甘んじて受け入れる必要はありません。まして、それすら機能していないのですから、武力を使ってでも新しい仕組みをつくろうとすることは、決して不当な要求ではありません。

また、現代の企業が海外進出するときでも、不安に思い躊躇する人が多くても、賛成する人もいるのと同じで、大陸遠征に当時の日本人がこぞって反対したというわけでもありません。

なにしろ、江戸時代になってからすら再征論は根強く、鄭成功が支援を要請したとき、紀伊徳川家の祖・頼宣らが出兵しようと主張して実行寸前まで行ったくらいです。

島津氏による琉球遠征は、徳川家康が外交的成功を求める世論に配慮したものでしたし、疑似朝貢体制というべき朝鮮通信使にしても、朝鮮に対して再征をちらつかせながら厳しい交渉を行ったからこそ実現したのです。

江戸時代になって徳川幕府は、鎖国をして、貿易量を極度に減らし、留学なども含めた人的交流や書物の輸入すら厳しく規制しました。その結果、日本は世界文明の発展から大きく遅れをとりました。また、北方民族で海に関心が低い満州族が築いた清帝国が中国とその周辺の大陸を支配したことは、欧米のアジア植民地化に道を開くことになりました。

ただ、秀吉のように制海権も十分に確保せずに陸軍部隊を大挙して大陸に送り込み、面として長期に支配しようというのは、無謀でした。正しい戦略は、(秀吉がむしろ弾圧した)倭寇なども取り込んで水軍の充実を図り、そのうえで、制海権を確保し、さらに、沿岸部に拠点を獲得し、必要に応じて大陸諸国に圧力をかけるやり方だったはずです。

もう少しあとの時代に、イギリスはそういうやり方で、ヨーロッパでもその他の大陸でも成功したのです。そういう意味では、秀吉の失敗の最大の理由は、陸軍軍人としての秀吉の限界であるといえば、明治以降の歴史とも符合するところが多いのではないでしょうか。

徳川幕府の消極性と、秀吉の性急さとの間に、第三の道があったはずなのです。

第5章　姫たちの関ヶ原

第5章

年号	西暦	出来事
慶長三年	一五九八	上杉景勝を会津に移す（一月）。醍醐の花見（三月）。北政所実母朝日没。秀吉から初に二〇四五石余の所領が与えられる。秀吉、伏見城で没（六十二歳）、五大老、朝鮮からの撤収を命令（八月）。
慶長四年	一五九九	茶々・秀頼母子、伏見城から大坂城に移る（一月）。豊国廟・豊国社を造営。家康が無断で婚姻を策し、前田利家ら大老・奉行から詰問される。利家が伏見に家康を訪れ和解（二月）。利家を家康が見舞う。前田利家死去。清正らが三成を誅しようとし、三成は佐和山へ隠棲。家康が伏見城に入る（閏三月）。諸大名が帰国する（六月）。家康が大坂城西の丸に移る（九月）。大野治長、浅野長政らが家康暗殺計画を理由に処分される（十月）。家康が前田利長に異心ありと糾し利長これに屈す。茶々が大野治長と密通したという噂（十二月）。お江が二女（珠姫）を出産する。
慶長五年	一六〇〇年 九月以前	堀直政が上杉の動向を家康に注進（三月）。家康が景勝の上洛を要求したが、「直江状」で反論（四月）。会津攻めの号令を出す。「まつ」が江戸に人質として送られる。お江が三女（勝姫）を出産する（五月）。家康、伏見城を発し帰国。三成と大谷吉継が謀議。毛利輝元が大坂城に入り総大将となり、奉行らが「内府違い」の檄文を送る。細川ガラシャが大坂入城を拒み死す。伏見城攻撃開始（七月十八日）。家康江戸から会津へ発つ。小山会議で諸将に異変を告げる（七月）。伏見城が陥落。織田秀信の岐阜城が陥落する。西軍が津城を落とす（八月）。

慶長五年	一六〇〇年 九月前半	家康が江戸城を進発。京極高次が東軍に寝返り大津城に帰る。秀忠は上田城攻撃を開始するが大苦戦。茶々と北政所が連携して大津城に使者を派遣して和議を結ばせ、京極竜子を救出。京極高次の大津城が開城。
	一六〇〇年 九月 後半以降	関ヶ原の戦い。石田三成が捕縛される。毛利輝元が本領安堵の約束を受けて大坂城を退去。家康が大坂城に入る。上杉軍に関ヶ原での敗報が届く（九月）。京極高次は高野山にのぼり蟄居するが若狭国で八万五千石を与えられる（十月）。
慶長六年	一六〇一	秀頼権大納言となる（三月）。上杉景勝が米沢三十万石を受け入れる（八月）。京極高次と初、キリシタンの洗礼を受ける。京極高次、近江高島郡の内七千百石が加増。
慶長七年	一六〇二	前田利長が江戸へ（一月）。島津氏が本領安堵を取り付ける（四月）。於大の方死去（八月）。小早川秀秋没（十月）。
慶長八年	一六〇三	家康が征夷大将軍となる（二月）。秀頼、内大臣に進む。出雲阿国が五条河原で踊る（四月）。東寺の金堂完成（五月）。千姫が秀頼に嫁ぐ（七歳・七月）。高台院の院号が勅賜（六十二歳・十一月）。この年、お江が四女（初姫）を出産。
慶長九年	一六〇四	茶々が養っていたお江の娘が九条忠栄に嫁ぐ（六月）。お江が家光を出産（七月）。お福が乳母となる。豊国社臨時祭が行われる（八月）。

慶長三年（一五九八年）
秀吉の死と三姉妹の別れ

「露と落ち　露と消えにし　我が身かな　なにはのことは　夢のまた夢」

このような美しい辞世の句を残して太閤殿下が伏見城で亡くなったのは、この年の八月十八日のことでした。

辞世の句というのは、本当にその期に及んで詠むものでなく、あらかじめ用意しておくものです。この句も、孝蔵主が預かっていたのだそうです。死の床での秀吉さまは、秀頼さまたちのことが心配で心配で、こんな澄み切った気持ちにはなれなかったことでしょう。

「なには」を「浪速」だと解釈する人もいますが、天下人としての秀吉さまの本拠はむしろ京都や伏見です。「浪速」や「難波」だと読むのは、大坂の人の願望ではないでしょうか。

ご遺体はその日のうちに東山阿弥陀峰に移され埋葬されましたが、これは、神になることを望んだ秀吉さまのために葬儀が神式で行われたためです。朝鮮からの撤兵を円滑に進めるために、その死は注意深く秘密にされました。このために、豊国神社の工事が始まっても、大仏殿の摂社ではないかと京都の人たちは思っていたそうです。

前田利家さまは、北政所さま、茶々、秀頼さまに大坂城に移るようにいいました。茶々は住み慣れた伏見城を去るのを嫌がったようですが、利家さまは太閤殿下の遺言だといって譲らず、翌年の正月早々に実行されます。堅固な大坂城にいる方が安全だというのが、秀吉さまのお考えだったのです。

家康さまは、秀忠さまに江戸へ戻れと命じられました。危険を避けるためと、いざというときに、関東から軍勢を率いて上洛できるようにするためです。

お江も、しばらくして江戸をめざしました。家康さまは、「しばらくのことだ、富士の山を眺めながら暮らすのもいいものだ」などと明るく言われたのかもしれませんが、いまにして思えば、わたくしたち姉妹があまり今後のことなど真剣に話し合わないように、ものごとを軽く扱われたように思います。

このときは、そんなことになるとは思いませんでしたが、茶々とお江が会ったことはそれ以降、いちどもありません。はからずも、姉妹の生涯の別れとなったのでございました。

大津城の春霞と虹

わたくしは竜子（秀吉側室。京極高次の姉妹）を連れて大津城に戻りました。太閤殿下は亡くなる年にわたくし自身に近江で二千四十五石の領地を下さいました。寿命をさとられたのか、自分の死後に茶々や秀頼さまを助け、あわせ竜子の面倒も見るようにという趣旨でした。

大津城は、いまの浜大津港のあたりにございました。

京都から逢坂の関を過ぎて、谷間を縫うように東海道を行くと、突然に視界が開けて琵琶湖や比叡・比良の山々が眼下に広がります。「十六夜日記」で東海道でもっとも美しいといわれた景色ですが、いまでは無計画にビルが建って、辛うじて面影が残るくらいになっています。

そこからなだらかな坂道を下っていくと、浜大津港があります。そこが大津城の本丸跡です。いちばん低いところに本丸がある「穴城」ですが、幾重もの堀が巡らされ、江戸時代には水路として利用されていましたので、今も、その痕跡くらいは見つけることもできます。

「近江八景」というのが室町時代に近衛政家さまによって選定されたことは、すでにご紹介しました。ここ大津城の天守閣に上れば、比良の暮雪が遠くに姿を見せ、真っ白い帆船が湖を行き交い、三井の晩鐘の美しい音色が湖面に流れていきました。

とくに感動的なのは、春霞と虹でございます。

元禄のころ、松尾芭蕉という俳人が、「ゆく春を　近江の人と惜しみける」という句を詠みましたが、昭和の作家である司馬遼太郎という人は、この句の近江をほかの地名に置き換えても成り立たないと書いています。琵琶湖に立ちのぼる春の霞と、近江の人

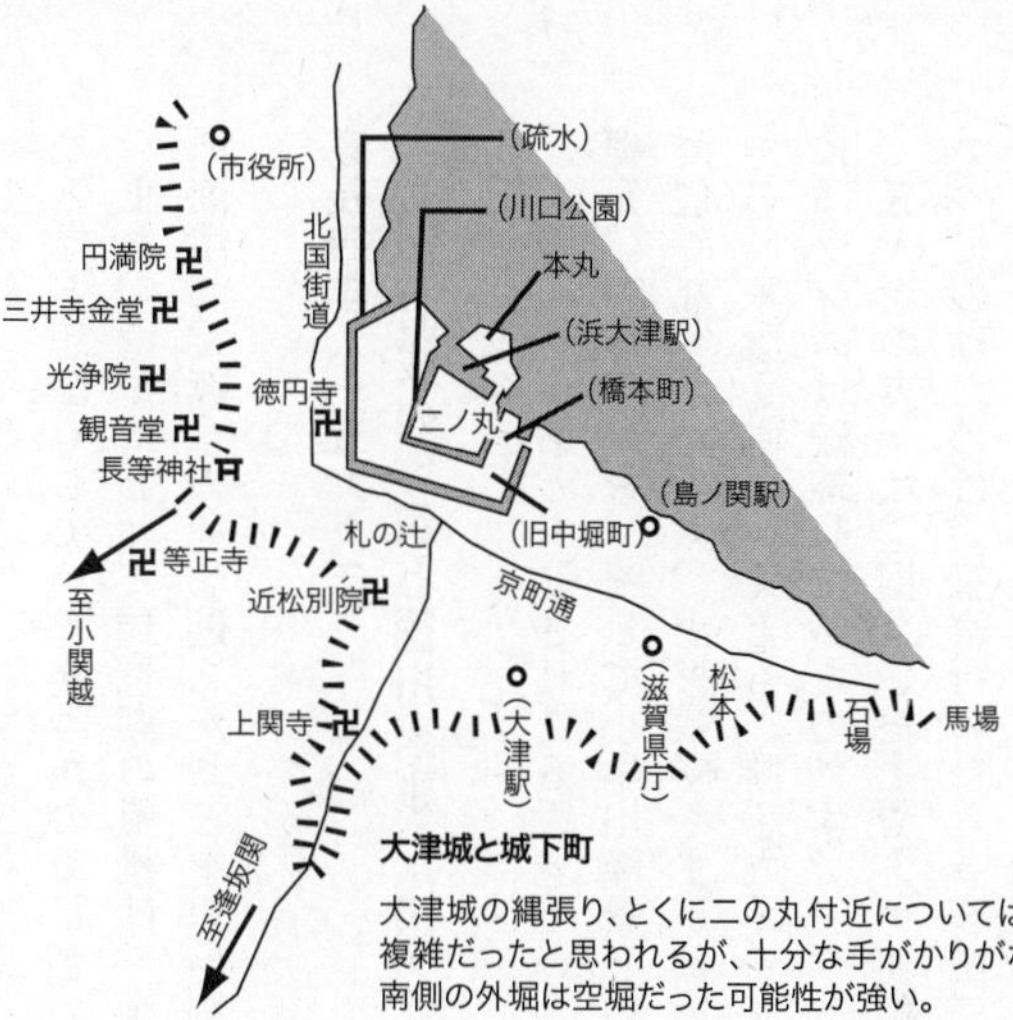

大津城と城下町

大津城の縄張り、とくに二の丸付近については、もう少し複雑だったと思われるが、十分な手がかりがない。また、南側の外堀は空堀だった可能性が強い。

のやわらかさがあってこその句だというのです。

近江は虹の多い国でもあります。夏の雨上がりなどには、琵琶湖の上にそれはそれは大きな虹が架かるのです。虹のことをフランス語で「アルカンシエル（空に架かるアーチ）」というそうですが、大津ではその表現を本当に実感できます。幾重にも架かることもあって、そのときの美しさといったらありません。

天気のいい日には、はるか北の彼方の琵琶湖ごしに伊吹山が見えます。あの小谷城から巨大な姿が見える荘厳な石灰石で出来た岩山です。その姿を見ると、小谷城落城のときの光景が、自分で見て覚えていたのか、母のお市などから聞いて憶えているように勘違いしているのかは定かではありませんが、目の前にありありと現れました。

しかし、そのときは、わずか二年後にこの大津城で、生涯で三度目の落城を経験することなど想像もしていなかったのでございます。

また、竜子にとって琵琶湖の風景は、十数年前に、夫だった武田元明さまが奥琵琶湖の海津で、無念の死を迎えたことを思い出させたかもしれません。

慶長四年（一五九九年）
石田三成の理想と徳川家康の庄屋仕立て

太閤殿下があとを託された五大老というのは、はじめは、徳川家康、前田利家、毛利輝元、宇喜多秀家、そして小早川隆景という方々でした。隆景さまが秀吉さまに先立って亡くなったために、上杉景勝さまがはいられたのです。利家さまと隆景さまがおられたら、家康さまといえども、勝手なふるまいはできなかったのでしょうが、ここですでにバランスは破綻していたのです。

五大老の方々は、相談した上でまず朝鮮からの撤兵を決めました。この差配を見事にやってのけたのは、五奉行のひとり石田三成さまです。三成さまのいつもながらの綿密な計画なくしては、多くの武将たちも無事に帰ることはできなかったでしょうから、命の恩人のはずです。

しかし、朝鮮から命からがら逃げて帰ってきた大名たちは、それまで軍監として厳しい勤務評定をし、また、いささか尊大な態度で諸将を迎えた三成さまに良い感情を持ちませんでした。

博多の港で加藤清正さまを迎えたとき、三成さまが「御上洛なされましたら、茶会でも開き、おのおのがたをご招待しようと思っております」と言ったところ、「われらは長年朝鮮に在陣して苦労し兵糧一粒とて無く内地でぬくぬくしておったそこもととは違い茶など持たぬゆえにひえ粥でもおもてなしいたそうか」と言い放ったといいます。

石田三成さまというのは、いってみれば、急成長会社の総務部長のような人です。営業部隊が勝手気ままに仕事をするのを、経営計画が必要だ、書類を整えろ、交際費を使いすぎるな、などとチェックを入れるのが仕事ですから、どうしても嫌われるのです。

三成さまは朝鮮遠征について、現地の武将の中でハト派の小西行長さまや宗義智さまと近く、タカ派の清正さまたちとは意見が違いました。

しかも、三成さまとそれに近い福原長尭などといった方が、「軍監」という役目をされていたのがよろしくなかったのです。

戦いが終わったら、戦場で臆病だったり、軍規に反した者を処罰し、功があったものには報いねばなりません。良い報告をしてもらった者は当然と受け止め、悪く言われたものは深く恨みます。しかも、朝鮮の役では新たに獲得した領土はなかったので、軍監に悪く報告された者の領地を削って、功があった者に配分することになりました。

つまるところ、秀吉さまが、自分の死後にも引き続き政権の屋台骨を担がせようとした三成さまに、こんな汚れ役も兼ねさせたのが、間違いだったのです。

その三成さまが、家康さまと同じように利家さまも警戒していたのは、すでに書いたとおりです。しかし、太閤殿下の亡くなられるころには、家康さまこそ危険とみたか、利家さまとスクラムを組みました。少なくとも利家さまなら、織田家の血を引く茶々や秀頼君をないがしろにはするまいと割り切ったのでございましょう。

また、それ以上に、家康さまとは肌合いが合わないと感じたのではないでしょうか。秀吉さまのもとで三成さまがめざしたのは、もう少しあとの時代になってルイ十四世やピョートル大帝がめざしたのに近い、近代化をめがけてまっしぐらに進む国のあり方です。

家康さまも、しっかりとした国の仕組みを望んだところは同じですが、何も変わらない安定した社会が目標でした。秀吉さまや三成さまが都会人だったのと違い、家康さまは農村が好きな人です。政道のあり方は「庄屋仕立てで」などとすらおっしゃったのだそうです。ともかく、おのおのの利害はともかくとしても、目指す世の中の姿が根本的に違ったのです。

前田利家が家康より優位だった理由

このころ家康さまには、焦りがあったと思います。なにしろ利家さまは、大坂城で秀頼君のお傅役であり、北政所さまや茶々と一緒にいるのです。しかも、信長さまの家臣だった大名や太閤殿下が取り立てられた武将たちとは旧知のあいだがらです。

ところが家康さまは、織田家でも豊臣家でもなく、外様です。そこで、家康さまは朝鮮から帰った武将たちなどに懇ろに接するように心がけられました。

彼らは利家さまにも三成さまらへの不満は言ったでしょうが、三成さまを信頼するようになった利家さまは、「お前たちの気持ちは分かるが、太閤殿下はあの者を信頼されて差配を任したのだからしかたないだろう。口が悪いわりには悪い男ではない」とでもおっしゃったのではないでしょうか。

そんなときに家康さまが、「武辺の者としてはもっともなことよのう。三成はすぐに証拠を示せなどというが、戦場ではなぜどうしたなどといちいち記録などとるものではないわ」などとおっしゃれば、気持ちはそちらになびきます。

しかも、三成さまが家康さまを襲撃するのではないかという噂が頻繁に流れました。そんな計画が本当にあったかどうかは分かりません。ただ、用心深い家康さまが本気で心配されていたのは事実でした。伏見の家康さまの屋敷が三成さまの屋敷の下にあって、銃撃されやすいことも心配の種だったといいます。

そこで家康さまは、伊達政宗、蜂須賀家政、福島正則といった大名方との縁組みを始めます。これは太閤殿下から禁じられていたことなのですが、平気です。これを聞かれた利家さまたちは激怒され、家康さま以外の四人の大老と五奉行の連名で詰問したので、家康さまは「手続きをしていないとは、うっかりしておりました。取りやめるのでご容赦を」とはぐらかして、とりあえず、謝られたかたちになりました。

このころ利家さまは、場合によっては、家康さまを討とうとされたようです。しかし、伏見にいた大名たちが警護の兵を出したり、榊原康政さまらがかけつけたりしたので、利家さまは細川忠興さまらの仲立ちで、二月二十九日に伏見に家康さまをお訪ねになり、差し違える覚悟で諫言されたのですが、家康さまはこの挑発に乗らずやり過ごしました。三月十一日には、家康さまが大坂の利家さまをお訪ねになられましたが、このときには、利家さまは見た目にも長くないといった容体でございました。

このとき利家さまは、「肥前守（利長）のことをよろしく頼む」とおっしゃったそうです。これをもって、家康さまの天下を認められたようにいう人もいますが、利家さまはこのときに家康さまを場合によっては刺す覚悟だったといいます。また、自分の死後も三年間は大坂に留まるようにと利長さまにおっしゃったのですから、利長さまを自分の後継者として同じように尊重するようにという趣旨だったと思います。

利家さまが亡くなったのは閏三月三日のことです。ところが、その翌日にとんでもない事件が起こりました。加藤清正、福島正則、浅野幸長、蜂須賀家政、黒田長政、細川忠興、藤堂高虎の七人が大坂で三成さまを襲撃したのです。三成さまは佐竹義宣さまに守られて伏見に逃げ、城内の自分の屋敷に逃げ込みました。

このとき、家康さまの屋敷に大胆にも保護を求めたというのは事実でありませんが、伏見の最大実力者は家康さまですから、よく似たものではあります。

豊臣恩顧の主要大名がこともあろうに、秀吉さまが政務の要とされた三成さまを襲ったのですから、誰もが困り果てました。毛利輝元さまや北政所さまも仲裁に入られたのですが、七人の方も強硬です。結局、三成さまをそのまま守るのは無理だということになって、佐和山城に隠退させることになりました。

このとき、三成さまを護送したのは、結城秀康さまで、三成さまは身につけていた正宗の短刀を秀康さまに差し上げたそうです。

このあとはもう、家康さまはやりたい放題です。朝鮮の蔚山《ウルサン》城攻防戦について、合戦をしなかったとされた蜂須賀と黒田、城の放棄を容認したとされた軍監の早川、竹中らを処分した秀吉さまの裁定は取り消され、裁定の元となる報告を行った軍監で三成さまと縁戚の福原長尭らが処罰されたのです。家康さまによって名誉を回復された黒田さまなどは関ヶ原で東軍につくことになります。

また、伏見でも自分の屋敷から伏見城本丸に引っ越しました。大坂城でも京都に引っ越した北政所さまが使っていた西の丸に家康さまが入られました。これで、世の中の人のかなりが、家康さまが天下人になったと感じることになりました。

どうして北政所さまが京都に移られ、家康さまが西の丸に入られたかはよく分かりません。よくいわれるように、北政所さまが積極的に家康さまの便宜を図られたとか、茶々がいびり出したなどということはなかったはずです。

おそらく北政所さまは、旧知の利家さまが亡くなったあと寂しくなり、太閤殿下の墓があり、豊国神社も建設されることになった京都に移って菩提を弔いたいと思われて引っ越されたのでしょう。そして、利家さま亡きあと大坂におられることが多くなった家康さまが、西の丸を使ってもよいかと奉行たちを通して打診され、承知なさったものでしょう。

世間の方がよくいわれるように、茶々が北政所さまを邪険にしたというのは事実ではありません。が、茶々の方にも、北政所さまを立てていくには「いまさら」という気持ちがなくもなく、そこを家康さまにつけ込まれたのかもしれません。

前田利長の大失敗

利家さまが亡くなったあとは、秀吉さまが決められたように利家さま嫡男の利長さまが大老、そして秀頼さまのお傅役となられました。

しかし、このころ、加賀では家臣たちの対立もいろいろあり、領国を治める上で利家さま、利長さまの長い不在が重荷になっていましたから、しきりに帰国を求めてきます。利家さまの遺骸を金沢に送り返してからそのまま、ということもありました。事情は宇喜多さまや毛利さまも同じでしたから、いちど帰国しようかということになりました。

利家さまが、自分の死んだあと三年は、どんなことがあっても、秀頼さまのもとを離れるなと遺言されていたにもかかわらず、魔が差したのでしょうか。利長さまは八月に、金沢に戻ってしまわれたのです！　おそらくそれには、家康さまの周到な工作もあったことでしょう。

そのあいだに、いまでも謎といわれる事件が起こります。奉行の増田長盛さまと長束正家さまが、利長さま、浅野長政さま、大野治長さまが家康さまの暗殺を企てていると家康さまに密告したのです。

帰国中の利長さまがそんな企てをしようとされるはずもありません。あるいは利家さまの生前にそんな暗殺計画があったことを蒸し返したのでしょうか。増田・長束が浅野さまの失脚を狙ったのか、家康さまと利長さまを離反させて、利長さまを反徳川で立たせようとしたものでしょうか。不可思議な事件でございました。

家康さまは、ここぞとばかりに利長さまを糾弾させます。利長さまはいそいで金沢城の修築をしたりして戦う準備をされました。百間堀という立派な堀が金沢にはありますが、これは、このときにこのころ前田家の客分だった高山右近さまが作られたものだそうです。

しかし、利長さまにとって誤算だったのは、母親のまつさまや妻で信長さまのご息女である永姫さまが大坂にあって、事実上の人質のようになったことです。

結局利長さまは、母のまつさまを江戸に移すという条件をのまれて屈服されました。

このとき、まつさまは「お家の存続が大事だから私の身のことはどうなっても気にするな」と利長さまにおっしゃったのですが、これは、前田家にとってそれがよいなら反徳川で立ち上がってほしい、結果として自分が殺されても気にしてはならない、という意味のはずでした。

しかし、母親思いの利長さまは身動きがとれません。結局、前田家はなんとか存続したものの、利長さまには子どもがなく、同じくまつさまの子である弟の利政さまは関ヶ原の戦いの時に西軍寄りの立場をとられたので改易され、庶弟の利常さまが秀忠さまとお江の娘である珠姫と結婚して跡を継がれました。結果として、お家の存続を願われたまつさまの血筋が前田家に伝わらないことになってしまったのは残念なことです。

この年には、秀吉さまに後陽成天皇から「豊国大明神」の神号が下賜され、壮麗な豊国神社が建設されることになりました。

また、わたくしが住んでいた大津城に近い園城寺（三井寺）には、北政所さまの寄進で壮大な金堂が完成いたしました。桃山時代の仏教建築のなかでも傑作のひとつで、浅草寺の金堂もこれを下敷きにして設計したと聞いております。同じ園城寺の勧学院や光浄院という塔頭に美しい客殿が完成したのもこのころのことでございます。これらは、わたくしたちが生活していた御殿にたいへん近い様式のものと思っていただいても良いと思います。

慶長五年（一六〇〇年）
夫の嫉妬心で殺された細川ガラシャ

上杉景勝さまは、太閤殿下が亡くなる年に越後から会津に移られたものの、すぐに上京されたので新しい領国内の仕置きが不十分でした。

そこで帰国されたのですが、越後の新領主である堀秀治さまと紛争を抱えておられましたし、南の宇都宮には蒲生、北東の岩出山には伊達という旧領主が虎視眈々とまだ安定しない上杉の領地を狙っておりました。

それに上杉家は、大幅に領地が増えたのですから、新しく家臣を抱え、領内の経営をやりやすくするために公共事業を起こさなければなりませんでした。

蒲生氏郷さまが蘆名家の黒川城を改築された若松城は、手狭で近くに山があって、大砲が登場した時代には防備が不備になっていました。そこで上杉家家老の直江兼続さまは、若松の北方にある神指原というところに、大きな城の工事を始められました。

家康さまはここぞと、景勝さまに上京して釈明するように書状を出されましたが、直江さまは、家康さまこそ太閤殿下の遺言を無視して勝手な振る舞いがあること、上杉家は転封された以上、当然するべきことをしているだけという「直江状」をもって反論されました。

上杉さまも、このままでは前田さまと同じく、家康さまに屈服させられてしまうと思われたのでしょう。

家康さまは、景勝さまの謀反であると決めつけ、会津攻めを秀頼さまや茶々にも承諾させて、諸大名を率いて六月に大坂を発ちました。上杉を踏みつぶせばそれはそれでよし、上方で反乱が起きれば、それを機に邪魔者を排除しようというつもりだったのでございます。

これを見て動き出したのが、石田三成さまでございます。七月に入って、盟友の大谷吉継さまを佐和山城に招き、家康打倒の計画を打ち明けられました。そして、かねてより示しあわれていた毛利輝元さまが大坂城に入って総大将に決まり、奉行らから「内府違い」の檄文が送られました。

そして、小早川秀秋さまを総大将にした軍勢が、家康さまの留守居だった鳥居元忠さまが籠もる伏見城への攻撃を開始しました。細川藤孝（幽斎）さまの田辺城にも攻撃をしかけました。

家康さまは、会津への進軍を続けられていましたが、下野の小山で諸将に異変を告げられ、黒田長政さまの力を借りて、福島正則さまら豊臣恩顧の諸大名の支持を取り付けられました。

こうしたときに東西どちらにつくかは、なによりも、まわりの大勢に従うのが安全です。たとえ、最終的についた側が勝ったとしても、それまでに戦死でもすればなににもなりません。ただ、子どもが家康さまの会津攻めに参加している場合には、親は西軍にと分かれたりすることもありました。

細川家は、忠興さまの嫡男である忠隆さまが前田利家さまの娘婿だったこともあって、家康さまから警戒される一方、前田利長さまの屈服後は加増を受けるなどして取り込まれていました。忠興さまと忠隆さまは会津遠征中でしたが、留守をあずかっていた隠居の藤孝（幽斎）さまは、本拠の宮津でなく田辺（舞鶴）に籠城されました。そして、さんざん西軍をてこずらせたあと、「古今伝授」の廃絶を心配された後陽成天皇の仲介で、面子も命も失うことなく開城されたのです。

大名の家族の多くは、大坂にあって人質になりましたが、細川ガラシャさまは、大坂入城を拒み、家臣の手にかかって殺されました。かねてから、舅の藤孝さまや夫の忠興さまは、その手はずを整えておられたようでした。忠興さまが、ガラシャさまを愛しておられなかったわけではありません。逆に、敵の人質などにされるくらいなら殺した方がましだという、少しゆがんだ愛情でした。なにしろ、ガラシャさまの姿を垣間見ただけで庭師を殺したという忠興さまでございます。

一方、忠隆さま正室の千代さまは、逃げ出して無事でしたが、なぜガラシャさまと運命をともにしなかったのかと、忠興さまからなじられました。このとき、妻をかばった忠隆さまは、廃嫡されてしまったのです。

京極高次の裏切りにお初もびっくり仰天

岐阜では織田秀信（三法師）さまが西軍につかれたのですが、岐阜城に籠城しておればいいものを、寡兵で打ってでられて東軍の先鋒隊に破れ、高野山に送られてしまいました。信長さまの嫡孫の誇りから、初陣を飾りたいという気持ちが空回りした敗戦で、これで織田家の本流は滅びてしまいました。

さて、わたくしの夫の京極高次は、はじめ西軍におりました。弟の高知は会津攻めに加わっていましたが、高次は間に合わずにいたところ、三成さまが挙兵されたので、大谷吉継さまらと関ヶ原に向かいました。ところが、岐阜城が落ちたとか、家康さまがいよいよ動き出しそうだといったなかで、西軍から大津城を明け渡してもらって使いたいという申し入れがあったのを機に、これ以上踏み込むと取り返しがつかなくなると思ったのか、湖北からこっそり大津城に戻って、突然、東軍に参加することを宣言したのです。熊麿（忠高）を人質に取られてはいましたが、運を天にまかすしかないというのですから、高次もよほど腹をくくったのでしょう。

それはもう、わたくしもびっくり仰天でした。けれども、高次は「この戦いは内府（家康）さまの勝ちだ」といいます。会津に行く途中に大津城に立ち寄られた内府さまからも懇々と頼まれた、それにひきかえ三成さまは、もともとは京極家の家臣の出身なのに自分に対して日頃から態度が悪いし、今回もまともに頼んでこない、などと申していたようにも思います。こうなればわたくしも、小谷城や北ノ庄城での経験を思い出して、一緒に戦うしかありません。

大坂からは説得の使者が来ますが、高次は会おうともせず、私も「いかんともしがたい」と答えるしかありませんでした。

西軍では毛利元康さまを大将として立花宗茂さま、筑紫広門らの一万五千が城を攻めはじめ、園城寺境内の高台から大砲を撃ち込みました。いま西国三十三箇所のひとつである観音堂があるあたりです。

当時のものですから、ひょうろひょろと玉は飛んできます。これを近在の町民は見物にでかけ、当たるかどうかを賭けたりしたといいます。高次は戦いの前に大津の町を焼き払ったので地元民からはさんざんな評判です。

そもそも大津の城は、湖上とか東の方から攻められた時に備えて作られています。京都側からの攻撃など想定していない設計なのですから、そんなところに籠城するなど、とんでもない話でした。大津城を再現した鳥瞰図には、南の陸側に広い堀などが描かれていますが、いま県庁があるあたりから浜大津までの標高差はかなり大きく、そんな構造などありえません。

城内では、黒田伊予は和平派でしたが、赤尾伊豆や山田大炊が出撃して攻め手をさんざん手こずらせました。が、二の丸も破られ本丸だけになってしまいました。

ついに砲弾が竜子の近くにも落ち、侍女が二人、木っ端みじんに砕かれて死んで、竜子も気絶しました。戦いは九月八日から十四日まで続きましたが、北政所さまのところから孝蔵主が来て、竜子を助けるためにも開城してほしいと言われます。さすがの高次も、これ以上がんばっても落城するしかありませんでしたから、渡りに船とこれを受け入れ、園城寺で剃髪して宇治から高野山へ向かいました。私と竜子は京都に引き上げました。

ところが、開城した翌日に関ヶ原で東西決戦が行われ、小早川秀秋さまの裏切りで東軍の大勝利に終わったのです。

この戦いには、徳川家の主力部隊を率いた秀忠さまの姿がありませんでした。中山道を西上中に信濃上田で真田昌幸の激しい抵抗に遭ったのです。攻撃に時間を取られているうちに決戦が迫り、秀忠さまは主力を背後に残して道を急がれましたが、信州の妻籠で戦いが終わったという知らせを受け取られたのです。あわてて近江の草津で家康さまのところにお詫びに行きましたが、最初のうちは会ってももらえず、部隊の大半をおきざりにしたことも責められました。

家康さまは、ほとんど崩れた大津城に戦いの五日後に着かれました。ここで一週間ほど留まられ、捕縛された石田三成さまや遅れた秀忠さまなど、敵味方の武将たちとお会いになったのでございます。

このころお江は、江戸で前の年に生まれた珠姫につづく三人目の子ども（勝姫）を生んだばかりでした。東西手切れ、関ヶ原での勝利、夫の秀忠さまが上田城攻めに手こずっているうちに戦いに遅れてしまったこと、大津城での攻防戦……次々と報せが入ってきましたが、情報は錯綜し、気も狂わんばかりだったそうです。

もし負けてしまったら、茶々に、家康さまはともかく、秀忠さまの助命だけは頼まなくては、などとも考えました。小田原で、父の北条氏政さまは切腹したものの、子の氏直さまは家康さまの娘婿だったので助けられたという前例もあったことです。

戦いに勝ち、大津城のわたくしや竜子、さらには、大坂の茶々やその手許で育てられている完子（お江と秀勝の娘）などがみな無事だったというので、ようやく胸をなで下ろしたと、のちに聞きました。

北政所の方が茶々より西軍寄りだった

関ヶ原の戦いのときに、北政所さまは東軍につき、茶々は西軍だったなどという人がいますが、それは誤解でございます。

秀吉さまの亡くなったあとの家康さまのなさりようには、茶々としても憤懣やるかたなかったのは確かです。しかし、利家さまが亡くなり、三成さまが失脚された以上は、しばらくは家康さまのいいなりにならざるを得なかったし、お江の舅であるという信頼感もないでもありませんでした。

ですから、前年に前田利長さまが窮地に陥られたときにも、それを助けるという積極的な行動は取りませんでした。会津攻めのためには軍資金まで出したのでございます。かといって、石田三成さまが挙兵され、毛利輝元さまや宇喜多秀家さまも味方されたとき、西軍が挙げた家康さまの罪状はまことにもっともなものでしたから、こちらに反対もできません。

このときは、ろくな側近もいませんでした。乳母である大蔵卿局の息子である大野治長は、下野に流されたのち、家康さまに利用されて、このときはなんと東軍に参加していました。茶々のまわりには、信雄さまはじめ織田家の者たちがたくさんいましたが、彼らはあまり深入りはしないほうがよいと助言したことでしょう。三成さまにとって心外だったことに、豊臣家としては西軍に軍資金を出さなかったのです。

また、茶々は西軍が勝ったあとは、家康さまには腹を切らせるか隠居させるかしても、お江のためにも秀忠さまにはしかるべき領地をのこしてやって欲しいとも思っていたはずです。

ましてや、八歳の秀頼さまを出陣させることなど、茶々は絶対に反対だったと聞きます。総大将の毛利輝元さまも秀頼さまといっしょにいて大坂城から出ないうちに敗戦となってしまいました。こうなっては茶々も、三成さまたちが勝手にやったこと、家康はよく逆賊を討ってくれました、といわざるをえなくなりました。

ただ、茶々も北政所さまとともに、わたくしのことは心配してくれました。下手をすれば大津城で死ななければならないところを、竜子とわたくしを助けようと、高次に開城するように勧めてくれたのです。

北政所さまが東軍寄りだったという話も人口に膾炙していますが、それは間違いです。戦いの前に宇喜多秀家さまが豊国神社で行った戦勝祈願には、北政所さまも参加されています。

また、北政所さまの兄の木下家定さまや子どもたちのほとんどは西軍寄りの立場でした。木下家定さまは、三成さま挙兵のときには北政所さまの護衛と称して三本木の屋敷におりましたし、伏見城の守備をしていた嫡男の勝俊さまも、弟の小早川秀秋さまが攻撃側の大将と聞いて、退去して護衛に加わっています。次男の利房さまは西軍に属し、加賀大聖寺城攻撃に参加しました。

第一の側近である孝蔵主の縁者もみな西軍でした。小早川秀秋さまの裏切りも、北政所さまの勧めによるものと言う人もいますが、どうしてそんな説が出るのか分かりません。

ただし、三男の延俊さまは姫路城の城番をしていましたが、細川藤孝さまの娘婿だったことから東軍につきました。

この北政所さまと茶々の立場を、尾張派と近江派ということで説明する人もいます。秀吉さまがはじめて城主になられたのは長浜で、そこで大量に浅井旧臣などを抱えました。彼らは、そのころ、文字通り「女将さん」として大活躍していた北政所さまと親しい間柄になったのです。

側近ナンバーワンの孝蔵主も近江出身ですし、同じく三本木の屋敷には近江出身ともいわれる大谷吉継さまの母もいました。何より北政所さまは、石田三成さまの娘を養女にしていたのです。

もちろん、北政所さまの姉の嫁ぎ先の浅野長政・幸長さまとか、秀吉さまと縁続きの福島正則さまのように、東軍についた者もいますが、浅野さまは領地が甲斐だったうえに、長政さまが家康さま暗殺容疑で武蔵府中に流されていましたし、正則さまも領地が尾張で会津攻めに参加していましたから、そこから抜けるのは至難の業でした。

しかも、浅野幸長さまや福島正則さまは、石田三成さまに個人的な恨みがありました。追い落としのクーデターの首謀者だったのですから、北政所さまの意図とは違うところで動いたのです。（もちろん、彼らが東軍に参加していることで、東軍が勝っても北政所さまの立場は守られるというくらいのことはあったと思います）

小早川秀秋さまの裏切りについては、家康さまが家老の稲葉正成さま（春日局の夫です）などを籠絡した結果で、北政所さまとは関係ありません。

一方、茶々などわたくしたち三姉妹は尾張の織田家の血を引きますから、織田家の人々がたくさん取り巻いていました。ですから、茶々を近江派ともいえないのです。どちらにせよ、東西どちらにつくかは、領地がどこにあるかということと、会津征伐軍に参加していたかどうかで、周りの大勢に従うことが基本だったのです。

秀忠が真田軍団に翻弄されてピンチに

こうして天下を分けた関ヶ原の戦いが終わりました。

戦後の大名の配置をみると、戦いの前から家康さまの家来だった武将たちに与えられた領地は、もとの徳川領に加えて、三河、遠江、駿河、甲斐、信濃という小田原の役の以前の領地、それに尾張に松平忠吉さま、岐阜に奥平信昌さま、桑名に本多忠勝さま、佐和山に井伊直政さま、大津に戸田一西さまといったところです。

越前の結城秀康さまは、建前としては家康さまの家臣でなく秀頼さまの家臣ですから別ですが、だいたい、江戸から京都までが徳川家のものになりました。石高でいえば戦前のほぼ倍です。

ここが家康さまらしいのですが、いずれ秀頼さまの天下になっても、東日本は自分のものとして確保したいという手堅いものでございました。

秀忠さまは、関ヶ原での決戦に遅れたことで危うく跡継ぎから外されるところでした。兄の結城秀康さまは関東にあって上杉軍への睨みをしっかりこなされ、弟の忠吉さまは舅の井伊直政さまとともに関ヶ原で先鋒をつとめ、大功を上げられたのです。

一説によると、家康さまが重臣たちに諮ったところ、本多正信さまらは秀康さまを、井伊直政さまは婿の忠吉さまを推されましたが、大久保忠隣《ただちか》さまが、従順な秀忠さまが二代目には好適だと主張されたのを容れて、秀忠さまに落ち着いたといわれています。しかし、家康さまの秀忠さまへの信頼は傷つき、家康さまが亡くなるまで、秀忠さまの意見はほとんど無視され続けることになりました。それが、わたくしたち姉妹の悲劇の原因となったのです。

北政所さまの実家である木下家に対して家康さまがとった処置では、小早川秀秋さまは筑前一国から備前、美作の宇喜多さま旧領へ移されました。いちおう、約束通りですが、その功績の割にはもうひとつです。

北政所さまの兄である木下家定さまは石高は同じですが姫路から足守に左遷。利房さまと勝俊さまは改易。延俊さまだけは石高は増えましたが、遠い豊後日出《ひじ》に追いやられました（義兄の細川忠興さまの領地の側という意味はありそうですが……）。

豊臣恩顧の諸大名のうちでは、黒田長政さまと福島正則さまへの厚遇が目立ちます。黒田さまは福島さまらが東軍につくように説得、毛利や小早川への調略、戦場での働きのいずれも抜群のものがありましたので、筑前という重要な国をもらわれました。申し忘れておりましたが、黒田家は湖北の伊香郡黒田（現長浜市）の出身で、孝高（官兵衛）の曾祖父である高政のときに備前に移った一族です。

福島正則さまが毛利氏の居城だった広島城をもらわれたのは十分な報酬でしたが、尾張という東日本をにらむ要衝を秀吉さまから任されながら、それを職務放棄させられたのですから、この移封には断固抵抗すべきだったともいえます。

山内一豊さまが遠州掛川から土佐二十万石に大躍進されたことがよくいわれますが、二十万石というのは、入国後の検地で打ち出された石高です。太閤検地では九万八千石でしたから、世間でいうほどの出世ではありませんでした。ちなみに、山内さまの賢夫人である千代さまは、米原市の飯村というところの土豪で浅井旧臣の若宮友興の娘です。美濃の遠藤氏の文献で自家出身としているものもありますが、山内家で近江若宮氏の出と公式にしておりますのを覆すほど説得力のあるものではありません。

秀頼さまの蔵入地は三分の一ほどになりました。ですが、だからといって六十五万石の一大名になったなどというのは間違いです。そのことは、あとで書きます。

慶長六年（一六〇一年）若狭入国と京極マリアの信仰

大津城の落城ののち、京極高次は高野山に身を寄せておりましたが、高次が大津城で一週間もねばったことが勝因のひとつだったというので、家康さまは、高次に若狭一国をやろうと弟の高知にいわれました。高知にはもう少し大きい隣の丹後一国ですから、高知の方が上です。

高次に四十万石やろうと家康さまがおっしゃったという説もありますが、家康さまは開城した者に、そんな気前のいいことをしてくれるような人ではありません。ほどほどに頑張れば城を明け渡しても褒美を与えるということになれば、誰も徹底的に抵抗などしなくなります。討ち死にするまで頑張れば、報酬を子孫にやるというのが原則です。伏見城の守将として奮戦して死んだ下総矢作四万石だった鳥居元忠さまの嫡子忠政には、磐城平で十万石が与えられて、しっかり評価がされたのです。

高次は、開城したのは武人として恥だから受けないなどと申しておりましたが、このあたりは、儀式のようなものです。家来たちのこともありますから、結局は家康さまの提案をお受けして、わたくしたちは若狭へ移ることになりました。

若狭は、竜子の夫だった武田元明さまが守護だったところです。湖北や越前からも近く、親しみのある土地で、わたくしもすぐに好きになりました。湿り気のある冷気は、あの小谷城や北ノ庄城の記憶を甦らせました。辛い記憶も思い出されますが、なにか亡き父や母に近づけた気もいたしました。

はじめは、北政所さまの甥である木下勝俊さまの居城で、その昔は武田元明さまもおられた後瀬山《のちせやま》城に入りましたが、やがて、海岸寄りに新しい城を築くことになりました。琵琶湖と日本海の違いはありますが、大津城に似た水城（海城）です。これが、小浜城です。

この年にわたくしたち夫婦は、高次の母であるマリアの影響もあって、キリシタンの洗礼を受けました。

舅と姑にあたる京極高吉・マリア夫妻がオルガンティノ神父の導きで入信したのは、安土でのことでした。その数日後に高吉が亡くなったので、「仏罰だ」などとずいぶんいわれたようです。

しかし、マリアはそれにめげず、子どもたちにも入信を勧めましたので、親孝行な兄弟姉妹は竜子を除いてこれを受け入れ、高次の妻であるわたくしも改宗することになったというわけです。

姑のマリアは、高知さまの領地である丹後の東部で若狭国境に近い国泉源寺村（舞鶴市）に住み、此御堂を建てて布教を行いました。京都に隠棲することになった竜子のことは気がかりだったでしょうが、同じ娘であるマグダレナも近くの近江の朽木にいましたから、姑にとってはとても幸せな時代でした。マリアがこのように表立って布教活動をしていては、高次も高知も幕府の目が心配だったでしょうが、とてもこの強い母に意見できるような根性はありませんでした。

関ヶ原の翌年の正月、家康さまは賀詞を述べに大坂城に来られました。三月には秀頼さまが正三位権大納言となられ、茶々もなんとなく家康さまの配慮で、豊臣の天下が安泰に続くような気がしていたのです。

関ヶ原の導火線となった会津の上杉と家康さまのあいだでは、粘り強い交渉がされておりましたが、出羽長井（置賜）郡と陸奥の伊達、信夫両郡を領し、米沢に退くということで話がまとまり、景勝さまや直江さまも上方に出てこられました。

景勝さまの奥方の菊姫さまは武田信玄さまのご息女ですが、ひきつづき伏見にお住まいになることになりました。事実上の人質ということになります。

慶長七年（一六〇二年）
於大の方の人生も悲喜こもごも

上杉景勝さまが直江兼続さまの奮闘で米沢に移られたのち、残ったのは薩摩の島津です。これは粘り腰の交渉でなかなか上洛しません。家康さまは、加藤清正らに討伐の準備などさせましたが、遠隔地ですから、そう簡単に攻め滅ぼせるものではありません。家康さまもそこはよくわかっておられるので、ほかの大名がすべて片付いたのちに、本領を安堵するということにされました。

加賀の前田利長さまは、江戸の秀忠さまと伏見の家康さまのもとに参られ、もはや五大老など雲散霧消してしまったことが印象づけられました。

関ヶ原で西軍を裏切って東軍勝利の立役者となった小早川秀秋さまは、宇喜多秀家さまの旧領である備前、美作をもらわれて岡山城に入られたのですが、東軍諸将まで含めて世間の眼は冷たく、もともとの小早川家譜代、毛利家のもの、伊予の河野旧臣、それにお江の夫だった小吉秀勝さまの家来など寄せ集めの家臣団もまとまりませんでした。

東軍へつくことを勧めた張本人の稲葉正成さまは、五万石を与えられていたのですが、ついには秀秋さまと喧嘩して決別され、浪人されることになりました。

そして十月、秀秋さまは亡くなられました。その死についても、良心の呵責にさいなまれて自害したとか、家来に殺されたとかいろいろ噂されたものです。裏切りは珍しいことでなくとも、秀秋さまのそれは、あまりにも汚いと見られたのです。しかも、岡山に身を寄せられていた兄の木下俊定さまがほぼ同じころに亡くなっているのも不自然だと、もっぱらの評判でした。

この年の八月、家康さまのご生母である於大の方（伝通院）が伏見城で亡くなりました。江戸にお住まいだったのですが、晩年は京都に来られて社寺の参拝、後陽成天皇への拝謁などされておられました。

まだ十四歳のときに刈谷の水野家から岡崎の松平家の嫁となったものの、兄の水野信元さまが織田方についたために離縁。知多半島の久松俊勝さまに再嫁し、そこで四人の子に恵まれました。桶狭間の戦いのあと、夫とともに家康さまのもとに世話になることになりましたが、兄の信元さまが家康さまによって切腹させられ、それに抗議して夫の俊勝さまも隠退されました。

久松家の子どもたちは、それぞれに大名などになりましたから、総じて言えば恵まれた人生だったのでしょうが、家康さまの都合で失ったものも多い生涯でございました。

江戸の伝通院に葬られましたが、ここはのちに千姫さまなどの墓地にもなりました。

この年に、茶々は近江の石山寺の大修理に寄進しています。現在の金堂は平安時代の建築に増改築を繰り返してできたものですが、礼堂の部分はこのときのもので、この本の最初に書いたように、仏教の導入に反対した物部氏の子孫であることを気にかけての寄進だったそうでございます。

慶長八年（一六〇三年）家康の将軍宣下は伏見城で

足利義昭さまは元亀四年（一五七三年）に京都を逐われてしまいましたが、将軍でなくなったわけではありませんでした。しかし、秀吉さまより一年前に亡くなり、その子の義尋さまは出家されていたので、足利宗家はあととりがいなくなってしまいました。

また、源氏氏長者というのは、村上源氏の久我家から出ていたのが、足利義満さまが将軍のときに足利家に移っていて、こちらも、空席になっていました。

そうなると、源氏でもっとも官位が高いのは家康さまですから、まず、氏長者となられてもおかしくありません。東日本をほぼ治めておられるのですから、征夷大将軍となられるのも自然なことです。

ですから、天下人になるかどうかは別として、家康さまが将軍となられるのは、豊臣家を不安にさせることではありましたが、それほど驚天動地といったことではありませんでした。

また世間では、同時に秀頼さまが関白となられるのではないかという噂もありました。つまり、徳川家が将軍で、豊臣家が関白というのはなにもおかしいことではなかったのです。

残念ながら秀頼さまの関白は実現しませんでした。内大臣となられたのですから、いずれはというところでした。

またこの年、かねてより話があった千姫さまの輿入れが実現いたしました。秀頼さまが十一歳、千姫さまが七歳ですから婚約に近いのですが、茶々としてはとてもうれしいことでした。

ただ、残念なことに、お江が江戸から身重の体にもかかわらず、千姫に付き添って上洛してきたのに、伏見で家康さまに、大坂まで行くことは止められてしまいます。いろいろ前例など持ち出しての説得だったのですが、おそらく姉妹が会って話しあうことを嫌われたのでしょう。ともかく、家康さまはわたくしたち三姉妹に振り回されることをとても警戒されておられたのです。

お江はそのまま伏見城にとどまり、そこで、四番目の子を出産しました。このときわたくしは、もし女の子だったら養女に欲しいと申しておりましたが、やはり女でしたので、この初姫をそのまま引き取ることになりました。子のないわたくしにとって、血を分けた妹の子は、かけがえのない宝となりました。

これに先立ち、熊麿が江戸に下って秀忠さまの前で元服し、諱をもらって忠高と名乗りました。お江も叔母に当たるわけですから、いろいろ差配してくれたようです。

出雲阿国という女性が五条河原で念仏踊りを披露してたいへんな評判をとったのは、この年のことです。これが歌舞伎発祥とのちの世にいわれるようになる事件ですが、そのときは、誰もそんなことは思いませんでした。

慶長九年（一六〇四年）
春日局は大名の奥方だった

お江が小吉秀勝さまとのあいだに、ひとりの娘をもうけたことはすでにご紹介いたしましたが、秀忠さまに輿入れするときに、この娘を茶々のところに残していきました。その子も十三歳になりましたので、茶々は京都の九条家の忠栄（幸家）さまに輿入れさせることにいたしました。もちろん、豊臣家の姫としてです。

茶々は張り切って嫁入り道具をそろえ、九条家のために豪華な御殿まで建てて、京都の人々を驚かせました。この姫はのちに完子と呼ばれるようになり、忠栄さまとの間に多くの子をなしました。

一方、江戸からは、お江がついに男の子を出産したという報せがありました。わたくしも茶々も大喜びでございました。千姫の輿入れもあり、この竹千代君（家光）誕生で、豊臣家にも徳川家にも浅井や織田の血が流れることになると思うと、それはそれはうれしいことでございます。

このころ大坂城で茶々たちを支えていたなかには、伯父の信包さまや長益さま、それに従兄弟の信雄さまなどがおりましたが、いずれも織田家は女たちのおかげで天下を取り戻せるといわんばかりの喜びようでした。

しかし、その喜びに水をかける出来事もありました。乳母をつけることはあたりまえのことですが、伏見の家康公からひとりの乳母が江戸に送られてきたのです。

聞けば、あの小早川秀秋さまの家老で五万石という中堅大名並みの禄をとっていた稲葉正成さまの妻であるお福という者なのだそうです（春日局というのは、のちに後水尾天皇のもとに昇殿したときにつけた名前ですが、みなさまにも馴染み深いでしょうから、最初から春日局と呼んでおきます）。夫の正成さまは秀秋さまが亡くなる前に決別して浪人したのですが、裏切りをそそのかした奸人と見られて仕官の誘いがなかったようです。

春日局の父親は信長さまの敵である明智光秀さまの家老だった斎藤利光さまです。いかにも物知り顔で、乳母にしては大物のこの女性の出現は、お江に不安を感じさせました。その予感は、感じた以上に深刻な形でお江の人生にのしかかってまいります。

八月になると、京都で豊国神社の臨時祭が開催されました。秀吉さまの七回忌でしたが、京都の町始まって以来という賑わいとなり、京都の人々に秀吉さまがいまだ慕われていることを家康公にみせつけることになりました。朝鮮の役のことなどあり、秀吉さまが嫌われていたなどという人もいますが、それなら、この熱狂ぶりはどう説明できるのでしょうか。応仁の乱で荒れた京都を復興し、朝廷の威信を回復し、平安建都以来の大改造を施して近世都市として蘇らせてくれた恩人に対する正しい評価でした。

大名衆は徳川の目を気にして姿を見せませんでしたが、家康公にとって不愉快な出来事であったのは間違いないことでございましょう。

第5章コラム

関ヶ原の戦いを分けたものは

天下分け目の決戦となった関ヶ原の戦いの結果については、もともと西軍が無謀だったという見方もありますが、そうでもないと思います。たまたま東軍が勝ったので、西軍についた大名のなかにも、「本当は東軍につきたかったのに諸事情で西軍についた」と弁解した大名もありましたが、本当にそうだったかどうかは微妙です。その一人である島津義弘などはかなり積極的に西軍のために働いたようです。

東軍についたものでも、西軍が優勢になれば裏切るつもりだったと見られる大名もたくさんいたのです。ただ、いずれの場合でも、証拠がないのは処分してしまったためです。

たとえば、加賀の前田、越後の堀は、一応は東軍側で動きましたが、決定的に踏み込みはしませんでしたし、伊達政宗は同じ東軍の南部領の一揆を扇動していたのです。

戦後の論功行賞をみると、前田利長は西軍寄りだった利政の領地に、小松の丹羽長重の領地を併合するだけ。堀秀治は上杉の非道を訴えて関ヶ原の戦いのきっかけを作ったにもかかわらず、本領安堵のみでした。

政宗も百万石をやるという約束にもかかわらず白石城を加増されただけに留まりました。家康の眼は誤魔化せなかったのです。

西軍の明らかな敗因は、ふたつあります。

ひとつは、二、三位連合特有の弱さです。毛利は一門をすべて併せると二百万石ちかくありましたし、上杉も佐竹など伝統的な友好勢力がありました。この両者を併せると徳川を上回っていたはずなのですが、互いを当てにして、総力を挙げて一気に戦いませんでした。もし、毛利輝元が関ヶ原に出陣するか、上杉景勝が関東に進撃するかしていたら、西軍は勝っていたでしょう。

ふたつめは、石田三成の「横綱相撲」へのこだわりです。織田信長は桶狭間のあとは、兵力が優位なときしか戦いをしかけませんでした。豊臣秀吉も兵站に力を入れて、相手を力でねじ伏せるような戦いを得意としていました。その申し子たる石田三成は、奇襲などをひどく嫌いました。それに対して、徳川家康はなんども相手より少ない兵力での戦いを経験していますので、その差が出たのです。

そして、もうひとつだけ理由を上げれば、岐阜城の織田秀信が軽率に城外に打って出て一日で落城し、大津城の京極高次が一週間も頑張ったことではないでしょうか。

第6章　三姉妹を引き裂いた家康の臆病

第6章

年号	西暦	出来事
慶長十年	一六〇五	秀頼は右大臣となる。秀忠が二代将軍に（四月）。家康が秀頼の上洛を促すが拒否（五月）。高台院が三本木から高台寺に移る（六月）。
慶長十一年	一六〇六	京極マグダレナ没（三月）。茶々の申し出で大坂にキリシタン禁制を掲げる。宇喜多秀家を八丈島に流す。武家の官位を幕府が決定することとなる（四月）。彦根城天守閣が完成（五月）。お江が忠長を出産（六月）。
慶長十二年	一六〇七	清洲城主松平忠吉が死去（三月）。徳川義直が清洲城主（閏四月）。朝鮮通信使が秀忠に国書を渡す（五月）。家康は伏見城から駿府城に移る（七月）。お江、五女和子（東福門院）を出産（十月）。北野社造営成る（十二月）。
慶長十三年	一六〇八	伊達政宗などが松平姓を名乗る（一月）。島津家久が琉球に来貢を促す。北政所の兄木下家定が死去（八月）。この年、秀頼の長男（国松）出生。
慶長十四年	一六〇九	島津氏の琉球出兵（二月）。京極高次が没し、初は常高院と称す。朝鮮と対馬との通交再開（五月）。方広寺大仏殿に着工。禁裏で猪熊事件が起きる（七月）。木下家定の遺領を没収。秀頼の長女（のちの天秀尼）出生。
慶長十五年	一六一〇	松平忠輝を越後に。家康、名古屋城築城工事に諸大名を動員。

慶長十六年	一六一一	秀頼、二条城に家康を訪ねる（三月）。後水尾天皇の即位（四月）。保科正之誕生（五月）。加藤清正死去（六月）。伊賀上野城着工。
慶長十七年	一六一二	千姫の鬢そぎが、秀頼によって行われる（六月）。岡本大八事件（三月）などを機会にキリシタン弾圧の強化。篠山城、丹波亀山城着工。
慶長十八年	一六一三	大久保長安死去・不正蓄財処罰。公家衆法度の制定。支倉常長がヨーロッパに出発。
慶長十九年	一六一四	大久保忠隣が改易（一月）。前田利長死去（五月）。方広寺の鐘銘事件（七月）。片桐且元大坂城を去る。浪人が大坂城に集まる。高山右近が国外追放（十月）。大坂冬の陣始まる（十一月）。和睦が成立。徳川方、大坂城惣構の堀の埋め戻しにかかる（十二月）。
元和元年	一六一五	大坂城の堀が埋め立てられる（一月）。家康が駿府を出発。大坂方が大和に侵攻し堺を焼く（四月）。大坂夏の陣。真田幸村戦死。常高院、大坂城を出る。大坂城落城。茶々・秀頼親子自害（五月）。元和偃武。一国一城令。武家諸法度、禁中並びに公家諸法度を制定。年末、竹千代（家光）を世継とすることを家康が決定。
元和二年	一六一六	徳川家康、駿府城で没す（七十五歳・四月）。お江が施主となり養源院で仏事を行う（五月）。千姫、本多忠刻に再嫁。
元和三年	一六一七	秀忠上洛のため江戸発。後陽成上皇崩御。家光、西の丸に移徙（十一月）。
元和四年	一六一八	京極マリア、死去（七月）。

慶長十年（一六〇五年）
茶々が秀頼と心中すると騒ぐ

秀頼さまが右大臣となり、同じころに秀忠さまが第二代将軍になられたのは、豊臣には天下を返すつもりがないという家康さまの意思表示だ、という人がいます。しかし、徳川家が将軍であっても豊臣の臣下であることや、対等の立場であることは可能ですから、そういいきるのは間違いでございましょう。

関ヶ原の戦いと大坂夏の陣での豊臣滅亡までを最近では「二重公儀制」といわれる方が多いようです。徳川が豊臣の大老として天下の統治を預かっているという建前は否定されていないということと、豊臣自身は幕府の指示を受けないという二つの意味があるようです。それは、家康公から秀忠公に変わったところで同じことなのです。

茶々が怒ったのは、家康公から、秀忠さまの将軍宣下を祝いに上洛しないかという打診があったからでございます。茶々は、無理にと言うなら秀頼さまと心中するなどと物騒なことを口走ったということです。ともかく、茶々には思い詰めると極端な言葉を吐くことがあったのは確かです。

ただ、茶々が反対したのは、秀頼さまが秀忠さまに臣従することになるからだ、と解釈するのはいかがなものでしょうか。のちに二条城で家康公と秀頼さまが会見したときも、官位で家康公が上であるがゆえの儀礼上の配慮はありましたが、臣従といったものではありません。

仮にこのときに、秀頼さまが上洛されても、公家衆と将軍が会うときと同じで、官位の高い秀頼さまが秀忠さまの下に位置することにはならなかったはずです。

茶々が心配したのは、秀頼さまの身に何か起きるとか、そのまま、京都とか伏見に留めおかれることだったのです。その後の茶々の行動を見ればわかることですが、茶々は秀頼さまが自分と引き離されることを極端に恐れたのです。

いずれにせよ、家康さまも、少々、刺激が強すぎたと思われたのでしょう。六男の忠輝さまを大坂に派遣して秀頼さまに拝謁させるなど慰撫につとめられました。

北政所さまが出家されて高台院という号を勅賜されたのは二年前のことでしたが、この年に東山に庵を結ばれました。

それまでは、三本木の屋敷におられたのですが、これは、聚楽第を壊したあとで自身の京屋敷として秀吉さまが建てられたもので、いまは京都御苑のなかで、仙洞御所になっているところでございます（細かくは異説もあるが、御所周辺であることは間違いない）。

慶長十一年（一六〇六年）
京極マリアのキリシタン信仰に茶々が激怒

朽木というのは、近江高島郡の西部を占め、安曇川の上流に当たり、京都から若狭へ向けて抜ける街道が通っているところです。

そこの領主である朽木氏は近江源氏の一党ですが、足利将軍をなんども匿い、信長さまが浅井長政の裏切りにあって越前から逃げ帰られたときに保護したことを憶えておられるでしょうか。

朽木には興聖寺という寺院があり、そこには足利将軍がいたという旧秀隣寺の庭園も残っています。その興聖寺に京極マグダレナのお墓がございます。

わたくしの夫である高次の妹で、朽木宣綱さまに嫁いでいたマグダレナが、この年に若くして亡くなりました。姑のマリアはたいへんこれを悲しみ、宣綱さまを強引に説き伏せて、京都四条に新しく完成したイエズス会の聖堂で、器楽の合奏隊まで用意した盛大な葬儀を行いました。

ところが、これを聞いて怒ったのが大坂の茶々です。キリシタンに改宗したわたくしとは違って、茶々はとても信心深い仏教徒です。僧侶たちから頼まれて家康さまにキリシタン禁制を強化するように要求し、大坂の奉行だった片桐且元さまは高札を立てて禁制を確認したのでございます。

もっとも、翌年には秀頼さまの意向もあって、少し緩和されたようですが、わたくしとしても板挟みになって困ってしまいました。

なお、朽木家では宣綱さまの弟の稙綱さまが、稲葉正成さまの娘と結婚して福知山藩祖になったので、そちらが有名です。正成さまは春日局と離婚した後、山内一豊さまの姪と再婚しましたが、その娘です。宣綱さまのほうは、関ヶ原で小早川秀秋さまに便乗して西軍から東軍に乗り換え、朽木で六千石の交替寄合（地方在住で一万石未満ですが参勤交代もする大名もどき）としてなんとか存続しました。

また、宣綱さまとマグダレナの子である高通は京極高次の弟である高知の養子となって、丹後峯山藩祖になっています。

この年、江戸ではお江が次男を出産いたしました。これが国松君で、のちの駿河大納言忠長さまです。竹千代君をお福にとられてしまったようなお江が、この子を可愛がったのは自然の成り行きでございました。

この年に宇喜多秀家さまが八丈島に流されました。秀家さまは関ヶ原の戦いのあと薩摩に隠れていたのですが、島津と徳川の関係が安定したのを機会に出頭され、八丈島に流されることになりました。

このとき、二人の息子は八丈島に同行し、その子孫は八丈島に住み続けました。秀家さまの正室である豪姫さまは、二人の娘とともに金沢に戻りました。前田家は江戸時代を通じて、宇喜多家の子孫たちのために手当を送り届けました。明治になって赦免されると、東京の板橋の下屋敷に呼び、さらに明治天皇から浦安の土地を下賜してもらって定住させたそうです。

また、わたくしたちの大津城の天守閣が、この年に新しく築城された彦根城に移築されました。現在の彦根城天守は三層のずんぐりした姿ですが、もとは五層の天守でした。それを三層にしたために少し大きさの割に高さが足りない形になり、街道を行き来するときに眺めて驚きました。

＊本当にお初が彦根付近を通過したかどうか確証はない。

慶長十二年（一六〇七年）教育ママぶりを発揮する茶々

江戸城はもともと、扇谷上杉氏の家臣だった太田道灌さまが、対立していた古河公方からの攻撃にそなえて築いた小さな城でございました。利根川や荒川という大きな川の河口に近い丘陵地で、大坂に似た地形だというので、秀吉さまが家康さまに居城とするように指示されたのです。

その家康公は、こういう場所はあまりお好きではありません。ご自分が居城された岡崎、浜松、駿府も、また、お子様方のために選ばれた名古屋や高田にしても、海から少し離れたところにあります。城下町が賑やかな港町でもあるというのはお好みでないのです。

そのせいか、家康公が江戸城に滞在された時期は、それほど長くありません。将軍になられてからも、将軍を秀忠公に譲られて大御所になられても、ずっと伏見城にお住まいだったのですが、この年に駿府城に引っ越されました。三島あたりに新しい城をという案もありましたが、既存の城の修築に落ち着きました。

家康さまは、今川家の人質として長く駿府におられたので、岡崎などよりむしろこちらを故郷だと思っておられたことでしょう。大好きな富士山が見えることも、お気に召された理由かもしれません。

このころになると、幕府の実務を江戸の秀忠公に譲られるようになってきたので、連絡を良くする必要が生じたのかもしれません。

この家康公の引っ越しは、お江にとっては、圧力がより直接にかかることになり、憂鬱な気分になる出来事でございました。

このころ、茶々と秀頼さまは盛んに京都近辺の社寺の造営をしています。とくに、高台院さまがわざわざ大坂にこられて援助を頼まれた北野天満宮の見事さは語りぐさになりました。家康公から財力を使うようにし向けられたのですが、このことで、豊臣家の人気はますます高くなる結果になりましたから、家康公にとっては忌々しいことでした。

ただ、茶々にとっては人気とりのためではなく、無念の中で死を迎えた父長政や母お市のためにひたすら祈る、そういった気持ちの表れではないかと思うのでございます。

もちろん、茶々のやるべきことは、秀頼さまを大切に育てて豊臣家の栄華を継続させることです。このころの茶々は秀頼さまに対して、なかなかの教育ママぶりを発揮しています。当時としては最高のインテリ、舟橋秀賢さまに政治、法律、軍学、漢籍、和歌などを教授させています。秀賢さまはあの清少納言を生んだ清原家（天武天皇の皇子で「日本書紀」を編纂した舎人親王の子孫）の流れをくみ、後陽成・後水尾天皇の侍読（家庭教師）でもありました。

また、最後の近江守護だったあの六角義治さまに弓矢を教授させるなど、武道もしかるべく身につけさせていたようです。当時としては最高の教育レベルだったと申せましょう。

慶長十三年（一六〇八年）　秀頼の隠し子を若狭で預かる

大坂夏の陣のあとの慶長二十年（一六一五年）五月、八歳の少年が六条河原で斬首されました。これが、秀頼さまの子でこの年に生まれた国松君でした。国松君は秀頼さまが十六歳のときの子どもです。秀頼さまが肉体的にも大人になられたので、お側に女性をまいらせましたところ、妊娠したのです。

千姫さまはまだ子どもですから、秀頼さまが別の女性と接触されること自体は構わないのですが、男子だけに扱いが難しく、とりあえず、わたくしの領国である若狭で、身元を明かさずに里子に出したといわれています。これを、大坂冬の陣を前に、大御所さまからの使者としてわたくしが大坂城に赴いたとき、荷物のなかに潜ませて連れて行ったのが仇になったということです。しかし、この噂についての真偽は差し障りもあるので、申さないことにしておきます。

この年の二月、秀頼さまは流行していた痘瘡にかかられました。危ないのではないかとの噂も流れ、諸大名のうち福島正則らが見舞いに訪れたともいわれていますが、なんとか無事回復しました。

京都では、前の年に北野天満宮の新社殿を造営した功徳で助かったなどという者もいたそうです。このときの北野天満宮はいまも残っていますが、華麗で見事な権現づくりです。

このころ秀頼さまは多くの社寺を造営しましたが、神社の多くはこの時代に流行した桃山風のものでした。出雲大社は、このころは杵築大社と呼ばれていましたが、やはり、この様式で再建されました。現在の本殿は延享元年（一七四四年）になって復古調でつくりなおされたものです。

またこの年、伊達政宗さまが松平姓を名乗られました。政宗さまは秀吉さまには反抗されたこともありますが、伊達者という言葉に象徴されるような派手好きで、気分的には互いに通じ合うことが多かったようでございます。日本三景の一つ松島に近い瑞巌寺は、桃山文化の香りをいまに伝える遺産の一つです。

晩年のことですが、幕府の老中から秀吉さまから拝領した短刀を将軍に献上してはと勧められたとき、政宗さまは「この刀は太閤殿下から私がいただいたと誰もが知っている。それを他人に渡しては恥だ」と抵抗されて周囲をはらはらさせたという逸話もございます。

そのような政宗さまが松平姓を名乗られたことは、時代の流れを感じさせました。

慶長十四年（一六〇九年）
家康が北政所を「耄碌している」と罵倒

木下家定さまは北政所さまの兄で、小早川秀秋さまたちの父親です。関ヶ原の戦いの時には中立を通され、戦後、姫路城主から備中足守城主に左遷されましたが生き延び、北政所さまの領地の管理もされていました。

その家定さまが、前の年の八月に亡くなられたのです。もっとも信頼できる兄を失って、北政所さまがすっかり落胆されたのは言うまでもありません。

ところが、その遺領をめぐって騒動が持ち上がりました。はじめは、長男の勝俊さまと次男の利房さまが折半して相続されることになっていたのですが、北政所さまがお気に入りの勝俊さまにすべて嗣がせるように命じられたのです。

それを聞いた大御所さまは、自分に相談なくそんなことを命じた北政所さまを「耄碌《もうろく》している」と罵倒され、お家は取りつぶしになってしまったのです。のちに大坂夏の陣のあとになって、利房さまに足守は改めて与えられ、廃藩置県まで続くのですが、これで北政所さまは面目丸つぶれになってしまいました。

家康公が北政所さまを大事にしていたという人もいますが、この一件をみても、それがまったくの誤りであることがよく分かります。

この年に、秀頼さまの姫が生まれました。のちの天秀尼です。

また、禁裏では「猪熊事件」というスキャンダルが起こりました。在原業平の再来といわれた美男の猪熊教利は、二年前にも官女と密通事件を起こして京都を追放されていたのですが、この年に烏丸光広、花山院忠長らと広橋典侍など五人の官女と密会事件を起こしました。

後陽成天皇は関係者を厳罰に処するように望まれたのですが、そのご生母の新上東門院は穏便な処理を望まれ、幕府に介入するように頼まれたのです。結局、公家衆では教利のみが死罪になり、残りは追放されたのですが、この事件ははからずも、朝廷内部の出来事に幕府が介入するきっかけとなってしまいました。

この年の五月三日に小浜で夫の高次が四十七歳で亡くなりました。小浜城は十七歳になった忠高が嗣ぎました。いずれ初姫（養女、秀忠・お江の娘）と結婚させるつもりですから、わたくしとしても救われるものがありました。

わたくしも出家して常高院と呼ばれることになりました。もう大名の奥方ではありませんから、少し自由に動けるようになったのでございます。

慶長十五年（一六一〇年）
福島正則が尾張を徳川に渡したことを悔やむ

西郷局という秀忠さまの御生母については、第三章で少しご紹介いたしました。三河の有力者一門の出身で、夫の戦死で未亡人となったところを家康さまが側室になさった方でございます。

まだ築山殿や長男の信康さまが健在なころでございます。このころ、家康さまは浜松城に、築山殿と信康さまは岡崎城に住んでおられましたから、西郷局は浜松城の女主人に近い存在でした。秀忠さまが十一歳の時に駿府で亡くなられました。

この西郷局には、秀忠さまのほかに尾張清洲城主だった、松平忠吉さまというお子様がおられました。それが、慶長十二年（一六〇七年）の三月、関ヶ原の戦いでの傷がもとで、江戸の芝浦で亡くなられたのです。

同じ母を持つただ一人の弟を失い、秀忠さまの嘆きはひとしおでした。なにしろ、秀忠さまというのは、この時代にあって、まれに見る家族思いの人だったのです。あまりもの落胆ぶりに、お江も辛い思いをしたそうです。

そのあと清洲城主になったのは、異母弟の義直さまでした。

しかし、清洲城は水攻めに弱そうだというので、新しい城を築いて移ることになりました。海に近く、母のお市もそこで生まれたのではないかといわれる古渡城なども候補に挙がりましたが、家康公は信長さまが若いときにお住まいだった名古屋を選ばれました。港からは遠いのですが、台地の上にあって防御が堅い、家康公ごのみの地形です。

慶長十五年（一六一〇年）、築城の手伝いを豊臣恩顧の大名たちに命じたのですが、これには福島正則らから大きな反発がありました。正則さまがいうには、「江戸、駿府、二条などは天下を治める城であるがゆえにお手伝いするのも当然だが、家康さまの庶子でまだ幼いこどものための城を手伝う道理はない」というものでした。

それを聞いた加藤清正さまは、「いやなら領地へ帰って謀反するしかあるまい」とおっしゃったそうです。徳川の天下という事実を認めたくない豊臣系大名と、家康公との摩擦が高まってきたわけで、嫌な予感がしてきました。とくに正則さまは、加増に舞い上がって、秀吉さまから東海の要衝ということでまかされた尾張を、うかうかと徳川に引き渡してしまったという重大な誤りに気づき、愕然となさったことでしょう。

この年には、越後の堀家が内紛を理由に改易され、伊達政宗さまの娘婿でもある家康公六男の忠輝さまに与えられました。豊臣大名の領分が減らされたということです。

このころ、家康公はしきりに方広寺大仏の再建を大坂方にすすめられましたが、この前年に着工されました。空前の大工事になるはずでしたが、これが豊臣滅亡の原因になるなどと、誰が予想したでしょうか。

慶長十六年（一六一一年）
二条城会見は加藤清正の大失策

秀頼さまの上洛は、秀忠さまの将軍宣下のときに打診があったのを茶々の反対で沙汰やみになり、その後も機会がなかったのですが、家康さまからいちど会いたいという強い申し出がこの年にございました。

茶々はこのときも、秀頼さまの身の安全を心配して嫌がったのですが、こんどは、加藤清正らが強く勧めました。そこで、占いなどさせたところ、「吉」と出たので、しぶしぶながら承諾しました。もっとも、本当は大凶だったのを秀頼さまのお傅役となっていた片桐且元が占い師を脅して改めさせたともいいます。

大坂からは清正さまと浅野幸長さまが同行しました。福島正則さまは当日になって腹痛を理由に同行を中止し、万一の時には大坂城を守る体制を取りました。

一行は船で伏見に向かいました。そこで、迎えた義直さま、頼宣さまという家康さま

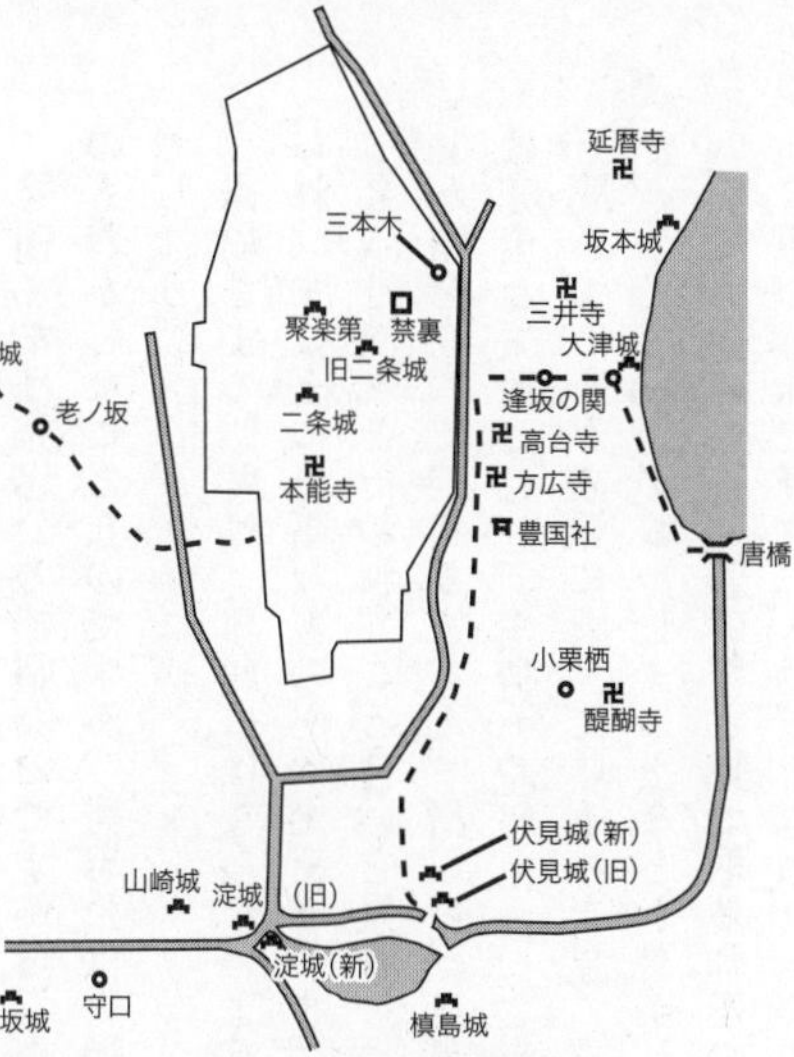

信長・秀吉・家康の京都と周辺

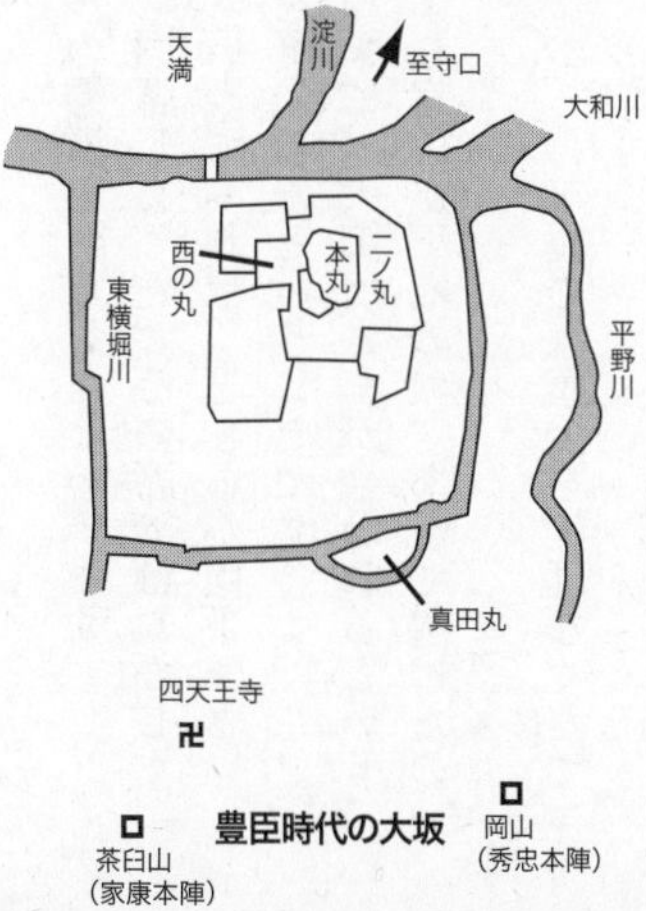

豊臣時代の大坂

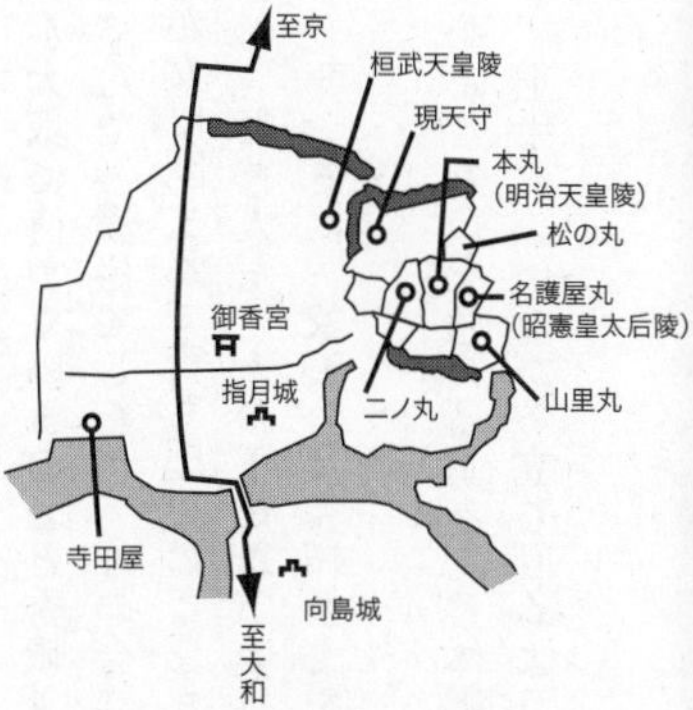

伏見城下の図

の子供たちに、清正らは臣下の礼を取らせて日ごろの鬱憤を晴らしたといいます。

二条城での家康さまとの会見には、北政所さまも同席しました。その席では対面して座りましたが、杯は家康公が先に空けられました。いってみれば、どちらが臣下かということではありませんが、官位も上である家康公を優先したということです。

秀頼さまは秀忠公の娘婿なのですから、秀忠公ぬきで、大御所さまが会われるというのもおかしなことなのですが、秀忠公は秀頼さまより官位が下なので、あえて避けたのでしょう。

秀頼さまの態度は、卑屈にはならないようにしながら、年長の家康公を無理なくたてられ、まことに見事なものだったそうです。

会談は淡々と行われ、ころ合いを見計らって、茶々が大坂で待っているのでと秀頼さまが席を立って終わりました。清正らは無事に会談が済んで大満足でしたが、この会談は完全な失敗でした。当時の記録には、「家康は秀頼が女に囲まれて育ち嬰児のごときと聞いていたが立派に育っているのを見て喜んだ」とか「賢き人だ。人の下知など受けまい」と家康公がおっしゃったなどと書かれています。要するに、家康公は秀頼さまをいかにも扱いにくい若者だと見て取られたのです。

普通の意味で優れた人物だと思われたのではありません。六尺を超える堂々たる体軀で、カリスマ性があって、人の下にあって我慢したり、上手に諂いながら立ち回るようなタイプではないということを見抜かれたのです。

もし、秀頼さまがバカ殿だったり、処世術巧みに家康公を持ち上げたりなさったのならよかったのでしょうが、これで家康公は不安に陥られてしまいました。

わたくしは家康公が、秀頼さまに普通の一大名のようにふるまってほしいとまで期待されたのではないと思います。徳川の客分のような立場で満足してくれればよかったのではないでしょうか。ちょうど、京極家と浅井家の関係のようなものです。

しかし、そういう人物ではなさそうだ。もし、諸大名が秀頼さまに会えば、やはりさすがは天下人だと思うだろう……家康公はそう思われて、心配になられたのです。秀頼さまのそばには、そのあたりも含めていかに政治的にふるまうべきか、アドバイスできる人がいなかったのかもしれません。

しかもこのとき、京都の市民は秀頼さまの行列を一目見ようと都大路に出てきて歓迎しました。加藤清政さまが、乗り物の戸を開け放つと、人々は秀頼さまの立派な成長ぶりに嬉し涙にくれました。この根強い豊臣人気も家康さまをいっそう不安にさせたのです。わたくしは「豊臣滅亡すべし」と家康さまはこのときに決意されたのだと思います。大坂城に頼宣、義直のお二人を引き連れて無事に帰ってきた秀頼さまを見て、茶々も清正さま、正則さま、幸長さまらも大満足でした。これで豊臣家も安泰と思ったのでしょう。

しかし、信雄、信包、長益といった織田家の人たちは、織田家自身の運命を見ていますから、危ないという意識を持たれたのでないでしょうか。

このあと、清正さまは肥後に帰国しますが、船中で発病し、六月には熊本城で亡くなりました。あまりのタイミングに、さまざまな憶測がされるところです。

この会談の前日に後陽成天皇は譲位され、後水尾天皇が四月に即位されました。豊臣家に誰より好意的だった天皇の譲位は豊臣家にとっても痛手になりました。もっとも、この譲位を家康公が歓迎したというわけではありません。

帝が抗議の意味を込めて譲位されることも、上皇として自由に行動されることも、家康公にとって良いことではなかったのです。

この年の十一月、秀忠さまとお江のあいだの三女である勝姫さまが、越前の松平忠直さまに嫁ぎました。忠直さまの父は結城秀康さまです（結城家の名跡は五男の直基さまが継がれ、その子孫である前橋藩で位牌が祀られました）。秀忠さまの兄でありながら、秀吉さまの養子に出されるなどして将軍になれなかった越前家へ敬意をはらったものですが、豊臣との関係が緊迫する中で、秀康さまが生前しばしば「私は秀頼の義兄だから守る立場だ」とおっしゃっていたこともあり、息子の忠直さまが豊臣方に立つ気を起こさないように牽制しておく必要もありました。けれども、これものちに不幸な結婚だったことが分かります。

このころ小浜では、家臣たちの間に内紛があり、家老の熊谷主水が仲間の佐々、安養寺らを家康さまに告発し、彼らが流刑にされたりしました。高次によく仕えてくれたもの同士の争いには胸が痛みました。

慶長十七年（一六一二年）
千姫が成人して跡継ぎへの期待高まる

伊勢津藩祖である藤堂高虎さまは、近江の甲良というところの出身で、もともと浅井長政に仕えていました。姉川の戦いで奮闘し、長政から感状をもらっています。そのち、浅井を離れた阿閉貞征、磯野員昌、さらには員昌の養子だった織田信澄さまに仕えましたが、いずれも主君が失脚したり滅んだりしたので、豊臣秀長さまの家臣となりました。

慎重で現実家の秀長さまとは波長が合ったらしく、重臣として重用されましたが、秀長さまの養子である秀保さまが亡くなったあとは高野山にのぼりました。しかし、秀吉さまから召し出されて、朝鮮遠征では水軍を率いて活躍し宇和島城主に、関ヶ原の戦いのあとは今治城主、さらには、津城を与えられていました。

家康さまとは徳川の京都の屋敷の建築を担当して以来の付き合いですが、やはり、血気にはやる者が多い戦国にはめずらしい安定志向の実務家ぶりが共通点で、すぐに意気投合したようです。譜代同様の信頼を獲得したのでした。

築城の名人でもあったその高虎さまに、家康公はこの前の年に伊賀上野城の修築、この年に丹波に篠山城の築城と亀山城の修築を命じられました。

家康さまは関ヶ原の戦いのあと、京都側の山に近くて砲撃に弱い大津城を膳所城に移すこと、東からの敵の来襲を想定した位置になっている佐和山城を、西からの敵を意識した位置の彦根城にすることをなさいました。このふたつの城の移転は、防御方向を変えるのが主目的だったのです。

しかし、それ以上には大坂方を刺激するような築城はされませんでした。

この時期になって、この三つの城を築かれたのは、大坂との戦争がいずれは不可避だとの決意を固められたからでしょう。とくに、上野城の石垣は三十メートルもあり、のちに築かれた大坂城二の丸の石垣と並んで、日本でもっとも高いものでした。大坂方との戦いに敗れた時に家康さま自身が籠城するつもりだったという伝説にふさわしいものです。

大坂城では、千姫がようやく女らしくなってこられました。この年に、鬢そぎを千姫が行われ、秀頼さまが手伝っておられるのを侍女が目撃しています。もしかすると、千姫と秀頼さまが名実ともに夫婦になられたのがこの時期なのかもしれません。

千姫は数えで十六歳、少し遅いようにも思いますが、千姫の発育が少しゆっくりしていたのかもしれません。茶々にしてみれば、千姫が豊臣家の跡取りを産めば、徳川家との交渉もたいへんやりやすくなり、いわば妥協の余地も広がるわけですから、一生懸命、子作りに励ませたことは間違いないと思います。

慶長十八年（一六一三年）
オランダの讒言でキリシタンの弾圧強化

加藤清正さまは亡くなっても、まだまだ、豊臣恩顧の大名の多くは健在でした。しかし、この年には二人の頼りになる諸侯が亡くなりました。

姫路の池田輝政さまは、家康さまの姫ではじめ北条氏直さまに嫁がれた督姫さまと結婚されていました。輝政さまの最初の結婚相手は中川清秀さまの姫ですから、両方とも再婚です。

のちに、池田家は岡山藩と鳥取藩の殿様になりますが、これは、中川家の姫から生まれた嫡男の利隆さまが本家を嗣いで岡山藩となり、督姫さまの子である忠雄さまの子孫が鳥取藩を創られたという事情によるものです。

輝政さまは、督姫さまの子に与えられた領地も合わせると百万石近くとなり、西国将軍などと呼ばれていましたが、豊臣家とは長い関係で、性急に秀頼さまを追い詰めるようなことに与しませんでした。

もう一人は、北政所さまの甥に当たる紀州の浅野幸長さまです。弟の長晟さまがあとを嗣がれましたが、幸長さまより十歳も年下でしたから、豊臣家との馴染みは薄かったのです。

こうして姫路と和歌山という大坂の西と南を押さえる豊臣恩顧の二人がこの世を去ったことは、豊臣家にとって大きな痛手でした。

このころ、家康公はキリシタン弾圧を本格化させています。理由のひとつには、ポルトガルがキリスト教布教を梃子に侵略する意図を持っているなどと、オランダがあることないことを家康さまに吹き込んだことがございます。

ポルトガルは海岸の拠点を建設することはしていましたが、それ以上に拡がる植民地をつくってはいません。マカオなど、明帝国の主権のもとでの居留地にすぎません。また、スペインも、金属器も馬もなかった南米とか、クニも成立していなかったルソン島を植民地にしただけです。商売の足しになるなら同じキリシタンのことを誹謗するのも平気な、とんでもない国でした。

しかし、家康公はそれ以上に、キリシタンと豊臣家が手を結ぶことを警戒したのでしょう。駿府城の奥女中だったおたあ（ジュリア）が伊豆大島に流されたり、本多正純の家臣である岡本大八が火炙りにされたのはこの前の年です。

家康公はこの年、大工の総元締めである中井家に命じて大坂城の図面を手に入れました。戦いの準備は万端だったのでございます。

慶長十九年（一六一四年）
秀忠の側近大久保忠隣の追放の背景

大久保彦左衛門の甥で小田原城主だった忠隣さまは秀忠公がもっとも頼りにされていた方でした。ところが、この年の一月に京都へキリシタン取り締まりで出張していたところ、改易されてしまいました。

この大久保家は、本多、酒井などと並ぶ譜代の家系で、松平家の勃興期から仕えていました。親戚も多く、旗本にもたくさんの大久保家がございます。忠隣さまは父である忠世さまの跡を継いで小田原城主であるとともに、秀忠さま付きの家老でした。

ところが、家康さま側近の本多正信・正純の親子とは不仲で、お互いに足を引っ張り合っていたのです。慶長十七年（一六一二年）には、本多家臣の岡本大八がキリシタンとして火あぶりにされる事件があり、翌十八年には逆に佐渡金山の奉行などをつとめていた大久保長安が、その死後に不正蓄財で告発された事件が起きました。

改易の理由としては、無断で養女を結婚させたといったもののほかに、豊臣方との内通も上げられました。詳細は想像でしかありませんが、お江を妻とし、千姫さまを秀頼さまのもとに送り込まれている秀忠公の意を呈して、忠隣さまが大坂方に対してやや融和的であった、少なくとも無理難題を押しつけるようなやり方に賛成しなかったからではないでしょうか。

家康公は、大坂方からも自分の陣営からも、豊臣と徳川が両立できるような「良い知恵」が出て、それに豊臣恩顧の大名や朝廷から支持が集まるのを極度に警戒されていたのです。

自分の持っているものを守るためには、過剰反応といわれても構わないという人です。世界の国でいえば、ロシアに似ています。決して攻撃的ではないのですが、「守る」ことを口実にどんどん領土を広げ、いったん獲得した領土は誰がなんといおうと離さないというのは北方領土問題で日本も悩まされているところです。

家康公がのちに豊臣家を滅亡に追いやったことは、いかに戦国の世でもいささかひどすぎるのではないかと思いますが、それは、家康公の極度に臆病な性格のなせるわざだったのです。女たちにおだやかに接する老人が、まさかそこまでやるとは……。わたくしたち三姉妹も騙されたのでございます。

この年の五月には、前田利長さまが越中の高岡で亡くなられました。不用意に大坂を離れて金沢に帰国したところを家康さまにつけ込まれて、母であるまつさまを人質に取られ、秀頼さまのお傅役の使命を果たせなくなった利長さまですが、正式に五大老やお傅役でなくなったわけではありません。

ですから大坂方から、いざというときには味方してくれるだろうかと聞かれたときには、羽柴肥前守（利長）としては味方するが、跡を譲った松平筑前守（利常）には徳川の娘婿として別の判断があるのでは、などと回答されたようです。東西開戦になれば大坂方につかねばならないと思い、わざと死期を早められたとも噂されています。

ただ、心残りは誰よりもだいじな母のまつさまに再会できなかったことでしょう。まつさまが、利常さまのご母堂と引き替えに金沢に戻ったのは、利長さまの死後でした。この途上、まつさまは利長さまの居城であった高岡を訪れて、この不肖の息子を偲ばれています。

また、加賀にはキリシタン大名の高山右近さまが領地を放棄されたあと寄寓されていたのですが、もう少しあとの十月に、ルソンに海外追放されました。

こうして邪魔者を情け容赦なく切り捨ててはきても、秀頼さまを攻撃する口実など見つかりません。そんなときにちょうど、方広寺大仏殿の再建工事が終わり、大仏開眼供養が近づいていました。

京の大仏と鐘銘事件

大仏再建は、豊臣家の財力を弱めようとして家康さまがお勧めになったことですが、できあがってみると、家康公の思惑は大はずれになりました。秀吉さまのつくられたものは木造でしたが、こんどは、燦然と黄金が輝く金銅製のもので、奈良の大仏をしのぐものでした。なにしろ、大仏殿は現在の京都駅とほぼ同じくらいの高さだったのですから、当時の人々の度肝を抜き、見ようによっては豊臣の天下復活の狼煙のようにみえたことでしょう。

またも、家康公の思惑はずれたのです。豊国神社の臨時祭も行われることになり、豊臣政権復活待望論が爆発しそうでした。

そんなとき、同時に完成した梵鐘の銘が問題になったのでございます。家康さま側近で南禅寺の金地院崇伝らは、「国家安康」とあるのを家康の諱を分断したもので、「君臣豊楽」は豊臣家の繁栄を願うものだとし、林羅山は「右僕射源朝臣家康」は、右僕射(右大臣)である家康公を射るものといいがかりをつけたのです。このころ、家康さまはしきりと御用学者の育成を図っておられたのですが、その成果でした。

家康公は本多正純さまを通じてこれを詰問したので、大坂からは片桐且元さまが駿府に弁明に出発したのですが、心配になった茶々は大蔵卿局も別に派遣しました。茶々の乳母だった女性で大野治長さまの母親です。

家康公は大蔵卿局には、なにも心配することはないと甘いことをいい、一方で、且元さまには自分では会わず、本多正純さまらによほど思い切って不信感を一掃できる措置がない限り許せないと言い放たれました。

大坂城へ帰った且元さまは、大坂城を出るか、茶々が人質になるか、秀頼さまが駿府か江戸に下るしかないといいました。且元さまの意見というかたちですが、だいたいのところは、正純さまあたりから示唆されたのでしょう。大坂城二の丸あたりに徳川から監視役と軍勢を入れさせろとか、堅固な大坂城を出るにせよ、伊勢や大和ではなく、伏見など豊臣の面子が立ちやすいところに移れとか、もう少し両方が満足できる知恵がありそうなものですが、あえて、大坂方が呑めない条件にこだわったのが、家康公の嫌らしいところです。

ところが、もう心配することはないという母の大蔵卿局の報告を受けていた大野治長さまらは、且元さまを徳川に内通したとばかりにののしったので、且元さまは動転して自分の屋敷に籠りました。茶々らは再び出仕するように手紙を書いたりしますが、且元さまは茨木城に引き払いました。

それとともに、穏健派の中には逃げ出す者が出始めました。そのなかには、あの織田信雄さまもいました。

信雄さまについては、総大将になるのではなどという風評もありましたが、それが実現せずにふて腐れたのか、豊臣の家臣に甘んじて生き延びた自分の経験から、屈服して生きながらえた方が勝ちと助言したものの入れられなかったのか、よく分かりません。

一説によれば、「諸大名はみな太閤殿下のご恩を受けているのだから我らの勝利間違いなし。この入道もかつては大軍を率いたものであるから、おまかせありたい」などと大言壮語を吐いたあとこっそり逃げ出したともいいます。

しかし、このいささかみっともない判断のおかげで、子孫は大和宇陀（のちに丹波柏原）と上野小幡（のちに出羽天童）というふたつの藩の大名として生き延びましたし、本人も優雅な隠居生活を楽しんだのです。

ところで、この片桐且元と大野治長という人物について少しお話しておきます。

小谷城の東側の谷間に須賀谷という温泉があって、当時も湯治場として使われたらしいのですが、ここを本拠とする片桐直貞さまは、浅井長政に仕えて落城前日に感状をもらうほど忠義を尽くしました。その子の且元さまは若いころから秀吉さまに仕え、「賤ヶ岳の七本槍」の一人として知られています。

その後は武将としてより実務官僚として太閤検地などに活躍し、秀頼さまの傅役となりました。徳川とのパイプ役としても信頼されていたのですが、それだけに、内通していると疑われることも多かったというわけです。

いずれにせよ、且元さまが茶々の呼び出しを無視して逃げ出した以上、城内の主導権は治長さまが取ることになり、天下の大名や浪人に助力を求めたのです。

大野治長さまの母の大蔵卿局は茶々の乳母でした。治長さまも秀吉さまの馬廻りとして取り立てられましたが、美丈夫で有能な人物でした。前田利長さまと共に、家康さまの暗殺を計画したという疑いで下野に流されたこと、関ヶ原の戦いでは東軍についたことはすでに紹介したとおりです。

人材不足と茶々に信頼されたこと、バランスの取れた実務能力で、大坂の陣のころには、城内第一の実力者となりましたが、実績がないことへの反発も強く、前田利家さまの次男で嵯峨野に隠棲されていた利政さまのように、「治長の下知などには従いたくない」といって入城を拒否する向きも多かったようです。秀頼さまは実は治長さまの子だとかいった噂は当時もありましたが、太閤殿下がそれほど脇が甘いとはちょっと思えません。

「三年遅く、三年早い」と福島正則がいった大坂冬の陣

開戦を聞かれたとき、福島正則さまは「三年遅く、三年早い」とおっしゃったそうです。少し前なら加藤清正さま、浅野幸長さま、池田輝政さま、前田利長さまなどが健在で、家康公もそれほど乱暴なことはできなかったでしょうし、もう少しあとなら家康公が亡くなっているのではという意味です。逆にいえば、家康公は絶妙なタイミングで勝負を賭けられた、あるいは、いまを逃したら再び豊臣の天下になりかねないと判断されたということです。

それでもこのときは、そこそこの大名が大坂方の呼びかけに応じるのでないかという見通しが、大名たちの間にもありました。たとえば、毛利輝元さまは一族の内藤元盛さまを佐野道可という偽名で入城させていますし、細川忠興さまの次男である興秋さまが入城したのも、念のために忠興さまが差配した可能性がございます。いずれも、ほかの大名が寝返って西軍が勝ったときに、存続を図るためです。

しかし家康公は、福島正則さまらを江戸に幽閉するなど万全の体制をとりました。正

則さまの子である忠勝さまは、大坂方に「父親を江戸に留めおかれ、どうにもならない。秀頼さまも身を大事にされた方がよろしいかと思う」と、書いたほどです。

この危機を見て、北政所さまは大坂に向かおうとされましたが、途中で阻止されてしまいました。

このころ孝蔵主は、北政所さまの元から江戸の秀忠公のもとに移って、もういませんでした。その経緯はもうひとつよくわかりません。

孝蔵主が秀吉さまのもとで女奉行といってよいほどの辣腕ぶりを発揮し、秀次さまを聚楽第から連れ出して伏見へ送り出したとか、大津城の開城を勧めに登場したことを憶えておられる方も多いことと思います。

長年にわたって北政所さまの右腕だった彼女が、徳川方に移ったのは不自然なのです。北政所さまと不仲になった可能性もなくはありませんが、外交能力抜群の孝蔵主が北政所さまのもとにいると余計な動きをするのではないかと心配した家康公が、強引にか、好条件で釣ったのか、あるいは、東西の架け橋になってくれとかいったのかは分かりませんが、ともかく北政所さまから引き離したのでしょう。

このために北政所さまは、大坂冬の陣や夏の陣のあいだ、手をこまねいて傍観するしかありませんでした。夏の陣が終わったあと、伊達政宗さまへの手紙で北政所さまは「なんとも申し上げようもありません」と書かれていますが、それはこうした無力感があったからなのです。

秀忠公とお江の立場はどうでしょう。

この戦いは秀忠公の意向とは関係なく、家康公が勝手に進めました。大義名分のない戦いに秀忠公が責めを負うのを避けたなどという人もいますが、家康公はそんな甘い人ではありません。

秀忠公がお江や千姫さまの願いをきいて豊臣存続に動く可能性を、徹底して封じこめたというだけです、お江は、鐘銘などを口実に茶々を追い詰めた家康公のやり方に対して、悔し涙で秀忠公に抗議したに違いないのですが、秀忠公が家康公に意見など言える余地は徹底的に封じられていました。

しかし、秀忠公とすれば、ご隠居の家康公の主導ですべて片付いてしまえば面目丸つぶれですし、戦後処理についての発言権もなくなります。そこで、先に進発した家康公を追って猛スピードで西へ向かいました。掛川から吉田（豊橋）まで七十キロを一日で進んだこともあり、家康公から兵が疲労困憊すると叱られたほどでした。

大坂方には、全国の浪人たちが次々と集まってきました。真田幸村、長宗我部盛親、毛利勝永（旧小倉城主勝信の子）などが主だったところですが、後藤又兵衛などといったおなじみの名もありました。

大坂方では、伊勢や近江に繰り出して野戦に持ち込む方が、寝返りも期待できるので有利という声もありましたが、籠城戦に決しました。膠着状態に持ち込んで有利な和平を実現すれば良いということもありましたし、それ以上に、茶々が秀頼さまを戦場に送り出すのを嫌がったようです。

戦いそのものの詳細は、軍記物に任せます。大坂方も緒戦の海戦では敗れたものの、総構えの南に設けた真田丸で幸村さまが大活躍するなど、堅塁を頼んで大健闘でございました。徳川方の食糧補給なども厳しく、損害が増えそうだったことから、家康公はいったん和平することを模索されました。

家康公は、大砲を撃ち込んだり、地下道を掘るという情報を流したりされました。大津城の時もそうですが、大砲を女たちがいるところに打ち込むと、心理的にもパニックになります。

後陽成上皇も広橋兼勝さまと三条西実条さまを派遣して仲裁しようとされましたが、家康公は気遣い無用として相手にされません。そうしておいて、家康公は織田信長さまの弟である有楽斎《うらくさい》（長益）さまと、わたくしを城内に送り込まれました。茶々と話をしろということです。そして、こんどは、有楽斎さまやわたくしが大坂方というよりは、茶々の代理として加わって徳川方と交渉をすることになりました。

家康公は、一見、大坂方にとってかなり有利な条件を受け入れられたのです。京極忠高の陣で行われた交渉で、茶々を人質としないかわりに大野治長さま、織田有楽斎さまより人質を出す、秀頼さまの身の安全を保証し本領を安堵する、城中の浪人などについては不問というものでございます。

さらに、本丸を残して二の丸、三の丸を破壊し、外堀を埋める事も入りましたが、これは、このような和平では常識的なことでした。また、大坂方は浪人に知行を与えるために加増を願いましたが、これは虫が良すぎる話で拒否されました。

ただ、大坂方では惣堀を徳川方で埋めることは承知していましたが、二の丸を囲む外堀については自分たちで埋めるつもりでしたし、それは、完全破壊までを意味しないと考えていたのです。ところが、徳川方は大坂方の工事を手伝うと称して、外堀まで完全に埋めてしまいました。しかも、腹立たしいことに、わたくしの義理の息子の京極忠高に工事をやらせたのです。

有楽斎さまとわたくしは、家康公から、大坂方に悪いようにしないから仲介に入ってくれといわれて茶々と話し合い、茶々にもなんとか受け入れ可能な条件でまとめたつもりだったのです。

しかし、疑い深く細部を詰めるような交渉をしなかったために、家康公に付け入る余地を与えてしまい、結果的には茶々をだますことになってしまいました。あの人が良さそうな柔和な老人が隠していた牙に噛まれたような気分でした。

慶長二十・元和元年（一六一五年）

大坂夏の陣

新年になると、大御所さまは大坂方に無理難題を突きつけます。浪人たちを許すことは承知しても、城内に留めるとは思っていなかったといって追放を要求します。しかし、浪人たちが得るものもなく出て行ってくれるものではありません。

そして、それが嫌なら大和か伊勢に移れとおっしゃったのです。大坂方としては、こうなれば細かい条件次第では受け入れるしかないという気分もあったのですが、堀の埋め立てなどで徳川方への不信感があります。

それに、浪人たちの主戦派を抑えられるかも問題です。秀頼さまご自身も、あまりにも不名誉な屈服をすることには難色を示されます。関ヶ原の戦いのときの織田秀信（三法師）さまもそうですが、幼少のころから父や祖父の偉大さを吹き込まれて育った若者は、それほど現実主義者には育たないものです。

茶々が過去の栄光を忘れずに柔軟になれなかったのだという人もいますが、茶々とすれば、秀頼さまの身の安全がいちばん大事ですから、それなりに面子さえたてば妥協の余地もあったことでしょう。秀頼さまなりの誇りが、妥協の邪魔になりました。

もっとも、茶々にしても、江戸城で妹のお江の客分のような境遇になるのは、いまさら姉として嫌だという気持ちがあったことも確かです。

わたくしも茶々たちの気持ちが現実的な方向に傾くように説得するのですが、また大御所さまに騙されないか問われれば黙らざるを得ませんでした。

家康公はいったん駿府に戻られましたが、名古屋の義直さまと浅野幸長さまの娘である春姫の結婚を口実に、尾張に出てこられることになりました。事実上の出陣でございました。また、この結婚は紀伊の浅野家、そして、春姫の母方の実家である姫路の池田家との関係強化も意味します。

この婚儀は華やかなもので、派手で有名な名古屋流の結婚式の始まりだなどという伝説もあります。

そののち、家康公は上洛し、秀忠公も大急ぎであとを追ってきました。秀忠公は先鋒を務めることと、激戦が予想される天王寺口を担当することを主張し、先鋒は家康公の承諾がありましたが、天王寺口は家康公が担当されることになりました。

ここまでなんとか和平の道を探ってこられた有楽斎さまは、もはやするべきこともないとして城外に出られましたが、わたくしはいまさら茶々を見捨てられません。最後まで一緒にいることにしました。わたくしと一緒に京都の二条城に家康公を訪ねた青木一重さまは、そのまま留めおかれてしまいました。孝蔵主のときもそうですが、家康公は交渉力のある人が大坂方にいることを嫌がったのです。

こうしたなかで、ついに大野治長さまの弟である治房さまが大和郡山城を攻めて占領しました。筒井家の生き残りである定慶さまが一万石をもらっていましたが、あっけなく攻略しました。やはり治長さまの弟である治胤さまは、堺の町が冬の陣のときに徳川方に協力したことをなじって焼き払いました。

紀州では地侍たちに反乱を起こさせましたが、名古屋での婚儀で浅野家が味方してくれる可能性がなくなったことも理由です。

外堀まで埋められた大坂城では籠城戦はできません。外に討って出て奮戦しました。天王寺・岡山口の戦いでは、家康公の孫娘婿で信州松本城主だった小笠原秀政さまとその嫡子である忠脩さまが討ち死にされました。さらに、真田幸村さまが家康さまの本陣に迫り、馬印を倒さざるを得ないまでに追い込みました。

しかし、しょせんは多勢に無勢です。この戦いで大坂方が有利だったときに、秀頼さまが出陣される絶好のチャンスはあったのですが、茶々などが躊躇しているうちに期を逃してしまいました。

茶々は大張り切りで具足をつけて城内を回ったりしておりましたし、交渉にも口出ししていましたが、女だからかどうかはともかく、すぐ迷ったりしてしまい、決断のタイミングを逃してしまったという人もいます。茶々なりに一生懸命でしたから、わたくしとしてはなんともいえないところです。

やがて真田幸村さまも戦死し、毛利勝永さまがなんとか兵をまとめて城内に撤退しました。ここで大野治長さまはようやく茶々と秀頼さまの助命嘆願の交渉に乗りだし、千姫さまを城外に脱出させました。

城内が大混乱するなかで、わたくしは家来に背負われて城外に出ました。京極家の将来を考えれば、わたくしが茶々や秀頼さまとともに死ぬのはよろしくないことですから、仕方のないことでした。

もとより、茶々とゆっくり別れを惜しむなどということはできませんでした。たとえ茶々が死ぬのを思いとどまっても、大御所さまが秀頼さままで含めて助命して下さりそうもありませんでしたし、秀頼さまを死なせてまで茶々が生きるとは思えず、もう会うことはできないという予感がいたしました。

豊臣家滅亡と浅井家ゆかりの人たち

茶々と秀頼さまの最期と、助命交渉がかなわなかった経緯については、わたくしもその場におりませんでしたし、伝え聞くところもまちまちで、正確なところは分かりません。千姫さまは助命を願われたようですが、家康公が聞き入れるつもりがないことははっきりしていました。

家康公が「将軍さま次第」といい、秀忠公が「一度だけでなくなんども戦いをいどんだのだから仕方ないから早々に腹を切らせよ」とおっしゃったという説もありますが、秀忠公としては家康公の意図するところは分かっていましたから、助命出来なかったのだと思います。

この大坂夏の陣では、豊臣恩顧の大名たちにも大きな役割が割り当てられました。のちのち豊臣家を滅ぼした恨みを徳川家や譜代に集中させないようにという、周到な配慮ぶりです。

茶々と秀頼さまは、山里丸の糒櫓《ほしいやぐら》に入りました。ここで、井伊直孝さまから大野治長さまに、助命はかなわないという最後通告があったといいます。この役目を最初は藤堂高虎さまに命じようとされたのですが、さすがに浅井旧臣で長政さまから姉川合戦で感状をもらったこともある高虎さまは、固辞しました。

最期をともにした中には、大蔵卿局や長政の従姉妹にあたる饗庭局など浅井家ゆかりの者たちがおりました。この隠れ場所を突き止めたのは、片桐且元だともいいます。浅井ゆかりの者が、心ならずも家康さまの掌の上で踊らされ、残酷な役回りをさせられていたのです。

且元は、戦後、四万石に加増されましたが、二十日のちに突然亡くなりました。秀頼さまを助命してもらうためにあえて徳川に協力したつもりが、こんなことになっては、生きていくわけにはいかなくなったのだろうと噂されたものです。

徳川譜代で、豊臣家の人々と面識のない第二世代の直孝さまが死刑執行人に抜擢されたのは、さすがに譜代の武将たちも家康公の情け容赦ないやり方に腰が引けたのかもしれません。

大坂城が燃え上がるのを見て、家康公は大政所さまの妹を母とする小出三尹《こいでみつまさ》さまに、「どうだ」と声をかけられたそうです。三尹さまは「思し召しの程は心得ず候えども、三尹は未だかかる憂きことには逢い候こと無し」と真情を吐露したので、大御所さまに諂って祝いを述べていた諸大名は驚き、三尹さまの勇気ある発言に感じ入って涙したといいます。

京都からも大坂の方角の空が赤く染まるのが見え、御所では清涼殿の屋根に上って眺める公家もいたそうです。高台寺からもよく見えたはずですが、北政所さまの心情は察して余るものがございます。

わたくしは一緒に城内に入っていた男女の従者とともに城外へ出て、京都をめざしました。途中で茶々に女中として仕えていたお菊というものを拾いました。その祖父である山口茂介は浅井家で足軽頭だったもので、藤堂高虎さまの上士だったことがあります。そんな縁で藤堂さまの客分になっていたのですが、東西が戦うことになったので、菊の父である茂右衛門とお菊と三人で大坂城にはせ参じたのでした。

守口の民家までたどりついて、筵の上に座って徳川方に連絡をとると、輿が迎えに来ました。お菊たちに「城内にいた以上は女といえども罰せられるかもしれない。できるだけのことはするが、覚悟はしておくように」と諭しました。しかし、迎えの者たちが、戦いも終わったのでどこにでも送り届けるといったので一安心でした。お菊は京極竜子のところでしばらく世話になったようでございます。

残念なことは、秀頼さまの子で里子に出されておりました国松君が、戦いが始まったので城内に入っておりましたところを囚われ、六条河原で斬殺されたことでございます。一方、娘の方は千姫さまの嘆願で助命されて、鎌倉の東慶寺に入って尼となりました。

このあと、幕府は「武家諸法度」や「禁中並びに公家諸法度」を出して厳しい統制を進めますが、ただ、ひとつ明るい話題は、大坂方の浪人で生き残った者について、大名にとって大事な家の家来たちが全国各地で生き残ることが出来たのは救いでした。
が取り立てることを許したことです。このことで、豊臣、浅井、織田などわたくしたち

竹千代と国松

江戸では秀忠公の跡継ぎを竹千代君とすることが確定いたしました。お江だけでなく秀忠公も、利発な国松君の方を可愛がっておられたのですが、このころ林羅山の影響で儒教などに傾倒されはじめていた家康公は、世の中の安定のためには、よほどのことがない限りは長子相続とすることに傾かれました。

当然、自分のことを恨みに思っているはずのお江の力が増すことも嫌われたことでしょう。竹千代君に決まるについて、春日局が伊勢参りと称して駿府の家康公に直訴したとか、家康公が江戸城に乗り込んで国松君が同じ場所に座ることすら許さず、どちらが後継者かを皆に示した、家康公がお江に長男と次男にふさわしい教育方針について書状を出したなどと、いろいろな逸話が流布していますが、どこまで本当なのか、わたくしにもわかりません。

ただ、用心深い家康公のことですから、突然に誰かからいわれて気がつかれるようなはずはないのです。竹千代君が後継者足りうるかについて、情報を集めて慎重に判断されたことでしょう。決めた以上は、曖昧さを残さないようにされたのは、間違いのない

ことでございました。

そんなときに、秀忠公が家康公に意見をいえるような人でなかったことは、繰り返し書いてきたとおりです。もしかすると、豊臣家も滅びたので、お江に配慮する必要はないという気持ちもあったのかもしれません。

この少しあとのことですが、国松君が鴨を撃ち落としたことがありました。お江が料理を命じて秀忠公に召し上がっていただいたところ、はじめは「あっぱれ」とたいそうお喜びになった秀忠公でしたが、「どこで仕留めたのか」とお聞きになって、それが江戸城のお堀端と聞かれると、「江戸城は竹千代に与える城だ。そこに国松が鉄砲を撃ちかけるなどもってのほか」と珍しくお江を叱られたことがあったと聞きます。

国松君の方が可愛くとも、決まった以上は家臣としての分を心得させねばと考えられたのでしょう。しかし、秀忠公もこの翌年の元和二年（一六一六年。四年説もありま す）には、忠長さまに甲府城を与えられ、また、官位などでも叔父の義直さまや頼宣さまと同格、頼房さまより上に位置づけられました。

お江への配慮というだけでなく、竹千代君が病弱だったこともあり、もしもの時には、御三家の人たちを押さえて国松君に天下を譲れるようにと考えられたのでしょうが、結果からいえば、それが仇になったともいえるのです。

＊慶長十七年に家康がお江に与えたという「訓戒状」は幕末になって流布し多くの筆写が

ある。『新修　徳川家康文書の研究』（徳川義宣　（財）徳川黎明会）は本物の可能性もあるとしたが、内容や形式において家康のほかの書状とかけ離れており偽作だ。大坂夏の陣以前は家康自身も二人を同格として扱っており、訓戒状での指示と完全に矛盾する。家康の指示は元和元年である。家光が父母から嫌われているのを気に病んで自害しようとしたのが引き金だと春日局の手になる「東照大権現祝詞」にあるが、放置しておくと秀忠夫妻は国松を跡継ぎにしそうだと聞いた家康が、熟慮の上で決断し秀忠に命令したということだろう。

元和二年（一六一六年）
大御所家康の死と千姫のその後

駿府で大御所家康公が亡くなったのは、大坂夏の陣の翌年四月のことでした。ちょうど訪ねてきた茶屋四郎次郎らが、京都で鯛の揚げ物が流行っていると話したのに興味をそそられ試されたところ、ことのほか美味いというので少し過ぎられたのがいけなかったようでございます。

あれだけ健康に気を遣われていた家康公も、豊臣を滅ぼして気がゆるんだのでしょう。それを聞いて、わたくしたち姉妹の運命を操っていたこの老人も、死という定めからは免れ得なかったことに、どこか安心したような気持ちになりました。

その二ヶ月後には本多正信が家康公のあとを追うようにこの世を去りました。家康公にあらゆる奸計を吹き込んできた憎い男です。

秀忠公の弟である忠輝さまは、大坂に向かう途中に近江守山宿で秀忠公の旗本と争い、これを斬るという事件を起こされていました。家康公はこれをお怒りになり、蟄居を命じられていました。母親の茶阿局は家康公の信頼厚い方でしたから、必死に御赦免を願われたのですが、家康公は「自分が生きていてもこのありさまでは死んだあとはどうなることやら」とおっしゃり、お許しはありませんでした。

この年の七月、秀忠公は、忠輝さまを伊勢の朝熊《あさま》に幽閉するように命令されました。大御所さまの遺言ということでしたが、本当かどうかは分かりません。むしろ秀忠公としては、茶々と秀頼さまを救うようにというお江の願いを聞けなかった負い目もあって、弟に甘くしなかったのでないでしょうか。

とくに、忠吉さまが亡くなられたことから、秀忠公の嫡男の家光さま、三男の忠長さまの次に位置するのは弟の忠輝さまでしたし、あの油断できない伊達政宗さまを舅とされていたのですから、厳しくされたのでしょう。こののち、忠輝さまは諏訪に移られ、綱吉さまが将軍になられていた天和三年（一六八三年）に九十二歳の天寿を全うされました。

もっとも忠輝さまについては、母の茶阿局の兄は石田三成の重臣で佐和山で戦死した山田上野介で、その息子が忠輝さまに仕えていたとも聞きますので、豊臣方との関係を疑われたのかもしれません。

千姫さまは大坂城を脱出されてから江戸に戻っておられましたが、桑名の本多忠政さまの嫡子、忠刻さまのところに再嫁されることになりました。このとき、坂崎出羽守が妨害しようとして切腹に追い込まれました。

大坂の陣で助け出した者に千姫さまをやると家康さまがおっしゃったにもかかわらず約束が反故にされたとか、それは千姫さまがやけどを負った出羽守を嫌ったからだという伝説がありますが、出羽守は救出したのでなく送り届けただけですし、真相は彼が千姫さまのために進めた縁談が破談になったことの腹いせだったようでございます。

大坂城落城から一年経ったこの年の五月七日には、養源院において仏事が行われました。施主はお江でした。家康さまが亡くなってから二十日ほど経った頃でした。

元和三年〜四年（一六一七年〜一八年）
大奥が女の園に

幕末の文久三年（一八六三年）に将軍家茂公が上洛されたのが、家光公以来、二百二十九年ぶりだったといわれます。たまたま四代将軍家綱公が幼少だったこともあり、将軍が京都へ行くという習慣は廃れたのですが、秀忠公のころには、重大な決定は京都や伏見で公にしてこそ、全国に徹底させることができると考えられていました。

そんなこともあって、元和三年（一六一七年）の六月から九月にかけて秀忠公が上洛されています。とくに何かあったのではないのですが、大坂の陣、家康公の死去のあとを受けて、朝廷や西日本の大名に睨みをきかせておきたかったのでしょう。

伏見城では、朝鮮王が派遣した大坂の陣の勝利を賀するという使節に会ったりもしています。朝鮮の方は、国内が平定されたからには、もしや、朝鮮遠征を再開しないかと探りを入れに来たのです。この前年には女真族のヌルハチが「後金」を建国するなど、秀吉さまとの戦争の後遺症で明帝国は弱体化し、もはや朝鮮を救援など出来る状況ではなくなっていました。日本が本当に攻めてきたら、文禄・慶長の時のようには守りきれそうもなかったので、朝鮮王国が心配する十分な理由があったのです。

また、秀忠公とお江の姫である和子の入内の根回しをする必要もありました。ちょうど秀忠公が在京中に後陽成上皇が亡くなり、いったん話は進まなくなりましたが、翌年から事態は急展開していきます。

江戸では竹千代君（家光さま）が跡継ぎに決まったことから、十一月に西の丸に引っ越しされることになりました。いま皇居があるのは、江戸城西の丸のあとです。家康公が江戸へ下られたときに使われていた御殿に住まれることで、三代将軍は家光さまということに世間も納得したわけでございます。

「具足始」というのは、武家の子が元服に先立って行う通過儀礼の一つです。竹千代君の「鎧親」を勤めたのは、賤ヶ岳七本槍の一人で伊予松山城主だった加藤嘉明さまでした。外様大名でしたが、戦国の生き残りということで選ばれたのです。

竹千代君は具足の重さにふらついてしまい、周囲はいささかこの心もとない惣領息子にため息をついたものです。竹千代君は無口で、家臣の者たちに声をかけることも少なく、側近たちもたいへん心配しておりました。

後水尾天皇のもとに将軍家から姫を入内させるという話は、天皇の即位のころからささやかれていたものです。これはそれほど突拍子もないことではありません。天皇の実母でおられる近衛前子さまも、秀吉さまの養女として後陽成天皇のもとに入内されているのですから。

ただ、なかなか話は具体化しませんでした。ひとつには、元和四年（一六一八年）にお与津御寮人が賀茂宮さまを出産されたことがあります。お与津さまは四辻公遠という公家の姫で、その姉妹は上杉景勝さまの継室となられ、定勝さまの生母でおられます。天皇が何人もの女性を側に置かれるのは当然なのですが、婚礼の直前ともなると、やはりあまり好ましい話ではありません。当然、秀忠公やお江も不愉快な気持ちになりました。入内の話はとりあえず、前へ進まなくなったのです。

江戸城では、大奥の御法度が定められ、男子禁制になりました。このころまでは、大奥の女性たちも世間との付き合いができたのですが、こののちはだんだんと、ドラマで見るような「女の園」になっていくのです。

高次の母である京極マリアが死んだのもこの年でした。高次の弟高知の領地である丹後でキリシタン布教につとめていたことは、すでに書いたとおりです。キリシタン弾圧が厳しくなる中での死でした。高知が亡くなったのは、その四年後のことでした。

第6章コラム

近江出身の大名たち（1）

江戸時代の三百諸侯のうち、三河、尾張、美濃出身で七三パーセントにもなります。それに次ぐのが近江で十二家です。千石以上の旗本でも同様で、近江出身者は八百四十家のうち五十五家です。関ヶ原で西軍についたものが多かったので減ってこの数字で、豊臣時代にはもっと大きな割合でした。

江北の守護だった京極家が丸亀、多度津、豊岡、峯山の四箇所で大名の地位を保ったことはエピローグに詳述します。石田三成は坂田郡石田の出身で、浅井旧臣。父と兄も大名で、預かり地もあったので実質は三十万石を超していました。五奉行の一人で大和郡山城主の増田《ました》長盛は東浅井郡益田、あるいは尾張増田町の出身と両説あります。関ヶ原で三成の盟友だった大谷吉継は豊後出身ともいいますが、伊香郡余呉町大字小谷の可能性が高いようです。

庭園づくりの名人小堀遠州も、父が浅井旧臣。子孫は大名としては改易されましたが、旗本として存続しました。賤ヶ岳の七本槍の一人で竜野藩祖の脇坂安治は、小谷城のすぐ西側の出身。常陸麻生藩祖の新庄直頼は坂田郡朝妻城を守っていましたが、姉川の戦いのあと信長、次いで秀吉に従いました。

（二七七ページにつづく）

第7章　お江とお初の晩年

第7章

年号	西暦	出来事
元和五年	一六一九	秀忠上洛（五月）。福島正則を改易（七月）。伏見城代を大坂に移す（八月）。直江兼続死去（十二月）。
元和六年	一六二〇	和子入内（六月）。竹千代を家光と改め、従二位権大納言に叙任される（九月）。
元和七年	一六二一	お江、養源院を再興する。織田長益、死去（十二月）。
元和八年	一六二二	本多正純改易（十月）。
元和九年	一六二三	上杉景勝死す（三月）。秀忠上洛のため江戸を発つ（五月）。家光上洛のため江戸を発ち（六月）、伏見城に入る。家光、伏見城で将軍宣下を受け、正二位内大臣に叙任（七月）。家光、参内。秀忠、家光、大坂へ下る（八月）。家光京都発（閏八月）。お江が生んだ和子、後水尾天皇との間に興子内親王（のちの明正天皇）をもうける（十一月）。鷹司孝子が家光に輿入れ（十二月）。
寛永元年	一六二四	スペインと断交（三月）。忠長駿府五十万石を領す（七月）。高台院没（八十三歳）。遺領の内、三千石を近江に替え、木下利次が嗣ぐ。秀忠西の丸へ移る（九月）。家光本丸へ移る。和子、中宮となる（十一月）。この年、京極忠高（お初継子）、越前国敦賀郡を加増。
寛永二年	一六二五	家光と鷹司孝子の正式の婚礼がなされ孝子は「御台」と呼ばれる（八月）。和子に女二宮誕生（九月）。

寛永三年	一六二六	本多忠刻（千姫の夫）、死去（五月）。秀忠京都着（六月）。家光京都着（八月）。後水尾天皇二条城行幸。家光左大臣任、秀忠太政大臣任。お江、江戸城で没す（五十四歳・九月）。和子に高仁親王誕生。お江に従一位を遺贈（十一月）。
寛永五年	一六二八	本多忠刻・千姫の娘勝姫、池田光政へ輿入れ。
寛永六年	一六二九	紫衣事件（七月）。家光の乳母お福、後水尾天皇に拝謁し、「春日」の局号を得る（十月）。後水尾天皇譲位し、明正天皇即位（十一月）。この年、和子に女三宮誕生。
寛永七年	一六三〇	山田長政が暗殺され日本人町が衰退へ。京極忠高正室、初姫（お初養女）死去。
寛永八年	一六三一	春より秀忠病む。忠長に甲斐蟄居を命ず（五月）。
寛永九年	一六三二	秀忠死去（五十四歳・一月）。和子に女五宮誕生。加藤忠広を改易（五月）。忠長に上野高崎への逼塞を命じる（十月）。
寛永十年	一六三三	常高院、江戸で没す（六十四歳・八月）。奉書船以外の渡航と長期滞在在外邦人の帰国禁止。忠長自害（十二月）。
寛永十一年	一六三四	徳川家光が上洛。これ以降、幕末まで将軍の上洛はなかった。京極忠高、松江二十六万石に栄転。
寛永十四年	一六三七	京極忠高（お初継子）死去。高和に竜野六万石が与えられる。
正保二年	一六四五	天秀尼（秀頼娘）死去（三十七歳）。賀子内親王（お江孫、和子娘女五宮）降嫁。
万治元年	一六五八	京極高和、讃岐丸亀城に移る。

元和五年～六年（一六一九年～二〇年）
浅井旧臣の藤堂高虎が和子入内の根回し

福島正則さまは大政所さまの縁者ということで、秀吉さま譜代の家臣たちのなかでも特別な存在でございました。世間では虎退治など派手な逸話が多い加藤清正さまの方が人気ですが、年上の福島さまの方がワンランク上で、関ヶ原の前には清洲、戦後は広島という要衝を居城とされていました。

大坂の陣の前にも、蔵屋敷にあった米を城内に運び込むことを承諾したり、豊臣大名としての筋を通されましたが、大坂と江戸が手切れとなると江戸に幽閉されて身動きがとれませんでした。

その福島さまが、広島城が洪水で傷んだので修理をしたいと本多正純さまに口頭で伝えて工事にかかられたところ、これが武家諸法度違反に問われます。

本多さまが福島さまを罠にはめられたのか、本多さまの力が落ちていて、口頭で了解していたとおっしゃったにもかかわらず秀忠さまが承知されなかったのかは分かりません。

ただ、福島さまが広島城を没収するという処分を聞かれて、「大御所さまがご存命なら言いたいことはあるが御当代にいっても無駄だ」といったといいますから、秀忠公がこの厳しい処分の推進者だったことはたしかです。

福島さまの件も、家康公が亡くなられて幕府が甘く見られないようにあえて犠牲として選ばれたという面もありますし、秀忠公が自分の気に入った大名を取り立てようとすれば、なにか理由を付けて取りつぶしをしないと分け与えるべき領地もないということもあったのです。

しかも、この福島さまのあと、広島には、和歌山から浅野長晟さまが移られ、そのあとには、駿府から徳川頼宣さまがあてられました。頼宣さまは家康公の第十男ですが、豪気な性格で家康公からおおいに気に入られ、大御所の城であった駿府城の城主として同居されるという特別扱いを受けておられました。

秀忠さまは、いずれ子どもたちのライバルになりかねない野心家の弟を、遠い紀州に追いやられたのです。

和子姫の入内は、お与津御寮人がこんどは梅宮という皇女を出産されたことで秀忠さまはますます不機嫌になり、先伸ばしとなりました。後水尾天皇は「そんなに私が不品行だといいたいのなら私は譲位する」といって抵抗されますが、これを聞いた秀忠さまは、お与津御寮人の兄たちを流罪にして天皇から側近を引き離しました。

九条忠栄（幸家）さまは、お江と羽柴秀勝さまの娘である完子の夫です。この忠栄さまが再び関白になっていました。九条家と並ぶ藤原氏の名門近衛家では、当主の信尋さまが後陽成天皇の皇子が養子となった者だったこともあって、藤原氏を代表するのは忠栄さまだったといえます。

この忠栄さまがどのように義妹の入内に動かれたのかは分かりませんが、陰ながらできることはされたのでないでしょうか。もう一人、こみいってしまったこの難問を解きほぐすのに活躍したのが、浅井長政の家来だったこともある藤堂高虎さまでございました。

素朴な三河武士でこわもてでしか交渉できない譜代衆とは違い、粘り強い外交交渉を重ね、ようやく、元和六年（一六二〇年）二月になってだいたいの話がまとまりました。

豪華で広大な女御御所も建てられました。そして、五月には代母役の阿茶局に伴われて和子さまが江戸を出立。六月十八日に入内の運びとなりました。

この年、竹千代君が家光と名乗られました。はじめは家忠のはずだったのですが、公家の花山院家の初代と同じ名だというので朝廷が難色を示し家光になりました。また、国松君も忠長と名乗られることになりました。

元服されたのもこの年のはずですが、正確な日取りは記憶にありません。

元和七年（一六二一年）
伏見城廃城と大坂城再建

伏見城は太閤殿下の城として知られ、その思い出を消すために徳川氏は廃城としたなどという伝説があります。

しかし、徳川にとってもこの城は大事な城です。家康公も秀忠公もここで将軍宣下を受けられていますし、家康公は慶長十二年（一六〇七年）に駿府に移られるまでここにお住まいになっていたのです。

それ以降、一部の建物などは駿府に移されたようですが、畿内における徳川家の本拠地はやはりこの伏見城でした。

大坂夏の陣で豊臣家が滅びたあと、家康公はとりあえず、孫で養子にした松平忠明さまに十万石を与えて、戦後処理と大坂の復興に当たらせました。

忠明さまは天満のあたりにお住まいだったようで、将来、大坂を忠明さまの城下町にするのか、別の使い方をするのかは懸案事項になっていたのです。一方、伏見城にはのちに松山藩祖となられる松平（久松）定勝さまが城代としておられました。

元和五年（一六一九年）秀忠公は伏見城を廃城にする一方、大坂城を本格再建して徳川の西日本の拠点とし、一方で二条城を充実させて徳川の京都での窓口にするという決断をされました。

つまり、いったん廃城になった大坂城を復活させ、この町を西日本の行政と全国の経済の中心にしたのは、秀忠公なのです。もし、伏見城がそのまま畿内における徳川の城とされていれば、大坂は小田原のように小さな城下町になったはずです。大阪の人はもっとお江の夫である秀忠公に感謝していいと思うのですが、いかがでしょうか。

伏見城の建物はだんだん各地に移転されていきました。たとえば、天守閣は二条城に移されました。

そして、この元和七年（一六二一年）には、やはり伏見城の廃材を使って、浅井長政の菩提寺として茶々が創建した養源院が前々年に焼失しておりましたので、お江の希望で再建されることになりました。

このとき再建された建築はいまも残っております。関ヶ原の戦いの前哨戦で伏見城が落城した時に残された血痕が、血天井として生々しく残っていることで知られています。

この年の十二月、京都でわたくしたちの叔父の織田長益（有楽斎）さまが亡くなりました。武人としてはともかく、茶人としては高名でした。現在、犬山に京都の建仁寺から移築された如庵《じょあん》という茶室があって、国宝に指定されておりますが、これは茶人としてのセンスが集約された名作とされております。また、東京の有楽町は長益さまのお屋敷があったことに因む地名です。

元和八年（一六二二年）忠直卿の乱心と勝姫の悲劇

現代の同族企業においても、次男以下の扱いはたいへん難しいものです。まして、継嗣の次男以下と伯父叔父たちの上下関係となるとますますややこしいことになります。いつの世も、頭を悩ますことでございます。

そのことは江戸時代の大名たちの家でもたいへんな悩みでした。島津家などでは、四家の御一門家を置きましたが、それぞれの家に嫡男がいても、宗家から養子をとって嗣がせ、嫡男の方は一門でももっと石高の少ない家に養子に出したりさせていました。あの篤姫さまのお父上も、薩摩藩主島津斉宣さまの子として生まれ、今和泉家に跡取りがいるにもかかわらず養子に入られたのです。

徳川将軍家では、家康公の次男である結城秀康さまは特別扱いで、越前六十八万石という領地をあてがわれておられました。その嫡男の忠直さまはそれをそのまま引き継ぎ、しかも、秀忠公の三女である勝姫さまを正室に迎えられていました。

しかし、家康公はのちに御三家の祖となる義直さまや頼宣さまに比べて、忠直さまを少し下に扱おうとされました。

忠直さまは、なんとか秀康さま以来の立場を維持しようとされて、一生懸命に努力されました。とくに大坂夏の陣では奮戦され、真田幸村さまを討ち取るという大手柄を立てられました。

しかし恩賞は、「初花」という茶器だけでございました。足利義政さまが所有されていたのが、信長さま、秀吉さまを経て宇喜多秀家さまに遺贈され、関ヶ原の戦いのあと家康さまの持ち物とされたものです。

がっかりした忠直さまは、だんだん荒れた行動をされるようになります。この前の年には、参勤交代の途中、関ヶ原から引き返されました。そしてこの年には、重臣の永見

徳川家系図

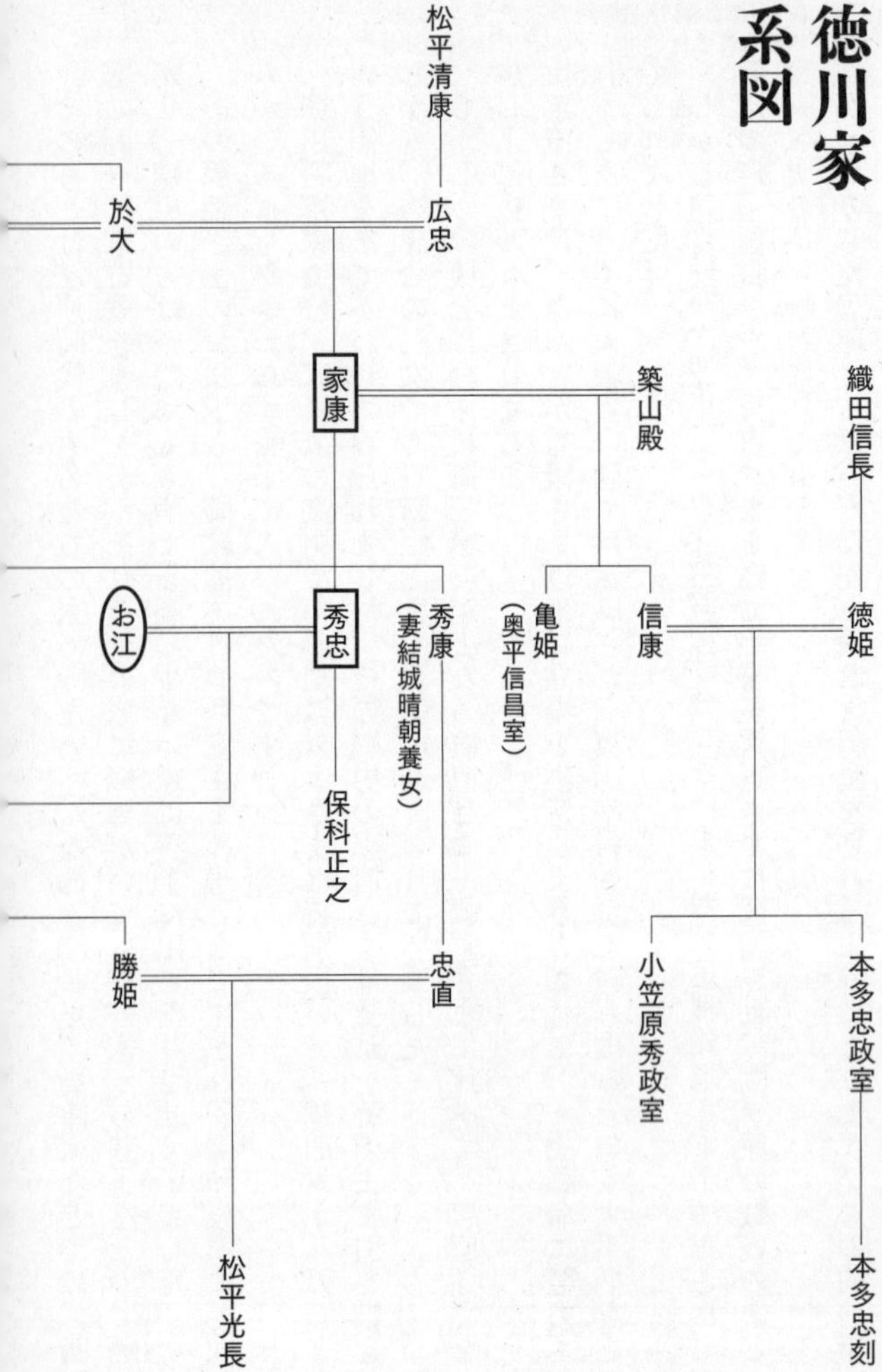

織田信長
徳姫
本多忠政室
本多忠刻
築山殿
信康
小笠原秀政室
亀姫
（奥平信昌室）
松平清康
広忠
家康
秀康
（妻結城晴朝養女）
忠直
秀忠
保科正之
於大
お江
勝姫
松平光長

徳川家は新田家の分家で上野国新田郡世良田(太田市)が発祥の地であり、
そこに東照宮も設けられている。この一族の者が諸国流浪中に
三河国加茂郡松平郷(豊田市)の豪族の入り婿になり松平姓を創始したとしている。

久松俊勝
松平定勝(松山・桑名藩)
水野信元
土井利勝?
忠重(結城・沼津藩)
忠守(山形藩)

督姫(北条氏直・池田輝政室)
忠吉(妻井伊直政女)
振姫(蒲生秀行・浅野長晟室)
武田信吉(妻木下勝俊女)
忠輝(妻伊達政宗女)
義直(妻浅野幸長女)
頼宣(妻加藤清正女)
頼房

千姫(豊臣秀頼・本多忠刻室)
池田光政室
珠姫(前田利常室)
初姫(京極忠高室)
家光(妻鷹司信房女)
忠長(妻織田信良女)
和子(後水尾天皇中宮)

明正天皇
昭子内親王(近衛尚嗣室)
高仁親王
顕子内親王
賀子内親王(二条光平室)

右衛門尉と争って軍勢を送って一族皆殺しにしたり、勝姫に乱暴を働いて殺そうとしたりしました。用心して勝姫の着物を着ていた侍女が斬られてしまうという事件までございました。

さすがに秀忠公も放っておけず、この翌年に忠直さまは豊後に流されることになりました。そのあと、越前は越後高田城主だった弟の忠昌さまに与えられ、嫡男で勝姫さまの子である光長さまには、高田城が与えられました。しかし、忠昌さまは忠直さまの七十五万石から五十万石に減封され、光長さまは二十六万石になってしまいました。

秀忠公とお江さまにとっては、勝姫さまが無事であったことだけは喜ぶべきことでしたが、この不幸な結婚は苦い思いとして残りました。もっとも忠直さまは、豊後に流されてからはすっかり穏やかになられ、お子様もつくられたのですが、これがのちに光長さまの跡取りを巡る越後騒動の原因になっていくのでございます。

また、隣の加賀では秀忠公の次女で前田利常さまと結婚されていた珠姫さまが、二十四歳で亡くなりました。三歳で加賀に下られ、三男五女に恵まれ、子孫は繁栄しましたが、父母に再会することなく北陸で二十年もの月日を過ごして亡くなったのは、お江にとって悲しい出来事でございました。

珠姫さまが江戸に戻られることはありませんでしたが、利常さまが江戸に参勤交代に行って留守にされると、珠姫さまから父の秀忠公に早く帰すようにと催促があったというほど、仲睦まじかったそうです。

もうひとつ、全国の大名に衝撃を与えたのが、宇都宮城主であった本多正純さまの改易でした。正純さまは正信さまの子ですが、駿府で家康公に仕え、その死後は江戸で秀忠公のもとに移りました。

秀忠公とはあの大久保忠隣事件のこともあり、しっくりいかない面はあったでしょうが、政権初期には正純さまの知恵も必要でしたし、秀忠公も家康公の信頼した功臣を軽んずることはよくないと正純さまを重用されていました。

正純さまは二代にわたる重用に増長したのか、父の正信さまは足元をすくわれないために、甘縄一万石に甘んじていたのに、宇都宮十五万石にまで栄進してしまいました。

当然に敵も増えました。とくに、宇都宮城の前城主である奥平忠昌さまが規定に反して城の造作を新任地の古河に運んだことをとがめたことから、忠昌さまの祖母で秀忠公の姉である亀姫の恨みを買ってしまいました。亀姫は家康さまの長女で、母親は築山殿です。

この年の四月、秀忠公が日光に参拝のために旅されたとき、宇都宮城に仕掛けがあって暗殺が企てられているという密告があり、秀忠公が宇都宮を素通りされるという「釣り天井」事件がありました。

秀忠公としては、もともと意に沿わぬ正純さまを、満を持して失脚に追い込んだというところでした。このころ小倉にあった細川忠興さまに子の忠利さまが江戸から送った手紙によると、福島正則さまを改易するのに反対したことや、宇都宮を拝領してから数年たって「似合い申さず」と言って返上しようとしたなどが、出過ぎた悪しき行いだとされていたそうでございます。

本多正純さまは、家内混乱で改易されることになった最上家の領地を受け取るために山形に出張したところでこの処分を知りました。このとき、秀忠公は五万石を残そうとおっしゃったのですが、正純さまは処分されるいわれはないと抵抗され、結局、出羽の横手で幽閉されることになりました。

ともかく、このころになると、秀忠公は家康公の呪縛からようやく脱出されて自信満々で政務を進められます。お江の眼にも、ようやく頼もしい旦那さまと映ったのではないでしょうか。

元和九年〜十・寛永元年（一六二三年〜二四年）
秀忠の隠居、朝鮮への恫喝

将軍宣下は、四代目の家綱公が幼少のため、やむを得ずに江戸城で行ってからは、第十四代の家茂公まで、わざわざ京都まで出向かずに行われるようになりました。

しかし、三代家光さまのときには、家康公、秀忠公のときと同じように、伏見城で行われたのです。

この年の六月には、まず秀忠公が京都に入られ、山科で公家衆や大名衆の出迎えを受けられました。そして、家光さまは七月十三日に伏見城に入られました。伏見城は元和五年（一六一九年）に廃城が決まり、あまり多くの建物が残っていませんでしたが、残ったものに修理を施して使うことになったのでございます。

こうして、七月二十七日に勅使を迎えて、征夷大将軍、源氏氏長者、正二位内大臣となった家光さまは、八月六日に牛車に乗って参内して御礼を申し上げました。諸大名も同行しましたが、そのなかには、御三家や、前田利常、京極忠高、織田信良、それに毛利秀元や立花宗茂といった関ヶ原の生き残りの方々の姿もありました。

そして、内侍所で後水尾天皇に拝謁、そのあと妹である和子さまとも対面されました。お江は江戸にありましたが、彼女の人生において、絶頂の瞬間だったのかもしれません。

このとき、秀忠公と家光公は工事が進む新しい大坂城を視察に出かけています。家光公にとってはともかく、秀忠公については、お江や千姫さまの気持ちを察すると内心忸怩たる思いはやはりあったことでしょう。

このころ、和子さまは懐妊されており、十一月には女宮さまを出産されました。のちの明正天皇です。また、同じころ、九条幸家さまとお江の娘である完子の子で二条家に養子に出ていた康道さまが、後水尾天皇の同母妹である貞子内親王と結婚しております。

将軍になられたものの、家光公が江戸城本丸に移られるのは、翌寛永元年（一六二四年）のことになりました。秀忠公ははじめは駿府に移られるつもりで、ついで、小田原という案もありましたが、近くにいて欲しいという家光公の希望もあって西の丸にということになりました。

詳しい事情は分かりませんが、お江がだんだん弱ってきていたことも引っ越しが中止になった理由かもしれません。

この年に、甲府城をもらっていた忠長さまに駿府城が与えられましたが、これとどういう関係かは不明です。秀忠公がお使いにならないことになったので忠長さまにということになったのか、もともと忠長さまに駿府を差しあげるのは既定路線で、忠長さまと秀忠公が同居されることを家光公が嫌われて、秀忠公が江戸城西の丸に移られたとも解釈できるからです。

この年に忠長さまが織田信雄さまの孫で、小幡藩主織田信良さまの姫である昌子さまと結婚されました。織田家との縁組みがお江の希望によるものであることはいうまでもありません。

このころ、薩摩の島津家久さまが、忠長さまを養子に欲しいという打診をしてきました。家久さまは義弘さまの実子ですが、伯父の義久さまの姫を正室とされ、久しく側室を置けず、このころは、お子様がおられなかったのです。しかし、秀忠公は「島津家は源頼朝公の血筋を絶やしてはならない」といって断られたそうです。

この島津家久さまは、この年ご家族を領地でなく江戸に定住させたいと申し出され、これがだんだん広がって大名方の正室や嫡男は江戸居住が原則になりました。大名同士での縁組みが普通ですから、彼らにとっては親戚づきあいも楽になり、女たちにとってはありがたいことですが、江戸の派手な生活は各大名やその領民にたいへんな負担をかけることになりました。

この年、朝鮮から将軍就任を祝う使節がきましたが、家光公からは「朝鮮との和平が破れれば諸大名でことを起こすものも出るだろう」という言葉がかけられました。このころになっても、日朝間ではいつ再戦することになってもおかしくないという気分は続いていたのです。言外に、朝鮮が礼を尽くさなければ、また、攻めるという脅しでもありました。

京都では、和子さまが中宮になられました。

古代には天皇の正室を皇后と呼んでいましたが、中世になって院政が始まったり、藤原道長がもともと正室がいるのに自分の姫を押し込もうとしたりしたことから混乱し、一時は、それぞれの天皇ごとでなく、皇室全体で女院、皇后、中宮という三人が三后としておられることになりました。

さらに、南北朝の混乱から立后という仕組みも廃れ、一時は、女御が正室にあたる時代、さらに、それもいない時代もありました。なにしろ、立后などという儀式にはお金がかかるので嫌われたのです。むしろ、最終的に女院となることがもっとも栄誉あることになったのです。

後陽成天皇のとき、近衛前子さまが秀吉さまの猶子ということで入内されてひさびさに女御になられていたのですが、このほど、中宮が復活することになったのです（ちなみに皇后は後醍醐天皇のとき以来、幕末の仁孝天皇の時に復活するまで空席でした)。

この年、高台寺におられた北政所さまが八十三歳で亡くなりました。幕府からそれなりに領地などもらい、生活には不自由しませんでしたが、豊臣家は滅び、豊国神社も破壊するというのを、懇願して朽ちるに任せることだけを許され、侘びしい晩年でございました。

一方、わたくしの継子である京極忠高には、越前国敦賀郡が加増されました。ここには金ヶ崎城がありますが、信長さまが攻撃されているときに浅井が朝倉に寝返って信長軍に攻撃をかけた因縁の場所で、わたくしとしては複雑な気持ちでした。

寛永二年(一六二五年)

佐々成政の孫娘が家光の御台所に

家光さまの御台所は鷹司孝子さまでございます。はじめ、黒田長政さまが自分の娘を必死に売り込んで、下馬評ではそれで決まりとすらいわれておりました。伊達政宗さまが忠輝さまに、加藤清正さまが頼宣さまに正室を送り込んでいることから、黒田さまとしても期するところがあったのでしょう。

しかし、お江が秀忠さまと結婚したときは、まだ、徳川家も一大名に過ぎませんでしたから、天下人の正室はどこから求めるかは難しいところでした。

足利将軍家は代々、中級公家の日野家から正室を迎えていましたが、最後の将軍義昭さまの母でおられる将軍義晴夫人は近衛家の出身でした。そんなことから五摂家からはどうかということになったと聞きました。

家光さまはお江の意向で、鷹司孝子さまと婚約されました。孝子さまの母上は、信長さまの家臣で越中富山城主として柴田勝家さまの与力だった佐々《さつさ》成政《なりまさ》さまの娘でしたから、わたくしたち姉妹にとっても母のお市を通じてご縁もあり、納得できる縁談でございました。

まずはお江の猶子ということにして江戸に下らせたのですが、お江はたいへん気に入ったようです。元和九年（一六二三年）に輿入れ、この年に祝言がございました。

しかし、この結婚は残念ながらうまくいきませんでした。孝子さまが嫉妬深すぎたとも言われますし、家光公が美少年ばかり好んで女性を嫌っていたとか、母であるお江に対する反発など、いろいろな理由が世間で取りざたされています。わたくしにも詳しいことはよく分かりません。

大奥から追放されて、江戸城中ノ丸の御殿に孝子さまはお住まいになりました。もっとも、のちに、弟の鷹司信平さまが旗本として取り立てられ、家綱さまの時代になってからですが、紀州の頼宣さまの娘婿となり、その子孫は、上州吉井で一万石の大名ながら格式は御三家などと同じ大廊下上之間という特別な扱いを受けるようになりました。

また、孝子さまも京都への旅行を許されており、その意味では、いちど江戸に下ると二度と京都に戻れなかったほかの奥方よりいいこともあったわけでございます。この年に中宮様が再び出産されたのですが、また、女宮さまでございました。

寛永三年〜五年（一六二六年〜二八年）
お江の死と千姫

二条城には、家康公と秀頼さまが会見された部屋というのも残っていますが、その当時の二条城はお屋敷に少々の防備を施したといった趣のものでございました。

それでは、大政奉還の舞台ともなった壮大な二の丸御殿はいつのものかといいますと、この寛永三年（一六二六年）に後水尾天皇が行幸されたときに造営されたものなのです。

武家の頭領が自邸に行幸を仰ぐというのは、このうえなく名誉なことです。足利義満公が室町将軍だったときの後小松天皇による北山第行幸、そして、豊臣秀吉さまの聚楽第への後陽成天皇のそれは、いずれも後世に至るまで語りぐさでございました。

織田信長さまも、安土への正親町天皇の行幸を準備されていたことはすでに書いたとおりです。そういう意味で、秀忠公が後水尾天皇の二条城への行幸を、徳川の天下が安定したことを示す象徴として計画されたことは当然のことでございましょう。

この行幸が滞りなく終わった直後の九月十一日に、江戸からの使者がお江が倒れ、危険な状態であることを告げました。

その日の夜には、忠長さまが京都を発って江戸に向かわれました。昼も夜もなく道を急がれ、お供の者たちもついて行けなかったそうです。が、十五日に忠長さまが到着されるほんのいっときまえにお江は息を引き取り、死に目には間に合いませんでした。このとき、お江の主治医で当時の名医として知られた今大路道三は、秀忠公一行に随行して京都に来ておりましたが、体調を崩しておりました。お江が倒れるという報せに早駕籠で江戸へ下りましたが、途中の箱根で亡くなってしまったのは気の毒なことでした。この道三の娘は中宮和子さま（東福門院）に仕え、宮尾登美子さんの小説『東福門院和子の涙』では語り部になっています。

行幸に際して秀忠公は、もう家康さまもおられないので遠慮せず、お江を京都に連れて行きたかったのでしょうが、すでに書いたようにお江もだいぶ弱っていたようなのです。しかし、秀忠公一家にとっては晴れがましい旅でしたし、忠長さまも駿府城主として張り切って上洛の差配を担当していたのですから、お江としては満足な気持ちで一行を送り出したのです。

しかし、一人になってほっとしたあたりから疲れが出て、行幸が無事終わったというころ、ついに緊張の糸が切れたのでしょうか。いずれにせよ、こののちの忠長さまの悲劇など予感さえしなかったでしょうから、幸せな死だったと思います。

葬儀は秀忠・家光両公の帰城を待ち行われました。そのために遺骸が傷んだものか、麻布我善坊谷（麻生郵便局の裏）で荼毘に付され増上寺に葬られました。そして、従一位が遺贈されましたが、そのときの名は達子ということになっています。

一方、姫路では千姫さまの二番目の夫である本多忠刻さまが亡くなり、千姫さまは娘の勝姫さまと共に出て江戸城に入り、出家して天樹院と呼ばれるようになられました。千姫さまは若君ももうけられたのですが、病気で亡くされ、木造の観音像の胎内に秀頼さま筆の「南無阿弥陀仏」の名号を納め御神体として崇めてお祀りするので、千姫の守り神となって欲しいという千文字もの祈願文を捧げました。

また、毎年のように出産しておられる中宮（和子）さまですが、この十一月、ついに男宮さまが誕生されました。高仁親王であられます。ようやく親王を得られた後水尾天皇は、寛永四年（一六二七年）の四月ごろ、あと二年たって高仁親王が四歳になったら譲位したいという意向をもらされました。幕府の方でも異存なく、さっそく、小堀遠州さまを作事奉行にして仙洞御所を新しくつくることになりました。

場所はかつて高台院さまが大坂城から移られてお住まいになられていた三本木のあたりです。小堀遠州さまはもともと、近江の浅井郡の出身で、父が浅井旧臣です。

しかし、高仁親王は寛永五年（一六二八年）、わずか三歳でこの世を去りました。

千姫さまは、夫であった本多忠刻さまが亡くなったあと、残された勝姫さまとともに江戸にお住まいでしたが、寛永五年（一六二八年）に勝姫さまは池田光政さまの元へ嫁がれました。姫路城を築かれた池田輝政と中川清秀さまの姫とのご長男である利隆さまを父とし、榊原康政さまの姫を母とする方です。

池田光政さまは寛永九年（一六三二年）に岡山へ移り、仁徳にもとづいて善政を行い、江戸時代の前半でも最高の名君と呼ばれるようになる方ですが、この名君を支えたのが千姫さまの娘である勝姫さまなのです。

寛永六年（一六二九年）後水尾天皇が譲位し明正女帝が誕生

春日局が亡くなるころ、家光公の病気平癒を願って、自分はいっさい薬をとらないと誓ったからといって、家光公がいくら言っても薬を口にしなかったというお話がございます。

その家光公の病気というのが、この年の閏二月にかかられた疱瘡でした。一時は危篤にまで陥られましたが、家光公の枕元に祖父の家康公が立たれ、一命を取り留められました。

家光公は本復されたのち、四月に日光に社参されました。春日局も、お伊勢さまと京都郊外の愛宕神社へお礼参りにでかけることになりました、

この機会に春日局は御所に昇り、後水尾天皇に拝謁なさいました。もちろんそのような官位などあるはずはありませんが、武家伝奏の三条西実条さまと縁戚関係があったことから、その妹分ということになりました。このときに与えられた名が「春日局」なの

です。

乳母にこのような便法で昇殿を許すなどというのは前代未聞のことでしたから、土御門泰重さまは「帝道が民の塗炭に落ちた」と嘆かれました。

このような無理筋が朝廷と幕府の信頼関係に傷を付けたのは事実でございますが、譲位問題の解決を図るためには、これまでの京都所司代などとは違うレベルでの調整が必要でした。この機会に、中宮さまと家光さまの意を呈した春日局が率直な意見交換をすることは意味があり、また、家光さまが大事に思う春日局にこのようなかたちで褒美を与えることは、朝廷にとっても意味のあることでございました。

譲位は突然に行われました。その前に中宮さまの姫である女一宮に内親王宣下があったのはその予兆だったのですが、所司代板倉重宗さまはそれを見逃しておられました。

そして十一月八日に後水尾天皇は、公家たちに束帯で伺候することを命じ、各人が席についたところ、園基音さまが譲位であることを告げ、儀式をたんたんと進めたのでございます。

その翌日の夕刻になって、板倉さまは中宮さまの書状をもたせて江戸へ向かわせ、秀忠公や家光公にこの報せが伝わったのは十三日のことでした。

江戸では、この天皇みずからのクーデターともいうべき事態に激怒いたしました。幕府では復位をもとめるとか、厳しい罰を科そうかなどという議論もありましたが、そうすれば中宮さまを窮地に陥れますから、最後は、この譲位と即位を認めざるを得ませんでした。

なお、この年に中宮さまは、女三宮を出産になられました。

寛永七年(一六三〇年) 養女初姫の死と忠高の相撲見物

奈良時代から久しぶりの女帝である明正天皇の登極については、このころ幕府の顧問格として日本を儒教国にしようとしていた林羅山が、強く反対していました。

孔子の教えは古くから日本にも伝わっておりましたが、誰もがそれを生き方や社会の道しるべと認めていたわけではありませんでした。林羅山を家康さまが顧問として登用されてから、日本もだんだん中国や朝鮮と同じ儒教国になったというわけです。

本当のところ、なぜ、幕府があれほど譲位に反対だったかはなかなか説明が難しいですが、わたくしはそんなことも背景にあったのだと思います。

女帝になってしまえば結婚できなく子孫が望めなくなるからという説明もありますが、中宮さまにはほかにも皇女がおられたのですから理由にはなりません。

譲位されたことで中宮さまは東福門院と名乗られましたが、このころは、まだ、後水尾天皇の母である中和門院が健在でおられました。「女院」はどの天皇の后だったかにかかわらず定員一人でしたから、そのまましばらく和子さまは中宮さまと呼ばれておられましたが、この本では、これからは東福門院さまとさせていただきます。

そしてこの年、初姫が亡くなりました。子のいないわたくしが養女にもらった秀忠公とお江の四女で、夫の京極高次の子忠高と娶せたのです。徳川家と京極家を結んで、京極家を安泰にしようという心づもりでしたのに……。

忠高と初姫の関係は、あまり良くなかったようです。初姫が病に倒れても、忠高はあまり姿も見せず、死の床にあって秀忠公側近の土井利勝さまらが見舞いに駆けつけたときも、相撲見物に熱心で駆けつけなかったというのです。

もっともこれは、相撲見物の場所が混乱していて、取り次ぎ役の所在が分からず、使いにいった者が、殿様に直接には言葉をかけられないと困惑しているうちに時間が過ぎたのだという人もいます。

また、初姫が、忠高が家来と自分の悪口を言っているのを聞いてしまって、ノイローゼになったこともあったそうです。

初姫は幕府の者に忠高への不満を言ったらしく、これを聞いて怒った父親の秀忠公は、葬儀を小石川伝通院で行い、忠高は葬儀に出ることを許されなかったとのことですから、やはりふたりは不仲だったとわたくしは悲しくなるのでございました。

初姫の墓もまた伝通院に置かれたのですが、将軍家や御三家の姫が実家の墓に葬られることはほかにも例があり、初姫だけではありません。それも含めてですが、初姫のことについてよく引用される細川忠興さまの手紙の内容には、少し誇張があるのです。

寛永八年（一六三一年）
駿河大納言のご乱行

駿河大納言忠長さまの立場の難しさは、長く男子がなく、しかも女性をあまり近づけられなかった家光公にもしものことがあれば、弟である忠長さまが将軍になることが予定されていたことにございました。

歴代の将軍で八代将軍吉宗公の長男でおられた家重さまと、次男で聡明だった田安宗武さまの仲の悪さはよく知られておりますが、この場合には家重さまに家治さまという立派な跡継ぎがおられたので、宗武さまが少し遠ざけられたというだけのことでしたし、諸大名も宗武さまには近寄ろうとされませんでした。

ところが、家光さまが若いころは病気がちだったこともあり、そう遠くない時期に忠長さまが将軍になるかもしれないと大名たちも思っていたのです。しかも、西国の大名の参勤交代の途中である駿府に城があるとなれば、立ち寄る大名も多いということになりました。

まして、寛永六年（一六二九年）には家光公が疱瘡で危篤になられたのですから、なおさらでございます。

秀忠公がこっそりとつくられた子で、保科家に里子に出して育てられた保科正之さまは、お江の死後の寛永五年（一六二八年）になって名乗り出られたのですが、まずは、駿府の忠長さまのところにお目通りされておられます。

その忠長さまに、このころから奇っ怪な行動が目立ってこられました。大坂城か百万石が欲しいと秀忠さまにねだられたという噂もありましたし、家来たちをすぐに手打ちにするとか、江戸の町で辻斬りをしたとも聞いたことがございます。

といっても、保科正之さまと会われたときには、家康さまの形見を与えるなど誠に立派な応対をされていますから、どうもお酒が過ぎると豹変されるというようなことではないでしょうか。

この年、駿府城におられるころ、とくに様子がひどくなったようでございます。二月に、小姓だった幕府の船奉行・小浜忠隆の子が囲炉裏に首を突っ込んで火を起こしているときに、刀で首を切り落としたのには、諸大名も驚きあきれました。

幕府からお叱りがあったところ、具足をつけて、誰が密告したのかと家臣を責められたり、秀忠公に家老の朝倉宣正を改易したいと申し出られたりしました。朝倉はお手討ちにされても本望と申しましたが、秀忠さまと家光さまで相談されて、とりあえず、甲府で蟄居させて様子をみることにされました。

お江の死による衝撃で生活が乱れたのを秀忠公にもとがめられ、あるいは家光さまやその側近が秀忠さまとの接触も妨害された結果、絶望して坂道を転げ落ちるようなことになったのではないかと思います。

秀忠公が病に伏されていると聞き、忠長さまはしきりと江戸に出て見舞いたいとおっしゃったのですが、願いは叶えられませんでした。あえて会われなかったのか、家光公の意向を呈して側近たちがそうした希望を秀忠公に伝えなかったのか、知るよしもありません。

ともかく家光公は、この翌年に忠長さまを除封し高崎に移したとき、蟄居中にもかかわらず秀忠公への見舞いをたびたび願い出たとか、秀忠公追善のために駿府に善光寺を創建したとか、秀忠公の上洛の時に、大井川などに船をつなげた橋を臨時に架けたことですら、江戸の防衛のためにあえて橋をかけなかった大御所さまの考えに反した行いだ、と罪状に入れたほど、何でも理由にして忠長さまを追い詰めたのですから、そのくらいのことはあったかもしれません。

寛永九年（一六三二年）

秀忠の死と加藤忠広の改易

「癪」というのは、腹部が急に差し込むように痛くなる病気ですが、秀忠公は寄生虫が原因でこの癪に悩んでおられました。前の年の秋ごろからは、「危ない」という噂も流れ、国元におられた諸大名までも、江戸に集まってこられました。

遠い薩摩から島津家久さままでかけつけられたのですから、将軍家の威光、ここに極まれりといったところです。ただ、忠長さまは江戸入りを乞うても許されませんでした。一月に秀忠公が亡くなると、家光公はその治世のはじめに、肥後の加藤忠広さまを改易されて、諸侯たちを震撼させせました。この事件には土井利勝さまがかかわっております。

土井さまの出自はよく分からないのですが、その姿形は家康さまにそっくりだったといいます。そこで権現様の隠し子ではという噂もありましたが、家康さまの母・於大の方の兄である水野信元さまの子であるという話の方が本当らしく思われます。

水野信元さまは、織田信長さまから武田方に内通しているといわれて、家康さまが切腹させた方です。もともと、信長さまと家康さまの間を取り持ったのがこの方ですが、だんだん増長して、信長さまからも家康さまからも煙たがられていたようです。

その土井さまは、秀忠公にとって右腕というべき存在でしたが、あまりもの実力者ぶりや、強引な大名取りつぶしで恨みをかっておられたのでございます。

そこで土井さまを、家光公が除こうとされているという噂が流され、対応が甘かった加藤忠広さまが取りつぶしの憂き目にあったというわけです。

忠広さまの息子の冗談が思わぬ方向に広がったとも、土井さまが罠にかけられたとも言われていますが、よく分かりません。

ただ、紀伊頼宣さまの奥方は加藤清正さまの姫、つまり忠広さまの姉妹ですから、そのあたりへの牽制という意味もあったかもしれません。

この事件は多くの大名に衝撃を与えたようで、堀直寄さまや黒田長政さまは江戸城であたりかまわず泣かれたといいます。ご機嫌だったのは、加藤さまのあとに肥後を拝領された細川家の面々、そのあと豊前に入られた小笠原家の人たちです。小笠原秀政さまは、信康さまと徳姫さまの姫と結婚されましたが、大坂夏の陣で戦死されています。

秀忠公の亡くなられたあとしばらくは、なにごとにも、年寄り方全員の同意が必要になり、政務が滞ることもございました。

譜代筆頭の井伊直孝さまと一門のなかで長老格になられた松平忠明さまが最高顧問格で、酒井忠世、土井利勝、酒井忠勝といった方々が実務を担当されていました。しかし、酒井さまたちはだんだん遠ざけられるようになり、春日局の子である稲葉正勝、小姓上がりの松平信綱といったところが台頭なさっていきます。

そして、彼らの主導権で忠長さまから領地を取り上げて、甲斐から高崎へ移すといったことも行われました。

この年の出来事でうれしかったのは、わたくしたちの父である浅井長政に権中納言が遺贈されたことです。ちょうどお江の七回忌の年で、これを機会にわたくしたちの父である長政に位がないのは不都合ということになったのでございます。

慶長十六年（一六一一年）に徳川家の遠祖である新田義重さまが贈鎮守府将軍、家康公の父上である広忠さまが贈大納言になられたことが前例になると、朝廷のほうで決めてくださいました。国母として後宮の最大実力者になった東福門院さまが、祖父にあたる長政のために取りはからってくださったのです。

寛永十年（一六三三年）

お初の遺言

周りの人たちが次々と鬼籍に入り、わたくしもだんだん衰えてまいりました。これ以上生きていても、あまり良いこともなさそうでした。あまり先も長くないと思いましたので、忠高あてに遺言をしたためておくことにいたしました。少し長いですし、私の身の回りにいた聞き慣れない者たちの名がたくさん出てきますが、だいたいそのままご紹介いたします。

一、わたくしにもそろそろ死も近づいております。幸い若狭に寺を建てているので、あとのことは、すべてを若狭守（京極忠高）殿にお委せいたします。

一、若狭の常高寺のことは、くれぐれも頼みます。たとえ国替えがあったとしても、小浜で寺が存続するようにお心添えいただきますようお願いいたします。

一、常高寺に今まで目をかけてきましたが、すなわちそれは常高寺の号はわたくしの戒名ですから、どうぞ目をかけていただきたくお頼みいたします。

一、小少将・たき・しん太夫・こさい将・しも・ちゃほにはわたくしがいなくなっても、扶持方をやって、栖雲山の山麓に町屋のように家を並べて住まわせてやってほしい。もし国替えがあったら、町人並みに役を持たせて、いつまでも同じようにしてやってほしい。

一、この年寄りたちには十太夫を世話役に付けてほしいが、十太夫にも生活できるようにしてやってほしい。

一、楊林・祖旭は出家したいと言っていますが、小少将と一緒に暮らすようにと言ってほしい。若い者は初めは悲しくて比丘尼になりたいというかもしれないが、のちには行儀も悪く、人目も悪くなるだけなので、そのようなことをしないようにしてほしい。

一、若い小姓たちの中で若狭守殿が気に入る者がいれば、用いて、ゆくゆくは京極家の家臣としてほしい。残りの者は親の元へ戻してやって下さい。

一、お古奈（氏家行広女。常高院養女）については、わたくしがいなくなったならもうあなたしか頼る方はいないので、どうぞよくよく面倒をみてやってください。大納言殿（公家今出川宣季・古奈の夫）が亡くなったら、年も若くないから比丘尼になりなさいと本人にも言ってあるから、あなたもそのようにしてやってほしい。

一、作庵（浅井長政の庶子・喜八郎か）のことは今まで苦悩であり迷惑なことであったけれども、今さら捨てられないので過分の知行を、わたくしの分と思って、与えてやって下さい。これから先も御不肖なことではありますが、今までと同じように御目をかけていただきたくくれぐれもお頼みいたします。

一、六郎左衛門のことは、これまでと変わらず御目にかけて、ひきつづきご奉公させてやってください、お頼み申します。

一、さわきさくえもん、九左衛門のこと、変わらずに御目をかけて下さい。お頼み申します。

寛永十年七月二十一日
若狭守殿まいる
常高院

第7章コラム

近江出身の大名たち(2)

片桐且元は浅井旧臣で小谷城東側の須賀谷出身。茨木藩は無嗣断絶しましたが、弟の大和小泉藩は存続しました。二代目の石州は茶人として知られます。浅井郡の速水守久は、秀頼に仕えて大坂の陣で自害。鳥取城主だった東浅井郡宮部の出身宮部善祥房継潤は、比叡山の僧から浅井家臣となりましたが、秀吉に下りました。子の長熙が西軍に属し所領没収となりました。

犬上郡甲良の藤堂高虎は、浅井長政、豊臣秀長などに仕えたのち、津城主となりました。支藩として久居《ひさい》藩があります。福岡藩黒田氏は近江源氏で伊香郡木之本出身ですが孝高《よしたか》の曾祖父が備前に移りました。関ヶ原のあと石田三成を捕らえて柳川城主になった田中吉政は、高島郡あるいは浅井郡の出身で宮部氏に仕えたともいいます。息子の代で無嗣断絶です。

蒲生郡の日野にあった蒲生賢秀《かたひで》は藤原秀郷の流れと称し六角氏に属していました。子の氏郷は信長の娘婿となり、伊勢松坂を経て、会津黒川に送り込まれ、故郷の地名に由来する若松と改名しました。氏郷の孫が伊予松山城主時代に無嗣断絶になりました。

佐々木一族で高島郡の朽木氏は、本家は交替寄合でしたが、分家が福知山藩主となりました。

愛知郡の山崎家盛は、父が元六角氏家臣。子孫は京極氏の前の丸亀城主でしたが断絶し、交替寄合。明治元年に大名に復し男爵になりました。

甲賀郡の池田秀氏は、伊予で二万石を領したが西軍に与し改易され旗本となりました。豊後佐伯藩祖毛利高政は、近江源氏の一族の鯰江氏。近衛文麿夫人は毛利家出身なので細川護煕などの祖先でもあります。三井財閥の創始者越後守高利も一族。神崎郡小川の出身で伊予国府（今治）の小川祐忠は関ヶ原で東軍に寝返ったのに所領を安堵されませんでした。子孫に赤ひげ先生のモデル小川笙船がいます。

木村常陸介重茲は、秀次の家老だったが、その子が大坂の陣で活躍し歌舞伎でもおなじみの重成だともいいます。木村由信は、重茲に仕えていましたが、主家の断絶後に美濃北方一万石を得たが関ヶ原で西軍に属し大垣城を守り戦死しました。美濃出身ですが、近江源氏の末流で甲賀郡谷郷があったのが丹波山家藩祖の谷衛友《もりとも》です。建部寿徳は神崎郡の出身で尼崎の郡代などをつとめ、孫の政長は播磨林田藩祖になりました。近江の人で足利幕府に仕えていた宇和島藩主富田信高は夫人が親戚の罪人を匿って改易されました。五奉行の一人長束正家には近江草津説と尾張説があります。

織田信長の重臣滝川一益は甲賀郡出身。岡山藩、鳥取藩の池田氏も同系統ともいいます。六角氏、勢多の山岡氏など江戸大名としては生き残れなかったが大身の旗本となった者も数多く、また、外様だけでなく譜代大名などの重臣にも関ヶ原負け組旧臣など近江出身者が非常に多くいます。本文でも紹介した南部藩出身の原敬は浅井一門です。ただし、彦根藩は石田、浅井旧臣を排除したので重臣で近江出身者は少数です。

エピローグ　残された者たちの江戸三百年

近江に歴代藩主の墓を維持した丸亀藩京極家

こうしてわたくしの一生は終わりましたが、残された人たちがそののちどのような運命をたどったかをお話しいたしましょう。

小浜城主だった京極忠高は、堀尾忠晴さまが跡継ぎのないまま亡くなられたあと、寛永十一年（一六三四年）に松江二十六万石に栄転いたしました。出雲はもともと京極家が守護を勤め、一族の尼子家が戦国大名として活躍した国です。そこに若狭での倍以上の石高で移ったことはまことに誉れでございました。新しい領国で忠高は、松江の城下町の整備や暴れ川として知られる斐伊川の治水など、立派な業績を残しました。幕府の信頼が厚かったことは、石見銀山の支配まで任されたことに現れています。

家臣団もよく統率しましたが、若狭時代の主要な重臣たちには、尼子、団、高瀬、氏家、板倉、榊、山田と懐かしい名前が並びます。松江時代の藩士の名簿をみますと、ほかにも、赤尾、三田村、千田、柏原、多賀、多胡、磯野、山岡、塩津、万木、穴太、九里、安養寺、朽木、国友、八田、布施といったいくつもの近江の者たちの名前がありますし、それらの多くは、丸亀に移ってからも引き継がれています。

しかし、嫡男がいなかったので、忠高が寛永十四年（一六三七年）年に死んだあとはいったん改易され、あらためて、甥の高和が播磨竜野六万石で取り立てられました。養子の件は、前から春日局に口頭でお願いしておいたのに握りつぶされたともいわれ、そのあたりも、お江に対するこの乳母の屈折した感情が窺えます。

このとき幕閣では、伏見城で戦死した鳥居元忠さまの家は跡継ぎがないというので山形二十万石から高遠三万石に減封され、山形は秀忠さまの隠し子だった保科正之さまに与えられたのに、大津城を最後まで守らず開城した京極に六万石はやり過ぎだと井伊直孝さまは仰ったそうです。

しかし、京極は徳川などと対等の家であり、関ヶ原の前の石高に戻すのだから構わないと若狭小浜を私たちから引き継いでおられた酒井忠勝さまが弁護して下さり、なんとか取り潰しを免れたそうでございます。

そののち高和は、万治元年（一六五八年）には、讃岐丸亀に移り、京極家は明治の廃藩置県までこの地を治めました。その子の高豊はわたくしの近江蒲生郡の領地を引き継ぎ、また播磨の飛び地と交換で京極家ゆかりの近江坂田郡の一部をもらい受け、清滝寺を菩提寺として復興し、三重塔を寄進し歴代当主の墓を集め徳源院と改めました。

元禄元年（一六八八年）には、丸亀城下の瀬戸内海に近いところに大名庭園を築き、万象園と名付けました。琵琶湖に見立てた池を真ん中に、近江八景をイメージした庭園が今も残っております。このように、父祖の故郷から遠く離れた四国にあって、わたくしの故郷でもある近江のことを忘れないでいてくれたことは、大変嬉しいことでございます。丸亀では近年も南北朝時代の佐々木道誉にちなんだ「ばさら祭り」が盛大に催されています。

同じ讃岐の多度津藩は、丸亀藩二代目高豊の子の高通が立てた分家です。

京極高豊は、旗本の六角家にも自分の子を養子に出して、あとを嗣がせています。

高次の弟高知は丹後一国をいただきましたが、高知の遺言で嫡子の高広に宮津、庶子の高三に田辺（舞鶴）、朽木マグダレナの子で養子の高通に峯山と三藩に分かれました。そのうち、峯山はそのまま幕末まで存続しましたが、田辺は但馬の豊岡に移り、宗家の宮津はお家騒動で取りつぶされて、江戸で高家として名跡が残されました。

茶々の孫娘に当たる天秀尼は、鎌倉で縁切り寺として知られる東慶寺で一生を送りました。住職になり、寛永二十年（一六四三年）には、会津の加藤明成さまと対立して出奔した堀主水さまの妻子が逃げ込んできたのを、明成さまの引き渡し要求をはねのけて保護したことが有名です。

天秀尼はここで、正保二年（一六四五年）に三十七歳で亡くなりました。東慶寺は花が美しい寺で外国人に人気があり、ミシュランのガイドブックで三つ星が付けられて話題になりました。

こうして秀吉さまと茶々の子孫はいなくなりましたが、北政所さまの実家である木下家は、備中足守と豊後日出で大名として生き残り、豊臣家の継承者のように世間からも見られています。明治維新になってからは、新政府の意向によって、いちはやく豊国神社を再建して北政所さまへの恩返しをしました。

お江の長女・豊臣完子は現代の皇室にも血統を伝える

秀吉さまの姉の子である豊臣秀勝さまとお江のあいだに生まれ茶々の養女になって九条家に嫁した豊臣完子さまの子孫は、二条家などにあちこちに養子に行ったり戻ったり少しややこしいのですが、九条家に完子の血を伝え、大正天皇の貞明皇后を通じて今上陛下にまで豊臣家の血を伝えているといわれます（一三六～一三七ページ系図参照）。寧々さまの姉の子孫である浅野家は、安芸の太守として栄え、ここにも九条完子の娘が嫁して、子孫たちに血統が伝えられています。

東福門院（和子、秀忠とお江の子）の女五宮・賀子内親王は、二条家へ降嫁されましたが、お子たちには二条綱平さま、二条姫君がおられ、姫君は甲府宰相徳川綱重さまの正室になられました。賀子さまは降嫁されたのが正保二年（一六四五年）で、元禄九年（一六九六年）に亡くなられました。

賀子内親王が使われていた「化粧の間」が嵯峨野にある二尊院に移築されたのは、元禄十一年（一六九八年）ごろと伝えられております。二尊院には二条家の墓地がございますが、賀子さまが亡くなられた後、ゆかりのものとして、二尊院に贈られたとのことでございます。狩野永徳の筆によると伝えられる絵が描かれたお部屋です。

織田家は、信雄さまの子孫が丹波柏原と出羽天童で大名になりました。いずれも初めは石高は低くとも国主並、従四位という待遇を受けていましたが、宇陀崩れとか明和事件といった不祥事で、普通の小大名にされてしまいました。長益さまの系統も大和芝村と柳本で大名になります。

そのほか、織田家は旗本や大きな藩の家老としても多くの家が残っています。近江津田庄にちなむ津田という名字を名乗る分家も多く、瓜の紋をその証拠として伝えています。

浅井家の縁者たちも、各藩の藩士として多くの名前が見られます。大正のころ平民宰相としてもてはやされた原敬は、長政の又従兄弟が三田村姓を名乗り、それが讃岐の生駒さまのもとで五百石をいただいておりましたが、生駒騒動で改易されたために盛岡の南部家に仕官したものの子孫です。

また、播磨竜野の脇坂家、大和小泉の片桐家など、大名や旗本、各藩の重臣でもともと浅井家に仕えていた者もたいへん多く、大名や旗本で近江出身者は三河、尾張、美濃に次ぐ大勢力です。

家光の女性嫌いを癒した美しき尼

徳川家では、わたくしの死んだ四ヶ月後の十二月、ついに、忠長さまが自害に追い込まれました。秀忠さまは、せいぜい忠輝さまや忠直さまのときのように、流罪までと思ておられたはずです。

別に忠長さまのうしろに誰かがついているというわけではなく、謀反にはつながりそうもなかったのですが、家光さまが自分の治世がなにごともなく過ごせるか、過剰に心配になられたのだと思います。

よく、「私は生まれながらの将軍だから大名方のおかげでなった家康公や秀忠公とは違う」といったことをおっしゃったという話がありますが、あれも自身の力への自信のなさの裏返しだったのでございましょう。

わたくしも、この悲劇の流れを止めるために何も出来なかったことがお江に申し訳なく、涙に暮れるばかりです。

家光公は長く美少年ばかり相手にされ、女性をお近づけになりませんでした。しかし、跡継ぎがいないことが、ご自分にもしものことがあったときに将軍となる可能性がある忠長、義直、頼宣といった方々へ大名方などが取り入ろうとする原因になっていると反省されたのか、わたくしが死んだ少し後から様子が変わりました。

とくに、寛永十一年（一六三四年）の、尾張の義直さまが家光さま重病と聞いて、大軍を率いて江戸に向かうという事件には衝撃を受けたようです。

寛永十四年（一六三七年）には、蒲生旧臣の娘で石田三成さまの縁者ともいうお振が、千代姫さまをお産みになりました。のちに尾張家の二代目である光友さまに嫁がれた方です。

そして、寛永十五年（一六三八年）に、ドラマや小説で有名な事件が起こりました。京都六条家の息女が伊勢神宮の神宮寺である慶光院の院主となり、挨拶のために江戸城に来られたのですが、その清楚な尼姿に家光公がひどく心を動かされたのです。いかにも女らしい女性に惹かれなかった家光公ですが、少年のような雰囲気の尼に特別な感情が芽生えたのです。そこで、春日局が無理に頼んで還俗させ、側室にしました。公家といってもその母親は大垣城主である戸田氏鉄さまの養女ですから、好都合だったのです。

残念ながらこの女性が跡継ぎをもうけることはありませんでしたが、これを機会に女性に目を開かれた家光公は何人かの側室を置かれ、五人の若君を得られることになりました。

そのうち、江戸の古着商の養女で春日局がみつけたお楽の子である家綱公が四代将軍に、京都の八百屋の娘お玉が生んだ綱吉公が五代将軍に、そして、正室孝子さまの女中をしていた京都の町人の娘お夏を母とする綱重さまの子の家宣公が六代将軍に、そのまた子の家継公が七代将軍になられましたが、秀忠さまとお江の男系はここで絶え、かつて、秀忠公が駿府から紀州に遠ざけられた野心家の頼宣さまの子孫に将軍職は受け継がれることになりました。

秀忠公には、慶長十六年（一六一一年）に北条氏旧臣・神尾栄嘉娘・静が生んだ若君がおります。旧武田氏家臣の信濃国高遠藩主・保科正光が養子として預かりますが、秀忠公はお江とは二男五女を授かり、仲睦まじく、恐妻家の秀忠公はお江に知られるのが恐ろしくて保科正之さまのことを遂に話せなかったと言われますが、むしろお江をたいせつに思っていたがゆえに、正式の子どもとして認めなかったというべきなのでございます。

お江が亡くなった三年後、秀忠公が初めて正之さまに面会されたとも聞きます。それも、お江の可愛がった次男の忠長さまに促されてのことですから、お江に対して随分と律儀だった秀忠公でした。

この保科正之さまは、家光公が取り立てられ、山形二十万石、ついで会津二十三万石の太守になられます。忠長さまを自害させたあと、正之さまを取り立てられたのは、家光公のお江に対する屈折した感情の発露でしょうか。正之さまとしても、認知されるきっかけをつくってくれた忠長さまに申し訳ない気持ちはあったでしょうに、いかんともしがたいことでございました。

お江と秀忠公とのほかの娘たちのうち、わが京極家の養女となった四女の初姫は子に恵まれませんでしたが、残りはそれぞれにお子がいました。

長女の千姫さまは、再婚した本多忠刻さまとの間に勝姫さま、幸千代さま（三歳で没）をもうけ、勝姫さまはのちに池田光政さまの奥方となり、多くのお子様に恵まれました。

前田家に嫁がれた二女の珠姫さまは、三男五女のお子様に恵まれました。三人の男子はそれぞれ金沢、富山、大聖寺の城主となられ、そののちも子孫に恵まれました。明治になってから前田家は上野の七日市藩主家から養子をとっています。七日市藩の藩祖である前田利孝さまは、利常公の弟ですが、途中で富山藩主家から養子をとりましたので、珠姫さまの血統は今日まで維持されています。

三女の勝姫さまの子である光長さまは、父の忠直さまがご乱心で豊後に流されたあと越後高田二十六万石に移りました。八歳の時です。秀忠さまは成人すれば大きな領地をと考えておられたようですが、家光さまはそのままでしか遇しませんでした。

しかも、嫡子の綱賢さまが光長さまに先だって亡くなられ、仕方なく忠直さまが豊後で儲けられた子の息子を跡継ぎにしたのですが、これをきっかけに越後騒動が起き、五代将軍綱吉公から改易され伊予松山に流されてしまいました。のちに養子を迎え、美作津山藩として名跡は残り、光長さまも九十一歳まで長生きされましたが、勝姫さまの血筋は絶えました。

また、光長さまの娘である国姫さまは福井藩主光通のもとに嫁ぎましたが、男子に恵まれず、側室の子に跡を継がせようとしたところ勝姫さまが怒って騒動となり、板挟みになった夫婦は自害して果てたともいわれています。

勝姫さまには二人の娘があり、亀姫さまは高松宮好仁親王に、鶴姫さまはお江の孫で従兄弟に当たる九条道房公に嫁ぎました。

三姉妹を愛した男たちの肖像

こうして、あの清冽な空気が懐かしい小谷城に、浅井家の娘として生まれ、戦国という時代でも稀なドラマのような人生を送ったわたくしたち三姉妹の一生を振り返ってまいりました。

茶々とお江とわたくしお初とは、それぞれに違う道を歩んだわけですが、ひとつだけ共通するのは、戦国という時代にあっては珍しく、よい伴侶に恵まれたことでしょう。

太閤殿下は、それはそれは女性に優しい方でした。よく気がつくし、まめなのです。いまも北政所さま、茶々、竜子、あるいは養女の豪姫さまなどに送った自筆の手紙がたくさん残っていますが、本当に思わず心がなごむような手紙です。

豪姫さまに狐がついたときいて、稲荷大社に「豪姫から出て行かないなら日本中の狐を殺す」と手紙を送ったことなど、本当に笑ってしまいます。茶々を小田原に呼び寄せるとき、北政所さまに、お前の次に茶々を気に入っているなどと手紙を書いて、茶々の旅行の手配を頼んでいますが、それぞれの立場を立てる配慮に感心してしまいます。

ただこの方は、他人に対して善意を信じすぎるというか、甘いところがありました。秀次事件のときは、最初から秀頼さまが成人すれば譲らせると約束させればなんということもなかったのに、中途半端な対応をしているうちに不安になって、逆に甥の一族を皆殺しにしなくてはならないはめになりました。最期は家康公を信頼しすぎて、死後にもその野望を抑える十分な手だてを講じることなく、亡くなってしまいました。

秀忠公の家族思いも、この時代の人とは信じられないほどです。お江に対して恐妻家という評判で、それは間違いではないと思います。しかし、それだけでなく、大事な伴侶としての思いやりがとても感じられるのです。

子どもたち、とくに、政略結婚をさせざるを得なかった娘たちに対する親バカといってよいほどのむき出しの愛情は、現代的であるとさえいえます。高次の跡を継いだ忠高が、秀忠公とお江の四女でわたくしの養女となった初姫に冷たかったことを知ったときの怒りようといったらありませんでした。結局、初姫の葬式は徳川家で済ませるから、京極家のものは出るなということになってしまいました。

しかし、それで京極家を処分しては、初姫も浮かばれないだろうというので、忠高が改心したころをみはからって、東福門院さまの紹介で公家の園家出身の女性（のちに霊元天皇の乳母で岩倉圓通寺の開祖となった文英尼）を継室にいれるなど京極家の名誉を守るように手配されたのですから、なかなかのものです。

ただ、父親の家康公に対してはなにごともいいなりでした。偉大な父親に反抗すれば、地位を失うだけですし、子どものときからの習い性になっていましたから、どうしようもありませんでした。大坂の処置についても、竹千代君と国松君のことについてもそうでした。お江もその点については、何を言っても無駄だと諦めざるを得ませんでした。

それに、将軍さまとしては、この国をどうしようという広い視野での哲学とか見識がもうひとつ感じられないのは、しょせんは世襲政治家の限界でしょうか。

わたくしの伴侶である京極高次ですが、これも、なかなか面白い人でした。ともかく、室町時代の守護家で江戸大名として生き残ったのは、薩摩、大隅、日向の三国をそのまま維持できた島津を例外とすれば、常陸から秋田に移った佐竹、対馬の宗、信濃から小倉藩主などになった小笠原、名跡だけが越後守護代長尾家に引き継がれた上杉と、わたくしたちの京極家だけなのです。

近江は浅井家に、出雲は尼子家に乗っ取られたのですが、足利、織田、豊臣、徳川の天下の移り変わりを乗り越えて、若狭の国主となり、子孫は出雲や播磨を経て丸亀と多度津藩主として廃藩置県まで頑張ったのです。また、弟である高知の子孫も豊岡と峯山というふたつの藩を保持し続け、あわせますと、四つの藩侯、そして明治になってからは子爵家としてあり続けました。

高次は、浅井と織田の手切れの時は織田に、本能寺の変のあと明智につくという大失敗をしたものの許されるまで隠遁し、関ヶ原でははじめ西軍についていたものの、潮目が変わったとみるや東軍に鞍替えと、なかなか見通しよく身を処しました。

妻であるわたくしや姉妹の竜子のおかげといわれても、ふてくされることもなく軽やかに生きていましたが、大津城攻防戦ではけっこう武人として骨があるところを見せました。戦後、四十万石をやるなどといわれても、そんなに要らないと分相応を心得たところを見せたとも噂された通り、なかなか一筋縄ではいかない男でしたが、だからこそ、この難しい時代に生き残りを成功させたといえるでしょう。

わたくしとしては、子どもを持てなかったのが残念でしたが、お江の子を養女とし跡継ぎの忠高と娶《めあわ》せましたし、その忠高も秀頼さまの子とか、浅井長政の忘れ形見で（異説あり）、大坂の落ち武者である作庵（喜八郎）など、わたくしがあずかるはめになった面倒な人たちの世話を嫌がらずにみてくれました。それに忠高は、小浜や松江の殿様としてなかなかの手腕を見せて、領民のためにつくしてくれたことを嬉しく思います。

わたくしたち三姉妹は、あの小谷城での父との別れ、北ノ庄城での母との別れを忘れた日はありません。いろいろな浮き沈みや泣き笑いはございましたが、それぞれに自分らしく生きることができました。

また、気の毒だった父母の供養を行えたことが何よりの恩返しだったと思います。十七回忌や二十一回忌と遅まきながらも盛大な法事を催し、父長政の戒名である「養源院」という名の菩提寺を建立し、いちど焼失したものの、また再興することができました。また、高野山にわたくしたちが奉納した肖像画のおかげで、母の美しい姿を永遠に残すことが出来ました。

このように生きることができたのも、それぞれの良き伴侶あってのことだと感謝し、また彼らが満足感のある人生を送るのに多少なりとも貢献できたのではないかと思いながら、この日記を終わらせていただきます。

北近江戦国紀行

小谷城のある長浜市は、イタリアのヴェローナとドイツのアウグスブルクという豪華な姉妹都市と縁組みをしている。「ロミオとジュリエット」と「中世の豪商フッガー家」で知られる中世の商業都市は、戦国時代に羽柴秀吉によって創られ、江戸時代には城下町彦根のライバルとして絢爛たる市民文化を咲かせてきたこの町に、まことにふさわしいではないか。

この長浜市は戦後の市町村合併にも背を向けていたが、二十一世紀になってから湖北の八つの町と一緒になり、その南どなりに誕生した米原市の領域と合わせると、かつて、浅井長政、羽柴秀吉、石田三成の領地だった江北三郡にほぼ一致するようになった。

近江の国はだいたい東西南北四つの文化圏に分かれる。そのうち、近江商人に代表されるイメージに近い文化は湖東のものだ。

湖南は蓮如上人や甲賀忍者の活躍の場であって、農民一揆も盛んだった百姓の国だ。

湖西は京都から近く、人々の眼は近江のほかの地域より京都に注がれてきた。それに比べると湖北は、気候も人情も北陸や濃尾に通じるものがある。

湖北の空気は湿り気があるので、乾燥が大敵の絹織物産業に向いているのは北陸と同じだ。琵琶湖は湖南では浅いが、竹生島のあたりでは一〇〇メートルもの深さがあり、奥琵琶湖では断崖絶壁が湖面に落ち込み、水はひたすら澄んでいる。そして、人々はたいへん信心深く、ひごろは質素な生活だが、嫁入り支度の豪華さに代表される一点豪華主義的な気風もある。

羽柴秀吉が秀勝（石松丸）という長子の誕生を祝って振る舞った金子を使って始まったといわれる、長浜曳山まつり（四月十三～十六日）はその象徴だ。しかも、美的センスにも長じていることは、戦国時代にも、浅井旧臣から小堀遠州や海北友松（画家）を出したことでも証明されているだろう。

湖北までどのように行けばよいのか、分かりにくいかもしれないが、案に相違して交通は便利である。新幹線の米原駅から長浜駅までは、わずか、十三分である。この長浜、さらには、その先、敦賀まで「新快速」が走っているので、京都からでも七十二分で長浜に着く。明治時代のある時期、東海道本線はこの長浜と大津のあいだは、鉄道連絡船でつながっていた。立派な古い駅舎も残っている。駅前には「三献の茶」の逸話の場面をとった秀吉と三成のブロンズ像が、観光客を出迎える。

マイカーだと、名神高速道路の米原ジャンクションから北陸道に入って、すぐに長浜

琵琶湖西岸高島市から見た竹生島と伊吹山。手前は魞《えり》

インターだ。高速道路をおりたあとの道路事情もすこぶるいいので、快適なドライブコースである。戦前まではこのあたりには、奈良時代の条里制の痕跡がそのまま残されていたのだが、戦後、圃場整備で大きな田畑にまとめられた。歴史景観の保全ということからは残念な気もするが、幅が広い農道が縦横に整備されて交通は便利になった。

もちろん、バスもあるが、できれば、マイカーかレンタカー、あるいは、タクシーを時間借りして回る方が合理的だろう。もっとも、大河ドラマのおかげで便利な観光バスも走ることになるだろう。

小谷城の跡は、麓から山上の大手門に当たる番所跡まで車で楽に上がれる。そこから、眺望が良い桜馬場を経て、本丸までというのが初心者コース。健脚ならその奥の京極丸、山王丸、さらには、大嶽まで行けばよい。標高でいうと山麓がだいたい一〇〇メートル、山王丸が四〇〇メートル弱、大嶽は四九五メートルという本格的な山城である。麓には、居館のあった清水谷の入り口に小谷城戦国歴史資料館がある。

姉川の戦いの古戦場の近くにある旧浅井町役場（長浜市役所浅井支所）の前には、長政・お市夫妻と三姉妹や万福丸の群像があって、記念撮影にもってこいのスポットだ。三田村氏館跡は、田村駅近くの下坂氏館跡とともに保存状態がよい史跡だ。

長浜市のこのあたり、浅井長政の姉がいた実宰院など浅井ゆかりの社寺も多いし、小堀遠州の陣屋跡にある近江孤篷庵などもある。それに限らず、車でどこを走っても、戦国の昔とそれほどは変化していない美しい農村風景があり、歴史にその名を残す多くの城跡が次々と姿を現し、そして、どこからでも、伊吹山の荘厳な山容が望めるのである。

また、関ヶ原から高速道路を通らずに走ってくれば、京極氏の上平寺城のあとや代々の墓地がある徳源院、それに信長上洛の時の宿舎になった成菩提院が柏原駅近くにある。

そのあたりから、北国街道往還道に入ると、やがて姉川古戦場から小谷城趾を通り、日本三大地蔵のひとつである木之本地蔵や天平の十一面観音がある高月の向源（渡岸）寺がある。湖北は観音さまを祀る名刹が多いのだ。この高月は新井白石のライバルで対馬藩の儒者として日朝友好に尽くした雨森芳洲（浅井旧臣の子孫）の出身地で「東アジア交流ハウス雨森芳洲庵」がある。虎姫はその名から阪神ファンの聖地でもあるが、五村別院は真宗東本願寺派の有力寺院だ。

小谷城の方角を指差すお市と浅井長政一家の像

そして、小さな余呉湖を望む山上に賤ヶ岳の古戦場がある。この道は、賤ヶ岳の戦いのときに羽柴軍が疾走した道であり、おそらくではあるが、お市と三姉妹が柴田勝家の居城である越前北ノ庄をめざして通った道でもある。

さらに、奥琵琶湖パークウェーからの絶景を楽しみながら西へ進むと、中世の村がタイムスリップしたような菅浦の漁村があり、高島市に入ると京極竜子の夫だった武田元明の墓がある宝幢院《ほうどういん》などがある海津である。

長浜の南に位置する米原にある筑摩神社の鍋冠《なべかぶり》祭《まつり》（五月三日）は日本三奇祭のひとつだ。少し東の旧番場宿は「番場の忠太郎」のふるさとで、六波羅探題北条仲時主従四百三十名余が自決した蓮華寺もある。

合併前の旧長浜市でも少し中心部から離れたところには、「国友鉄砲の里資料館」や石田三成生誕地がある。神照寺には国宝の金銀鍍透彫華籠が十六枚ある。

中心部では、浅井氏の菩提寺で三代の墓がある徳勝寺や知善院（いずれももとは清水谷にあった）など名の知れた社寺も多いが、大通寺は真宗大谷派の有力寺院で、伏見城の遺構も移されているほどだ。

この大通寺の門前町には、古い土蔵づくりの民家があるが、それを改造してガラス工芸の展示館などにして活用を図られた「黒壁」の町並みは全国的にももっとも成功した旧市街地活性化プロジェクトとして知られる。また、この地区にある「曳山博物館」は、祭りのときだけでなく、この豪奢な祭りと長浜の歴史を知ることが出来る優れものだ。

商人の町である長浜はグルメ垂涎の町でもある。とくに、冬の名物・鴨すきの濃厚な味わいは素晴らしい。砂糖と醬油ですき焼きのようにいろいろな材料を炊き込む料理が近江では盛んなのだが、鴨のような濃い味の素材にあっては、味が濃ければ濃いほど肉の力強さが生きるのである。一月二十日〜三月十日には駅の近くの慶雲館で「盆梅展」が開かれる。あわせ、楽しむといいだろう。

季節を問わず楽しめる名物料理に、「焼き鯖そうめん」がある。京都の「ニシンそば」の変形だと思えばいいが、鯖の身がふっくらとして、ニシンそばより美味しい。騙されたと思って試して欲しいものだ

琵琶湖に面した城跡は桜の名所として知られる公園になっているが、天守閣が復興さ

れて長浜城歴史博物館になっている。お城の天守閣が本格的な博物館になっているのは、大坂城と長浜城だけだそうだ。

公園に隣接する長浜港からは、西国三十三所、日本三大弁天のひとつであり、豊国廟の極楽門や伏見城の御殿が移築されている竹生島（宝厳寺《ほうごんじ》、都久夫須麻神社）への航路が出ている。片道三〇分、見物時間が終わるころに出る船があるので、二時間半で往復できる。陸上から竹生島が美しいのは、尾上温泉近くの水鳥の里付近か。琵琶湖対岸の高島市今津付近からの伊吹山の雄大な姿をバックにした竹生島も魅力的だ。

そして、湖岸に立つと、時として、琵琶湖の対岸の饗庭野演習場での自衛隊の訓練から出る重低音が聞こえてくることがある。現代と違って静かだった戦国時代には、湖のまわりで合戦があったときには、湖上を鬨の声や、鉄砲の音が流れてきたことであろうと、浅井三姉妹たちが生きた時代が偲ばれるのである。

あとがき――家康の本当の敵は浅井三姉妹だった⁉

織田信長にとって最強の敵は武田信玄でなく、浅井長政と近江の人々だったかもしれません。信玄は一貫して信長の協力者だったのが、死の半年くらい前になって対決を選んだだけです。けれども、浅井氏と近江の国人たちは、朝倉攻めの背信を怒って信長と戦うことにしてから、三年半にわたり信長を釘付けにしたのです。

それと同じように、「徳川家康にとってもっとも厄介な敵は浅井三姉妹」だったと思うのです。

この物語の主人公である茶々、お初、お江の浅井三姉妹は、今から四百年余り前の戦国の世に生きました。父の長政は織田信長との戦いに敗れて滅び、母のお市は再婚した柴田勝家が豊臣秀吉に敗れたときに道連れになりましたが、この二つの事件の間には十年もの歳月がありました。

現代より寿命が短かった当時にあっては、とても長い時間です。その間にお市は娘たちに戦国の世を力強く生き抜いていくための知恵を授けましたから、お市の死後、三姉妹は固い絆で結ばれながら自分たちの運命を切り開いていくことができました。

戦国の女性たちは、元気でした。前田利家夫人のまつ、山内一豊夫人の千代など、たくましく家を守り、領地まで切り盛りする賢夫人たちがたくさんいましたし、北政所に仕えた孝蔵主や茶々の乳母だった大蔵卿局、家光の乳母である春日局、それに三姉妹のうちお初などは、大事な場面で正式な交渉役として活躍しました。

大坂の陣では茶々は具足をつけて城内を巡視したと言いますし、お江は夫である秀忠の後継者に忠長を充てようとして一騒動起こしました。

ところが、そんな三姉妹を警戒し、立ちはだかった男性がおりました。それが、幼くして母に棄てられ、妻の築山殿と嫁の徳姫（信長の娘）との対立に端を発する騒動から、長男の信康を殺さざるをえなかった、徳川家康その人です。女性不信が強かった家康は、この三姉妹は自分がシナリオ通りに事を運ぶ邪魔になると感じたのでしょう。

とくに家康が嫌がったのが、この三姉妹が一緒に会うことです。茶々の子の秀頼に、お江の娘の千姫が輿入れするとき、お江は身重の身体を押して江戸から伏見まで一緒についてきます。当然、大坂まで同伴し、茶々と会いたかったに違いありません。

ところが、家康はこれを許しませんでした。太閤秀吉がこの世を去ったとき、家康はお江を江戸に送り、こののち、三人が一緒に会うことは叶わなくなったのです。

家康は秀忠とお江のあいだに竹千代（のちの家光）が生まれるや大名クラスの奥方だったお福（のちの春日局）という大物の乳母をつけ、お福はことごとくお江の邪魔をします。お江の影響力が大きくならないようにという周到な配慮でした。

大坂の陣では、お初を交渉役のひとりにしますが、家康はお初たちの詰めの甘さを突いて、大坂城の外堀を埋め、しかも、その工事はお初の子（側室の出生ですが）である京極忠高に命じるという嫌みな差配までします。大坂夏の陣で茶々たちを滅ぼすと、こんどは、お江が推す国松（忠長）でなく竹千代（家光）を三代目に指名しました。

さらに、家康はそれまでの日本が中国や朝鮮と違って儒教に基づく厳格な男社会の論理から比較的自由だったのを改め、女性は男性の三歩後ろへ下がって生きよということにし、女たちを大奥に閉じこめて、表向きの政治に口出ししないように心身共に制限していきます。

大奥には将軍以外の男性は入ることができなくなり、女性たちは政治や交渉事に口を挟むどころか、外出も厳しくなり、外の世界からも隔離されていきます。将軍と閨を共にする女性たちの睦言まで、こうして欲しいとか頼んではいけないと管理されて、もうがんじがらめです。

ちなみに、歴代の徳川将軍で正室の子だったのは家康と家光と慶喜だけですが、側室は下級武士の娘がほとんどでした。これは将軍の母として口を挟んできそうな娘を側室にしないというところがミソです。

秀忠の子、保科正之の子孫への遺訓には、「婦人女子の意見一切これを聞くべからず」とあり、儒教精神というのはどういうことなのかわかります。

こうして家康の個人的な女性不信に端を発した事情から、江戸時代は、女性が表に出て男性に伍して行動することがなかった時代になりました。

女性にはまた、高等教育を受ける機会もありませんでした。藩校などが出来ても、女性は行けなかったし、代わりの勉学手段も乏しかったのです。

明治になると、津田梅子や下田歌子らが留学したり、各県で師範学校が創立されて女性教員の養成が早い時期から行われました。のちの東京女子高等師範（明治二十三年）や奈良女子高等師範（明治四十一年）が設立され、私立では女子大学創設運動を始めた成瀬仁蔵によって日本女子大学校（現日本女子大学）が設立されたり（明治三十四年）、津田梅子によって女子英学塾（現津田塾大学）ができました（明治三十三年）。

大正時代には、平塚雷鳥や市川房枝らの婦人参政権運動も活発となりました。戦後には女性参政権が実現し、女子差別撤廃条約（一九八二年）や男女雇用機会均等法（一九八五年）などが定められました。そして、一九九一年に芦屋で北村春江市長が誕生したのを皮切りに、女性首長もたくさん登場しています。浅井三姉妹のふるさとの滋賀県でも、嘉田由紀子知事が二〇〇六年に誕生しました。

このように女性たちの長い不遇の時代は終わりに近づきつつあるのですが、日本が女性社会進出後進国だったのは、歴史が始まって以来というわけではなく、徳川時代にひどくなったというのが本当のところです。

本書で戦国時代の浅井三姉妹の戦いを辿り、かつての日本女性がいかに生き生きした存在であったか、女性は内助に徹するのが日本の良き伝統であるというのがいかに間違いかも知ってもらえれば幸いです。

八幡衣代

参考文献などについて

本書においては、「信長公記」や各種の「太閤記」などに始まる戦国時代から江戸初期についての一般的な文献や書物、年表、事典類を広く参考にしているが、それらは挙げない。ここでは、浅井三姉妹とそれをめぐる人々について参考とした主な文献を掲載する。

『戦国大名浅井氏と北近江―浅井三代から三姉妹へ―』（長浜市長浜城歴史博物館　サンライズ出版）。『歩いて知る浅井氏の興亡』（長浜市長浜城歴史博物館編著　サンライズ出版）。『浅井氏三代』（宮島敬一　吉川弘文館）。『新浅井三代記』（徳永眞一郎　白川書院）。『近畿の名族興亡史』（新人物往来社）。『戦国三姉妹物語』（小和田哲男　角川選書）。『北政所と淀殿―豊臣家を守ろうとした妻たち』（小和田哲男　吉川弘文館）。『浅井長政のすべて』（小和田哲男編　新人物往来社）。『近江浅井氏』（小和田哲男　新人物往来社）。『淀君』（桑田忠親　吉川弘文館）。『淀殿　われ太閤の妻となりて』（福田千鶴　ミネルヴァ書房）。『京極忠高の出雲国・松江』（西島太郎、松江市教育委員会）。『北政所』（津田三郎　中公新書）。『北政所おね』（田端泰子　ミネルヴァ書房）。『徳川和子』（久保貴子　吉川弘文館）。『徳川家光』（藤井譲治　吉川弘文館）。『朝倉義景』（水藤真　吉川弘文館）。『朝倉義景のすべて』（松原信之編　新人物往来社）。『織田信長総合事典』（岡田正人編著　雄山閣）。『近江戦国の女たち』（畑裕子　サンライズ出版）。『関ヶ原合戦と大坂の陣』（笠谷和比古　吉川弘文館）。『関ケ原合戦』（二木謙一　中公新書）。『片桐且元』（曽根勇二　吉川弘文館）。『前田利家』（岩沢愿彦　吉川弘文館）。『足利義昭』（奥野高広　吉川弘文館）。『名君　前田利長』（池田公一　新人物往来社）。『江戸城の宮廷政治』（山本博文　講談社学術文庫）。『滋賀県の歴史散歩・下』（山川出版社）『小浜市史』（小浜市史編纂委員会　小浜市）。『新編丸亀市史』（丸亀市史編纂委員会　丸亀市）。『豊臣秀頼』（井上安代編著　自家版・大阪城天守閣で販売）。雑誌「みーな　びわ湖から」九七号・一〇五号・一〇七号（長浜みーな協会）。「石田三成をめぐる女性群像」（白川亨　別冊歴史読本「石田三成」所収）。「京極高次とその家臣―磯野信隆をめぐって」（宇野日出生　季報　大津市史№35）。

また、拙著のうち、『47都道府県の関ヶ原』（講談社＋α新書）、『戦国大名　県別国盗り物語』（PHP新書）、『江戸の殿さま全600家』（講談社＋α文庫）は、本書と関係の深い内容を多く含んでいる。

なお、長浜市長浜城歴史博物館の太田浩司、丸亀市立資料館の大北知美、松江市の西島太郎、大阪城天守閣博物館の北川央、郷土史家の香水敏夫、二尊院羽生田万咲子、滋賀県議会議員の石田祐介、藤井勇治市長はじめ長浜市役所の皆様など各氏には資料収集その他についてご助言いただいた。また、文藝春秋の柏原光太郎、田中光子両氏には各般にわたりお世話になった。

本書は、書き下ろし作品です。

小谷城址鳥瞰絵図　美濃部幸代
目次・系図・表製作　鶴丈二
地図製作　久留米太郎兵衛
写真提供　㈲藤樹スタジオ（三一七頁）
　　　　　長浜市（三一九頁）

文春文庫

浅井三姉妹《あざいさんしまい》の戦国日記《せんごくにっき》

姫《ひめ》たちの夢《ゆめ》

定価はカバーに
表示してあります

2010年10月10日　第1刷

著　者　八幡和郎《やわたかずお》・八幡衣代《やわたきぬよ》

発行者　村上和宏

発行所　株式会社　文藝春秋

東京都千代田区紀尾井町 3-23　〒102-8008
TEL　03・3265・1211
文藝春秋ホームページ　http://www.bunshun.co.jp
落丁、乱丁本は、お手数ですが小社製作部宛お送り下さい。送料小社負担でお取替致します。

印刷・大日本印刷　製本・加藤製本

Printed in Japan
ISBN978-4-16-780001-7

（　）内は解説者。品切の節はご容赦下さい。

岩見隆夫
陛下の御質問　昭和天皇と戦後政治
「サッチャーは軍艦をだすか」「高見山は残念だったろうな」昭和天皇の肉声を歴代首相経験者らに取材し掘り起こした労作。陛下の素顔の魅力を伝え、象徴天皇制を考える上で必読の書。
い-58-1

河原敏明
良《なが》子《こ》皇太后　美智子皇后のお姑さまが歩んだ道
皇太子誕生までの苦悩、美智子皇后を皇室に迎えたときの複雑な胸の内……。昭和天皇を陰で支えながら微笑みを絶やさず、激動の日本を生きた九十七年の生涯を、数々の秘話と共に綴る。
か-9-3

河原敏明
昭和天皇の妹君　謎につつまれた悲劇の皇女
昭和天皇に隠された妹君がいた！　この衝撃的な「三笠宮さま双子説」の真相を求めて皇室関係者百人近くに取材、奈良で「妹君」自身にも面会した、そのミステリーのような検証の全て。
か-9-4

河原敏明
昭和天皇とその時代
日本現代史最大の主役・昭和天皇の八十七年にわたる日々を、知られざるエピソードを交え、あわせて「昭和」という大激動の時代を描いた歴史巨篇。「天皇裕仁の昭和史」の完全決定版。
か-9-5

寺崎英成　マリコ・テラサキ・ミラー　編著
昭和天皇独白録
雑誌文藝春秋が発掘、掲載して内外に一大反響をまきおこした昭和天皇最後の第一級資料ついに文庫化。天皇が自ら語った昭和史の瞬間。（解説座談会 伊藤隆・児島襄・秦郁彦・半藤一利）
て-4-1

友納《とものう》尚子
雅子妃　悲運と中傷の中で
雅子妃の「適応障害」の真実は？　皇太子殿下の記者会見の背景は？　「週刊文春」や「文藝春秋」で皇居内部の暗闘を深く抉ったレポートを書き続けた著者による増補決定版。
と-22-1

半藤一利
日本のいちばん長い日　決定版
昭和二十年八月十五日。あの日何が起き、何が起こらなかったのか？　十五日正午の終戦放送までの一日、日本政府のポツダム宣言受諾の動きと、反対する陸軍を活写するノンフィクション。
は-8-15

（　）内は解説者。品切の節はご容赦下さい。

宮原安春
祈り 美智子皇后
初めて解き明かされる「人間・皇后」の封印された悲しみ。失声症からの恢復、軽井沢への深い想い、ベルギー王室との交流など、知られざるエピソードで綴る感動の一冊。（松崎敏彌）
み-24-2

谷部金次郎
昭和天皇と鰻《うなぎ》茶漬
陛下一代の料理番
昭和三十九年に、天皇の料理番として有名な秋山徳蔵の面接を経て、宮内庁大膳課に勤め、昭和天皇の崩御の後退官するまでの四半世紀に及ぶ和食担当者としての思い出を綴ったエッセイ。
や-31-1

八幡和郎
お世継ぎ
世界の王室・日本の皇室
ダイアナの英王室から皇太子による惨殺事件のあったネパールまで、世界の王室はスキャンダルだらけ！　世界三十カ国以上の王室の歴史を調べ、日本の皇位継承の問題点を論じる。
や-41-1

渡辺みどり
美智子皇后の「いのちの旅」
還暦を迎えられた美智子皇后。初の民間出身皇后ゆえに、その御苦労もなみ大抵ではなかった。運命の出会い、結婚、育児、嫁と姑など、日本女性の半生を自ら生きた皇后の旅を描く。
わ-6-1

渡辺みどり
美智子皇后「みのりの秋《とき》」
〝テニスコートの恋〟から三十余年。民間初の妃としていわれなき非難に耐え、美智子皇后はいま安らぎのときを迎えられた。新しい皇室を築きあげられた皇后の、御苦労と喜びのすべて。
わ-6-3

渡辺　誠
昭和天皇のお食事
昭和天皇のお好きなものは皮付きのふかし芋とサンドイッチと鰻。質素で温厚で、国民をひたすら愛する天皇のお人柄を日々のメニューとともに明らかにする料理番の絶筆。（大林宣彦）
わ-14-1

美智子
橋をかける
子供時代の読書の思い出
美智子さまが自らの少女時代の読書について語られた講演を、ご成婚50周年、文春文庫創刊35周年記念の特装版として刊行。本を読む喜びを語り、子供たちに希望と平和を願う祈りの本。
特-1-1

（　）内は解説者。品切の節はご容赦下さい。

永井路子
北条政子
伊豆の豪族北条時政の娘に生まれ、流人源頼朝に遅い恋をした政子。やがて夫は平家への反旗を翻す。歴史の激流にもまれつつ乱世を生きた女の人生の哀歓。歴史長篇の名作。（清原康正）
な-2-21

永井路子
流星　お市の方（上下）
生き抜くためには親子兄弟でさえ争わねばならなかった戦国の世。天下を狙う兄・信長と最愛の夫・浅井長政との日々加速する抗争のはざまに立ち、お市の方は激しく厳しい運命を生きた。
な-2-43

南條範夫
おのれ筑前、我敗れたり
斎藤道三、滝川一益、石田三成まで総勢十二将、いずれ乱世に天下を逃した者たち。彼らを敗者となした判断、明暗を分けた瞬間とは？　該博な筆が看破する戦国「敗北の記録」。（水口義朗）
な-6-19

南條範夫
大名廃絶録
武家として御家断絶以上の悲劇はあるだろうか。関ヶ原役以後、幕府によって除封削封された大名家の数はなんと二百四十を数える。代表的な十二の大名家の悲史を描く名著。（池上冬樹）
な-6-21

南條範夫
暁の群像　豪商　岩崎弥太郎の生涯（上下）
土佐藩の郷士であった岩崎弥太郎は、いかにして維新の動乱期に政商としてのしあがり三菱財閥の基礎を築いたのか。経済学者でもある著者の本領が発揮された本格時代小説。（加藤　廣）
な-6-22

中村彰彦
二つの山河
大正初め、徳島のドイツ人俘虜収容所で例のない寛容な処遇がなされ、日本人市民と俘虜との交歓が実現した。所長こそサムライと称えられた会津人の生涯を描く直木賞受賞作。（山内昌之）
な-29-3

中村彰彦
名君の碑　保科正之の生涯
二代将軍秀忠の庶子として非運の生を受けながら、足るを知り、傲ることなく、兄である三代将軍家光を陰に陽に支え続け、清らかにこの世に身を処した会津藩主の生涯を描く。（山内昌之）
な-29-5

（　）内は解説者。品切の節はご容赦下さい。

（　）内は解説者。品切の節はご容赦下さい。

平岩弓枝
御宿かわせみ
「初春の客」「花冷え」「卯の花匂う」「秋の蛍」「倉の中」「師走の客」「江戸は雪」「玉屋の紅」の全八篇を収録。江戸大川端の小さな旅籠「かわせみ」を舞台とした人情捕物帳シリーズ第一弾。
ひ-1-81

広瀬仁紀
新選組風雲録 函館篇
江戸から京へ流れてきた盗人の忠助は、ひょんなことから新選組副長の土方歳三直属の密偵となる。池田屋事件、蛤御門の変から函館まで歳三とともにあった。もう一つの新選組異聞!!
ひ-4-8

火坂雅志
黒衣の宰相
徳川家康の参謀として豊臣家滅亡のため、遮二無二暗躍し、大坂冬の陣の発端となった、方広寺鐘銘事件を引き起した天下の悪僧、南禅寺の怪僧・金地院崇伝の生涯を描く。（島内景二）
ひ-15-1

火坂雅志
黄金の華
徳川幕府は旗下の武将たちの働きだけで成ったわけではない。江戸を中心とした新しい経済圏を確立できたこともまた大きい。その中心人物・後藤庄三郎の活躍を描いた異色歴史小説。
ひ-15-2

火坂雅志
壮心の夢
秀吉の周りには彼の出世とともに、野心を持った多くの異才たちが群れ集まってきた。戦国乱世を駆け抜けた男たちの姿をあますところなく描き尽くした珠玉の歴史短篇集。（縄田一男）
ひ-15-4

火坂雅志
新選組魔道剣
近藤勇、土方歳三、藤堂平助たち、京の街で恐れられる新選組の猛者連も、古より跋扈する怪しの物には大苦戦。従来とは全くちがう新選組像を活写する短篇集。（長谷部史親）
ひ-15-5

藤沢周平
花のあと
娘盛りを剣の道に生きたお以登にも、ひそかに想う相手がいた。手合せしてあえなく打ち負かされた孫四郎という部屋住みの剣士である。表題作のほか時代小説の佳品を精選。（桶谷秀昭）
ふ-1-23